HELL 女王暗殺

浦賀和宏

幻冬舎文庫

HELL
女王暗殺

目次

プロローグ

冷たい空。
暗い空。
瞬く星。
夜空。
それ以外は何もない。
目の前に無限に広がる、光景。
闇。
そこにゆっくりと、
茫漠とした意識が生まれ始める。
私が。

右の方に何かがある。それを動かしてみる。掌《てのひら》が見えた。掌は腕に繋がっている。その腕は『私』の方まで続いている。

左側も同じようになっている。

重たい頭を上げて、視線を空から自分の足下の方へ移動させた。

胸の向こうに胴体と繋がっている二本の足が見える。だらしなく地面に投げ出されているせいで、まるで丸太のようだ。

私は仰向けに寝転がって夜空を見つめていた。

根源的な恐怖が身体を包み込んだ。空や星や夜のように、私は『私』以外の何ものでもなかった。人間の社会性などすべてはぎ取られた、ただの『私』に過ぎなかった。

ゆっくりと起き上がった。身体中が痛かった。額が濡れていた。手をやると指先が赤く染まった。血が出ているのだ。

辺りを見回した。まるで、どこかの屋敷の庭のようだ。身体を動かすとパラパラと土が落ちた。私は大きな花壇の、ちょうど真ん中で仰向けになっている。花壇には一面に小さな黄色い花が植えられているが、私がいる辺りの花は私の身体に押し潰されて無残に散り、見る影もない。でも潰されている花はそれだけなのだ。花と花の間に見え隠れする僅《わず》かな茶色い地面も、踏み荒らされた痕跡はない。

仮に花を避《よ》けながらここまで辿りつくことができたとしても、葉っぱや花びらの一枚くらい地面に落としてもよさそうなものだ。それほど花壇には黄色い花が密集して植えられていたのだ。

何もない空間から『私』は突然出現して、気がついたら、この花壇の中央に寝転がっていた――そうとしか思えなかった。

立ち上がって、自分の姿を見下ろしてみた。

キャミソールの上にブラウスを羽織っている。そしてズボンを穿《は》いている。これといって特徴のない、普通の女の服装。『私』は『女』だった。だけど、それが分かったところで、この茫漠たる身体の空白は埋まることはなかった。

ズボンのポケットに何かが入っている感触がする。指先で摘み上げると、それは小さな鍵だった。でもそれが何の鍵なのか思い出すことができない。

他の黄色い花を踏み荒らさないように、慎重に花壇から出た。花を荒らすことはなかったけれど、それでも地面には私が履いているスニーカーの足跡がついてしまった。やはり足跡を残さずに、ここを歩くことはできそうにない。

私は今、この花壇の中で生まれたのかもしれない。

黄色い花々に囲まれながら。

その時、

「おい！　あいつが逃げたぞ！」

男の、怒鳴り声だった。その声は、まるで夜空から降ってくるように聞こえた。

その瞬間、私は自分がスニーカーを履いている理由を理解した。

逃げるためだ。

私は全速力で駆け出した。

目の前には、鬱蒼《うっそう》とした緑の自然があった。その緑の木々の中には、緩やかに傾斜した石畳が敷かれた坂道が見え隠れしていた。

背中からは人の声がひっきりなしに降ってきた——私を呼ぶ声、探す声、早く捕まえろと急《せ》かす声。私はそれらの声に押されるように、石畳の道を転がるように、木々の中を駆けた。後ろは振り向かなかった。地上に着くまで決して振り向いてはいけないという約束を破り、妻と永遠に引き裂かれてしまったギリシャ神話のオルフェウスのことを思い出していた。滑稽だった。私は空っぽなのに、そんなことを覚えているなんて。

私は突然、広い空間に転がり出た。思わず前につんのめりそうになるけれど、必死に身体のバランスをとる。コンクリートで整備された限りなく広い空間。車が何台も駐《と》まっている。駐車場だ。広い車道が坂の下までずっと続いている。私が走ってきた石畳の通路は、多分、自然の中に作られた路地のようなものだったのだろう。

背後からは男達の声が聞こえてくる。

――逃げなきゃ。

そう思った瞬間、身体が凍り付いた。

目の前に、一人の男がいたのだ。音がして振り向いたようだった。

小綺麗なカジュアルスーツのような服を着た若い男だった。シルバーのミニクーパーのドアに手をやり、今まさに車に乗り込もうとしていたところだった。

いきなり目の前に飛び出してきた私を、彼は驚いたような顔をして見つめていた。何かを言わなければいけない。そう思えば思うほど、気が焦って、パクパクと魚のように口を動かすことしかできなかった。彼のようなちゃんとした身なりの人間の目に、今の私はどんなふうに映っているのだろう。そんなことしか私の頭には浮かばなかった。

その時、背後から、一際大きな男達の声が聞こえてきた。

「おい！　こっちだ！　こっちに逃げたぞ！」

目の前に立っている男性の視線が、私の背後に向いた。その瞬間、私は叫んだ。

「お願い！　私を匿《かくま》って！」

しばらくの間があった。男性が思案している様子がありありと感じられた。私は、しまった、と思った。彼とは見ず知らずなのだ。彼に私を匿う義理はない。それに私は追われている。私のことを凶悪犯か何かと勘違いしても決して不思議じゃない。

実際、凶悪犯なのかもしれない。

私は、すぐにここから立ち去ろうと足を動かしかけた。彼は恐らく私をかばってくれないだろう。まごまごしていると、後ろから追いかけてくる男達に捕まってしまう。

その時、意外なことが起こった。

目の前の男性が、ミニクーパーのドアを開けたのだ。

「乗って」

そう簡潔に言った。私は一瞬の躊躇《ちゅうちょ》の末、ミニクーパーの運転席に乗り込んだ。男性は扉を閉めた。私はフロントガラスから姿が見えないよう横になって身体を屈《かが》めた。息を殺した。気配を消した。

間もなくして、ドタドタと慌ただしい足音が聞こえてきた。

『すみませんが、ここを女性が通りませんでしたか？』

追っ手が男性に私の行方を訊いている。追っ手の声は思いの外礼儀正しいものだった。

『ああ——なんか、慌てた様子であっちに走っていったけど』

と男性は追っ手に言った。追っ手は男性の声の震えになどまるで気付かずに、多分、男性が指差した方向にだろう、駆け出していった。

私は怯《おび》えたまま、運転席にずっと蹲《うずくま》っていた。

ゆっくりと、ドアが開いた。私は身体を起こし、振り返った。

「――行ったよ」

と彼は言った。でも私はその彼の言葉に答えることができなかった。しばらく、ミニクーパーの運転席で動けなかった。どうしよう、どこに行けばいいんだろう。そんなあれこれが脳裏に去来した。ここで車を降りても、恐らく追っ手に捕まるだろう。

私は何をしたのだろう。

何故、彼らは私を追っているのだろう。

「追われてるのか？」

彼が、そんな至極当然の質問をした。答えに窮して口籠《くちご》もっている私と、道の向こうを交互に見やり、彼はどこか焦ったような口調で言った。

「また、あいつらが来るぞ」

狭い運転席の中で、私はどうすることもできなかった。私が自分で選択したことといえば、追っ手から逃げ出したこと。ただそれだけ。後は何もできずに、誰かが自分に手を差し伸べてくれるのを待っている。

　彼は言った。

「麓まで、乗るか？」

　どうして助けてくれるの？　とは訊けなかった。助けてくれるのであれば、なんであれ、ありがたかった。

　その時、私は、運転席のフロントミラーに、ふと自分の姿が映っていることに気付いた。

　茶色がかった髪の、青白い肌の女。

　これは誰？

『私』だ。

　私しかいない。

　でも私じゃないような気がする。

　あなたは誰？

「後ろに行って——助手席だと顔を見られてしまうかもしれないから」

　私は後部座席に移動した。狭い後部座席で、身体を丸めて横たわった。

「俺は武田《たけだ》だ。武田、誠《まこと》」

　そう彼は名乗った。そして次に、私がもっとも恐れていた質問をした。

「君は？」

その問いに、私は答えることができなかった。

彼の質問が、私の空っぽの身体の中に充満して、まるで排水口に流れる水のように、ぐるぐると渦を巻き始めた。私の意識も、思考も、その渦に呑まれて、どこまでもどこまでも、果てしなく流されてしまう。

自分の存在証明。それは、大海原に投げ出された時、必死ですがる難破船の破片。それさえあれば、すぐには溺れない。何とか命を永らえさせることができる。

だけど、私にはそれすらないのだ。

私は回る。排水口に、荒れる大海原に、投げ出されて、為《な》す術《すべ》もなくダンスを踊らされる。

そしてたった一つの言葉だけを呟《つぶや》き続ける。

私は誰、私は誰、私は誰、私は誰、私は誰、私は誰、私は誰、私は誰、私は誰、私は誰、私は誰、私は誰、私は誰、私は誰、私は誰、わたしはだれ、わたしはだれ、わたしはだれ、わたしはだれ、わたしはだれ、わたしはだれ、ワタシハダレ、ワタシハダレ、ワタシハダレ、ワタシハ、
私は、誰？

オーディナリー・ワールド

1

チクタク、チクタク、チクタク、チクタク、チクタク、チクタク、チクタク、チクタク、チクタク、チクタク、チクタク、チクタク、チクタク、チクタク、チクタク……。

＊

入院の手続きを済ますと、歩けるから大丈夫だと言ったのに車椅子に乗せられた。想像以上に、俺の容体は悪いようだった。エントランスで談笑する沢山の人々を縫うように車椅子は進む。ほとんどが見舞い客なのだろうが、スーツ姿の男もいる。医療メーカーの営業か何かなのだろうか。

盗み聞きするつもりはなかったが、彼らの会話が漏れ聞こえてくる。

「憶えてないか？　高校生の時、みなかみ町でイルカを探した」

「糖尿病の妹がいる？　久しぶりだな。まさかこんなところで会うとはな」

「意外だ」

「ああ、俺が最後にお前になんて言ったか憶えてるか？」

「さあ――なんて言ったっけ？」

「お前とは長い付き合いになりそうだ、って言ったんだよ」

いったい何の話をしているのだろう。しかし、どうであれ俺とは何の関係もない話だ。彼らが車椅子に乗せられている俺を見向きもしないのと同じに。皆それぞれの人生がある。ここは病院だからなおさら皆、何かしらの事情を抱えているだろう。俺には俺の、彼らには彼らの物語がある。ただそれだけ。

そう、これは俺の物語だ。

「やけにきょろきょろ辺りを見回すんですね」

エレベーターを待っていると、車椅子を押している濱口《はまぐち》という男の看護師が静かな声で言った。

「いや――子供の頃と大分景色が違うから。もちろん新しくしたんだろうけど」

思えば外来も以前は古い建物だったが、いつかを境に新しい建物に替わっていた。

扉が開き、ふらふらとした足取りで歩み出てきた女の入院患者と入れ替わるように、俺はエレベーターに乗った。女の手は血で汚れていた。怪我《けが》をしているのだろうか。だが濱口は女には見向きもせず、閉のボタンを押した。自分の受け持ちの患者以外は、知ったことじゃないという雰囲気だ。

「子供の頃入院なさっていたのは、何年前ですか？」

「小学生の時だから、もう十年になるかな」

「その当時入院していた病棟は、もう取り壊してしまったと思いますよ。だから大きな声では言えないですけど、この病院が買収されてよかったと皆思ってるんです。ピカピカの病棟になったから」

現在、阿部総合病院はとある重化学工業の会社が経営しているらしい。もちろん経営者が誰であろうと、医療施設の本質は変わることはないだろう。だが何となくしっくりこない。偏見かもしれないが、重化学工業と健康を司る病院とでは、まるで水と油のように正反対のイメージがある。

しかし濱口の言う通り、それでこの病院がこんなにも綺麗になったのだとすれば、入院する患者としてはよかったのだろう。

エレベーターから降り、車椅子で運ばれながら、俺は心臓外科の病棟を見回した。広く、明るく、そして白を基調にした内装。あちらこちらに鮮やかな花が活けられ、壁には写実的な絵画が飾られている。廊下の突き当たりには、談話スペースなのだろう、窓際にテーブルと椅子が置かれている。その側《そば》には本棚が置かれていて、雑誌や文庫本のようなものが収められている。退屈することはなさそうだ。

俺は二人部屋に連れて行かれた。金はどうにでもなるから気兼ねのない一人部屋に入院したいと訴えたのだが、一人部屋はすべて埋まっていて、二人部屋しか空いていなかったのだ。

「同じ部屋の梶原《かじわら》さんは、もう手術も終わって、来週になったら退院だそうです」

俺は近々手術を受ける。手術が終わったらしばらく集中治療室だろう。この病棟に戻ってくる頃には、その梶原という男は退院している。羨《うらや》ましい限りだ。

「梶原さんも人工弁の再手術で入院したんです。いろいろアドバイスを貰えるかもしれませんよ」

人工弁を取り換えるだけの手術に、何のアドバイスだ、と俺は思った。

「その梶原って人は、何で再手術を受けるはめになったんですか？」

濱口は、大きな声では言えないんですけど、と小声になった。

「納豆を食べたそうです」

俺は、ふん、と言った。

「バカだな」

その、退院間近の梶原が現在入院しているという病室に俺は連れて行かれた。壁に掲げられている部屋番号のプレートをちらりと見やる。

443

とそこにはあった。

病院では4という数字を嫌って避ける傾向にあるというが、そんな迷信はこの新しくなった病棟にはお呼びでないのだろう。

「3桁か――」

「はい？　何です？」

「いや、何でもないんです」

病室は細長く、一番奥の方のベッドに件《くだん》の梶原がいた。

「こちらが今度入院する武田さんです。短いお付き合いになるけれど、仲良くやってくださいね」

俺は、よろしく、と言った。梶原は無言で頭を下げてきた。俺と同年代の様子だが、何だか暗そうな男だった。

部屋の一番奥には洗面所と、そして謎の扉があった。開けてみると何てことはない、ただのトイレだった。浴槽とシャワーも備え付けられている。ユニットバスだ。病室にそれぞれトイレとシャワーがあるなんて、俺が子供の頃入院していた時分には想像もつかなかった。

トイレの横には、何かまるで戸棚のような大きな白い機械が備え付けられていた。ガラスが仕込まれている引き戸を覗くと、ひっくり返して置かれている数個のビーカーが目に入った。

「この機械は何ですか?」

「患者さんにご自分で溜めてもらうんです。必要になったら先生から指示があると思いますから、今は気になさらずに用を足していただいて大丈夫ですよ」

「子供の頃と違うな」

俺はそう呟いた。

「そうですよ。だって前回ここの病院に入院されていた時は、十年前なんでしょう? 世界は変わるものですよ」

夕食後、俺は別室に呼び出された。

検査の結果、異常は見られませんでした。明日中に退院できますよ、ご面倒をおかけしました──といった類《たぐい》の言葉を期待している自分がいた。

　そんな言葉はなかった。

　担当の諸星《もろぼし》医師は、俺に冷徹な言葉を告げた。

「検査の結果、やはり僧帽弁《そうぼうべん》に塊《かたまり》が見られます。大動脈弁にも。心音の異常はそのせいです。摘出して、人工弁を取り換える処置をしなければなりません」

　心なしか、諸星の声はいつものざっくばらんとした口調ではなかった。どこか他人行儀だった。事態のシリアスさが窺《うかが》える口調だった。

「あの。痛いとか、苦しいとか、特に自覚症状はないんですが──それでも弁を取り換えなければいけませんか？」

　諸星は俺をじっと見つめた。そして諭すように言った。

「武田さんの心臓の弁は、正常に動いておらず、血が逆流している状態になっています。こういった場合の自覚症状は難しいんです。疲れやすかったり、またちょっとだるかったりしても、その程度の身体の異常は許容範囲内だと医者にかからない患者さんも多いですから。武田さんの場合は緊急を要します。何かの弾みに血の塊がはがれ落ちたら大変です。武田さんにずっと車椅子で移動してもらっているのは、むやみやたらに動かれて弁の活動が活発になることを恐れたからです」

「血の塊がはがれ落ちたらどうなるんですか?」

「最悪の事態が考えられます。弁からはがれ落ちた血の塊は、血管を巡ります。そして血管に詰まる。それが血栓です。血栓は梗塞の直接的な原因です。脳梗塞、肺梗塞、心筋梗塞——そんな事態になったら最悪命にかかわりますし、また助かっても一生身体に障害を負うことになりかねません。発見が早かったのが不幸中の幸いと言えますね。血の塊が弁にこびりついている今のうちに弁を取り換える以外、方法はありません」

俺はその諸星の話を聞きながら、心の中で彼を責めた。どうしてこんなことになったんだ。ずっとあんたの言う通りワーファリンを飲んでいたじゃないか。納豆もクロレラも食べていない。

「手術の同意書にサインをしてもらう必要があるんですが」

俺は、小さな声で、書きます、と言った。

大人になったら、自分の意思で何でもできると思った。手術を拒否することだって。でもそんなものは幻想だった。目の前の現実を前にしては、俺はただ自分の命を少しだけ永らえさせることしか頭になかったのだ。

何のために生きているのか、何故生きなければならないのか、そして何のために生まれてきたのか。その理由を、決して見いだせないまま。

俺には父親がいなかった。

俺は俗に言う私生児だった。父が誰だか、顔すら知らなかった。だが社会的地位のある人物なのは間違いない。愛人とその子供に、二十年の長きにわたって莫大《ばくだい》な生活費と養育費を送り続けることができる人間なのだから。

都心の超高層マンションの最上階が、俺と母の住まいだった。百メートル下に広がる街を見下ろしながら、俺は大人になった。母は銀座で働いていた。友達の母親は大抵専業主婦だった。もちろん働いていて家を留守にしがちの母親もいる。だがその職業は、パートだとか、事務員とかで、母のように銀座で働いている者は一人もいなかった。

一度だけ、母に何の仕事をしているか尋ねたことがある。母は、大人になれば分かるわ、とにっこり笑った。母は、優しかった。

大人になった今も、母が何の仕事をしていたか、頭では理解しているが、実感は湧かなかった。そんな店に行ったことはないし、行きたいとも思わなかったからだ。ただ確かなことは、母が銀座で働いた金だけでは、決してこのマンションは買えない、ということだった。

母は確かに俺を愛してくれた。でも父はどうだか分からない。金を送ってやっているのだから、それが愛の証明だ——そう単純に考えればよかったのだろうか。でも俺は父の正体を知りたかった。母に毎月送金する金は、息子に決して正体を明かさない代償にしか俺には思えなかった。

美味《うま》い料理も、洒落《しゃれ》た服も、マンションの最上階という住まいも、父の愛も――いらなかった。ただ俺が欲しかったのは、真実だった。母が誰に抱かれ俺を産んだのか、どうしても知りたかったのだ。

友達は皆、いい部屋に暮らし、小遣いに不自由せず、綺麗な母親を持っている俺を羨望《せんぼう》の眼差《まなざ》しで見た。父親が誰だか分からないことが、どれほど俺の心の中に空白をつくっているか、夢にも思わないといった笑顔で。

そんな折り、俺は自分が特別であるという新たな要素を手に入れた。

俺はサイボーグになったのだ。


きっかけは高熱だった。

ふと何かのきっかけで俺の身体に触った母が、びっくりしたように言った。

『物凄《ものすご》く熱いわ』

母は体温計を俺に咥《くわ》えさせた。何故そんなことをしなければいけないのか、俺には分からなかった。身体が熱いという自覚症状もなかったし、頭痛もだるさも吐き気も、何一つ感じなかったからだ。

だが体温計の数字は39度を示していた。母は青ざめた。

翌日、すぐさま俺は近所の小児科に連れて行かれた。俺の胸に聴診器を当てると、小児科医の態度は一変した。

『心音がおかしい！』

そう医師は叫ぶように言った。彼は、うちでは手に負えないとして、大きな病院への紹介状を書いてくれた。翌日、俺は母に連れられ阿部総合病院に向かった。大病院だったが、件の重化学工業に吸収合併される前だったので、建物のそこかしこに時代を感じさせた。

紹介状があったので、診察は初診でもスムーズに進んだ。だがそれも内科の医師が、俺の胸に聴診器を当てるまでだった。

『何だこれは？』

と彼は言った。それは前日の小児科の医師の反応と、まったく同じものだった。

その日から俺は三ヵ月間、阿部総合病院に入院することになる。

数日間の検査の後、俺に下されたのは弁膜症という診断だった。心臓には四つの弁があるが、そのうちの二つ、大動脈弁と僧帽弁に細菌の塊が付着していたのだ。その塊が、心音の異常の原因だった。

医師は俺の大動脈弁と僧帽弁を人工弁に取り換えるという判断を下した。

心臓を開いて細菌の塊を取り除くことはできる。しかし取り残した菌が僅かでも残っていたら、そこから再び繁殖してしまう恐れがある。だから細菌に侵された弁は残さず取り除き、人工物で代用するというのだ。

人工の弁——そのことを理解して俺はようやく衝撃を受けた。身体の臓器を人工物に置き換えるのだ。これはまさしくサイボーグではないか。

『拒否反応は起こらないんですか？』

と母は訊いた。

『拒否反応が起こるのは生体の移植だけです。人工弁に対しては何ら問題はありません。また弁置換は極めて一般的な手術で、技術も確立しています。それほど危険性がある手術ではないんです。その代わり——』

そして医師は俺に冷徹な現実を告げた。

人間の血液には凝固作用というものがある。怪我をしても血が止まるのは、この凝固作用の賜物だ。だが人工弁にはこの凝固作用がネックになる。そもそも血液は人体の中では凝固しないようなメカニズムになっている。だが人工弁は人体にとって異物だ。だから人工弁で血液の凝固作用が起こってしまうのだ。たとえるなら、かさぶたがついたような状態になってしまう。それが大きければ人工弁の働きのさまたげになるし、万が一飛び散って血管内を流れていってしまうと、血栓の原因になる。

ではどうするのか？　抗凝固剤《ワーファリン》を飲むのだ。血液の凝固作用を弱める薬を。ワーファリンを飲んでいれば、心臓で血が固まる心配はない。つまり、人工弁で生きていく限り、一生ワーファリンを服用し続けなければならないのだ。

凝固作用を弱めた結果、出血しても血が止まりにくくなる。だからこそ、人工弁に血がつかない程度に凝固を防ぎ、尚かつ日常生活にさほど支障がないように、服用するワーファリンの量は緻密に調節しなければならない。それには定期的な血液検査が必要だ。

また食事にも制限がかけられた。ビタミンKを大量にとるのは御法度だった。ワーファリンの効果を弱めるから。ビタミンKは緑の野菜に多少含まれているが、その程度は馬並みに野菜を食わない限り問題にはならない。ではどの食品にビタミンKが多量に含まれているのかと言えば、それはクロレラと納豆だった。

クロレラは食べたことがなかったし、どんな物なのかすぐにはピンとこないほど俺にとっては馴染みの薄い食品だった。だが納豆は違った。納豆が嫌いなら何の問題もなかっただろうが、俺は納豆がとても好きだった。

月に一度、定期的に病院に通い、血を採られる。毎日ワーファリンを飲み、納豆すら食べられない。一生、そんな生活が続く。人工弁を埋め込み、血液の凝固を弱める薬まで飲んで、生き続けなければならないのだろうか。

俺には分からなかった。


あの日。

目が覚めると、母の顔があった。

『大丈夫。もう終わったよ。成功したから』

そう母は言った。

サイボーグに生まれ変わったことを実感した瞬間だった。


入院治療で、三ヵ月のブランクを余儀なくされたが、俺は無事に小学校に復学した。三ヵ月も休んだら進級できないんじゃないだろうかと訝《いぶか》しんだが、特にそんなこともなかった。

俺は失われた三ヵ月を取り戻そうと躍起になった。学校の勉強なんて好きじゃなかったけれど、入院生活を思い出せば、大抵のことには耐えられた。

そして俺は確かに、入院前と違う存在に変わっていたのだ。人工弁を埋め込んだサイボーーグ。納豆が食べられない身体。それはネガティブな要素ではなかった。むしろ特別な存在であることを補強する材料だった。

心臓手術をしたということで、俺は小学校ではヒーローのような扱いを受けた。不思議と、俺を私生児という目で見る視線も減ったような気がする。

だが中学に上がると、再び俺は普通の人間となった。心臓手術のことなど言わなければ分からなかったし、そんな手術のことよりも、やはり私生児の方が重要らしかった。ただ月に一回病院に通い、その日は午後から登校する俺は、やはり周囲からは浮いていた存在だったのだろう。

しかし皆、それくらいは誤差の範疇《はんちゅう》、すなわち個性の一環だと勝手に考えてくれた。もちろんその個性が鼻につくとして、からかってくる連中もいないではなかった。だが、まったく周囲と軋轢《あつれき》を生ぜずに学校生活を過ごせるような生徒などまずいない。事実、中学校では、高層マンションに住んでいる訳でもなく、心臓手術を受けた訳でもなく、私生児でもないのに、毎日虐《いじ》めにあっているような生徒もいたのだ。

そいつは久能《くのう》と言った。

久能は俺に比べれば普通すぎるほど普通の男だった。それでもクラスという箱の中には、厳然たるヒエラルキーが存在していて、久能は虐められても当然と周囲に見なされているようだった。

俺は久能と友達になってやった。なってやった、とはいかにも上から目線だが、しかし事実はそうだった。久能に声をかけるような奴など、俺以外には一人もいなかったからだ。

思春期になった俺は、他の同年代の友達と同じように音楽に夢中になった。ビートルズ、ローリング・ストーンズ、ディープ・パープル、レッド・ツェッペリン。俺は、誰もが一度は耳にしたことがあり、そして評論家が素晴らしいと認める洋楽のロックを買い求めた。自然と音楽の趣味は古い物に偏りがちになった。評価が定まった名盤とは、ある程度の時間を経た物が殆《ほとん》どだったから、そうなることは必然だった。

俺は久能を自宅のマンションに呼んだ。友達を家に呼ぶなど生まれて初めてのことだった。皆、俺を高級マンションに住む私生児と認識していた。何となく、そんな連中を自分の家に招くことは躊躇《ためら》われた。もちろん久能だって、俺をそんなふうに認識していたのだろう。だが俺は久能に同情していた。それだけのことだった。

しかし次第に彼との時間を楽しむようになった。俺が好きな古いロックを、彼も気に入ってくれたからだ。そんなに好きならやるよ、と俺は久能に快く自分のＣＤをやった。それはドアーズのファースト・アルバムだった。

もちろん、大事なコレクションを手放すには忸怩《じくじ》たる思いがある。だがドアーズだけは別だった。俺は、うっかり買ってしまったドアーズのそのアルバムを手放したいから、久能に押し付けただけなのだ。

ドアーズのファースト・アルバムのラストに収録されている『The End』はエディプス・コンプレックスを歌った曲だった。父を殺し、母を独占したいと願う感情。アルバムの歌詞カードを見てみると、確かにそんなことが書いてある。久能にも歌詞の意味の説明をしたのだが、しかしそれで彼のドアーズに対するイメージが変わることにはならなかったようだ。俺がCDをやって、久能はとても喜んだのだから。

久能はきっとドアーズのそのアルバムを、単純に格好いいもの、気持ちのいいものとして聴いたのだろう。でも俺は違う。

父はこの世界のどこかに生きている。にもかかわらず、心臓手術をした時ですら、見舞いにも来てくれなかった。

父にとって、俺はいらない人間だった。仕方がないから金だけやる。それが父の発想なのだ。だからこそ俺はドアーズの『The End』に強烈なシンパシーを抱いた。父親を殺したい、父親を殺したい、父親を殺したい——俺の深層心理の奥底には、知らず知らずのうちに父に対する殺意がすり込まれていたのだ。

そして俺は、母を独占したいと思った。母さんに抱かれたい。母さんを抱きたい——もちろん、こんな欲望を仄《ほの》めかしたことはない。俺自身、ドアーズの歌詞の意味を知るまでは、自分が母親に欲望を抱いていたなどとは、夢にも思っていなかったのだから。

高校時代、付き合っていた女がいた。同じクラスの同級生だった。俺は自分では意識したことがなかったが、それなりに顔がいいのだそうだ。よく考えれば、それは当然と言える。何しろ俺は、あの母さんの子供なのだ。母さんの美貌の血を、俺も受け継いでいたと考えれば、何の不思議もない。

付き合って一ヵ月ほど経《た》ったある日曜日、俺は彼女とホテルに行った。彼女は優しく、可愛く、また肉感的な身体を持っていた。俺は怖《お》ず怖《お》ずと彼女の前で裸になった。俺の首の下から臍《へそ》の上まで、心臓手術の痕《あと》が一直線に残っていた。その醜い痕を見られるのが、俺はとても恥ずかしかった。

でも彼女は俺の傷口にそっとキスをしてくれた。そして俺の胸に耳をやり、そっと心臓の音を聴いた。

チクタク、チクタク、チクタク、チクタク、チクタク、チクタク、チクタク、チクタク、チクタク、チクタク、チクタク、チクタク、チクタク、チクタク、チクタク……。

俺の人工弁の音だった。

手術以後、俺はずっとこの音と共に暮らしていた。普段は耳を澄まさなければ分からないほど小さな音だが、その時は違った。興奮した俺の脈動は、激しく、強く、高鳴っていた。静寂の中、耳を澄ますと、体の中の秒針の音が聞こえた。

俺達は薄暗いホテルの一室のダブルベッドの上で抱き合った。キスをし、ふくよかな胸を揉《も》んだ。夢中だった。楽しかったし、感動したし、もちろん興奮した。

でも俺はできなかった。

彼女の肩を抱きながら、空しい余韻を噛《か》み締めた。初めてだから緊張したんだね、と彼女は慰めてくれた。そしてしばらく二人して俺の心臓の音を聴いていた。時限爆弾のタイマーみたいだね、と彼女は言った。

彼女とも、今はもう会っていない。別れ話をすることもなく終わってしまった。

風の噂で、彼女が新しい男と付き合っていると聞いた時は、しばらく嫉妬《しっと》に苦しんだ。嫉妬が襲ってくるのは、決まって夜だった。今頃きっと、あいつはちゃんとできる男に抱かれているに違いない。どんなに俺の見た目が格好よくとも、俺は女を愛せない。そんな出来損ないに用はない——そう彼女が判断したのは想像に難くない。

俺は今でも考える。何故できなかったのだろうと。そして俺は、相手の女を心から愛していなかったからだ、という答えで心の平穏を手に入れた。毎日毎日思い浮かべた。身体を重ねるに相応《ふさわ》しい、理想の女性を。将来出会う運命の人は、いったいどんな女性だろうか。明るく元気な女性だろうか。それとも、おしとやかな女性だろうか。髪はロングだろうか、それともショートだろうか。

頭の中に浮かぶのは、何時《いつ》もロングのおしとやかな女性の姿だった。それはつまり、母だった。もちろん母を愛することはできない。しかし母が理想のタイプである以上、母以上に魅力的な女が現れるはずもなかった。どんな女性が現れても、俺は心の中で、彼女と母を比較してしまうだろう。そして彼女は母を乗り越えられない。絶対に。

その事実を悟った時、俺は無気力になった。すべてのことにやる気を失った。女どころか、男の友達ともあまり付き合わないようになった。母に対する欲望を悟られるのが怖かったのだ。次第に、友達も減っていった。寂しくはなかった。むしろホッとしていた。しかしその反面、俺は友人をすべて失っても、母親さえいてくれれば心の安らぎを抱けるんだなと思うと、叫びだしたくなる気持ちに襲われた。

母が死んだのは、高校の卒業間近だった。受験勉強をしない俺に、母は何も言わなかった。母はいつも優しかった。だから俺は母を好きになってしまったのかもしれない。

母は毎日、銀座で働くために夜出かけ、そして明け方帰ってきた。シルバーのミニクーパーが母の愛車だったが、もちろん酒を飲み飲ませる仕事なので、出勤にミニクーパーを使うことはなかった。母の通勤手段は専らタクシーだった。

その日、俺はベッドの中で眠りについていた。休日など朝までずっと起きているのもざらだったが、その日は生憎《あいにく》平日だった。

何か夢を見ていたような気がする。だがそれが何の夢だったのかは今も思い出せない。

夢の世界で、携帯電話の着信音が鳴り響いた。その音で俺は目が覚めた。俺は一瞬混乱した。こんな時間に電話がかかってくるなど初めての経験だったから。半ば寝惚《ねぼ》けながら俺は携帯を手に取った。そして更に訳が分からなくなった。

ディスプレイに表示されているのは、母の名前だった。

母が俺の携帯に電話をかけてくることなど、滅多にあることではなかった。俺は電話に出た。あくび混じりに何か間抜けな声を発したような気がする。こんな夜中に何だよ！　と怒鳴りたいのは山々だったが、寝起きの俺にそんな気力はなかった。

母は小さな呻《うめ》き声を上げた。苦しんでいる様子だった。その声で、俺の意識は徐々に覚醒していった。何か重大なことが起こったのだ。俺はそう理解した。

『——誠』

電話の向こうから聞こえてきたのは、うめき声混じりの、俺の名前だった。

『襲われたの——突然——刺されて——』

刺された。

これは夢だ。俺はまだ夢を見ているんだ——そう思った。

訊きたいことが山ほどあった。今どこにいるんだ。一体誰に刺されたんだ——だがその時の俺は、役立たずの子供のように母の言葉を聞いていることしかできなかった。

母は、まるで血反吐《ちへど》を吐き出すように、ゆっくりと、言葉を紡いだ。

『誠——よく聞いて。あなたには——ずっと——辛《つら》い思いをさせてばかり——』

俺は母の言葉を聞きながら、夢から覚めるのをひたすら待ち続けた。苦しさに悶《もだ》える、母の声を一手に背負って。

俺は、母さん、と震える言葉で呼びかけた。小さなその声が、電話の向こうにいる母に届いたかどうかは分からなかった。

『あなたに——どうしても伝えておかなくちゃいけないことが——私は——あなたの本当のお母さんじゃないの——』

母が何を言っているのか、俺にはまるで分からなかった。

『あなたの本当のお母さんの名前は――』

そして母はある女の名前を告げた。知らない、まるで意味のない名前だった。そんな女が母だとはとても思えなかった。俺の母親は母さんだけだ！　そう叫びたかったが、とても声にならなかった。

『あなたの――お父さんは――とても有名な人で――だから私が、預かっていたの――』

俺に電話をしてくるぐらいだったら、そんな気力や体力があるんだったら、せめて救急車を呼べばよかったのに。母は119ではなく俺に電話をかけてきたのだ。自分がそんな重荷を背負うなんて耐えられなかった。嫌だ！　夢であって欲しい！　夢であるのならば、何の責任も負わずに済む！

母はまるで命を絞り出すように言葉を発した。

『あなたの――』

俺の。

『お父さんは――』

父さん。

『イチ、イチ――ゼロ――』

――――。

『イチぃ……』

そして母は沈黙した。

もう二度と電話機の向こうから声が発せられることはなかった。

息絶えたのだ、と思った。

俺の中の何かも死んだのかもしれない。

耳鳴りのように、耳の中で何かが聞こえた。それは母の声が途絶えた、静寂の音だった。


母の死体はマンションの目の前で発見された。もしかしたら、マンションの窓から見下ろせば、並木道に倒れている母の姿を発見できたかもしれない。すぐに救急車を呼んだら、母は助かったのに――そんな自責の念は、いつまでも俺を苦しめた。

母の死因は失血死だった。やはり母は刺し殺されたのだ。母は文字通り、最後の命を、俺に電話をする、ただそれだけのために使ったのだ。

捜査本部が敷かれ、木下《きのした》という警部補が母の事件の担当になった。彼にしつこく訊かれた。お母さんは最後の電話で、何か犯人に結びつくことを話さなかったかと。俺は死ぬ間際の母と話した最後の人間なのだ。

警察の捜査は進展しなかった。母の状態からいって、犯人は必ず全身に返り血を浴びたはずだ。だが明け方という時間帯が災いして、目撃者は一向に現れなかった。

また動機の線からも犯人の絞り出しが行われたが、これもぱっとしない結果に終わった。殺されるほどのトラブルを母が抱えているのなら、銀座の職場の同僚が何かそういった雰囲気を感じ取っていてもいいはずだった。だが、母が誰かに恨みを買っている気配はなかったという。

母は、自宅のマンションと銀座を往復し、金持ちに媚《こ》びへつらい、酒をついでいた。それだけの女性に過ぎなかった。明け方、人気《ひとけ》の少ない遊歩道で殺されるだけの特別な原因が母にあるとはとても思えなかった。

頭の中では、最後に母が俺に言い残した言葉が焼き付いて離れなかった。きっと生涯忘れることはないだろう。

『イチ、

イチ、

ゼロ、

イチ』

1101。

俺の父の名は、1と0からなる4桁の数字だった。

もし木下にすべてを話したら、きっと彼は冷徹にこう言い放つだろう。それは君の聞き間違いだと。そして可哀想な目で俺を見てくるに決まっているのだ。目の前にいるのは、母親の遺言も正確に聞き取れない役立たずの男なのだと。

俺はそれが怖く、木下には何も言わなかった。そして俺自身、あれは聞き間違いだと思っていた。母が、あの状況で、あんな数字を言うはずがない。母が俺に伝えようとした言葉は、もっと別のものだったはずだ。母の人生最後の言葉が、あんな訳の分からないものだったなんて信じたくない。

だが、母があの状況で言うに相応しく、尚かつ俺が『イチ、イチ、ゼロ、イチ』と聞き間違えても不思議ではない言葉など、あるとは思えなかった。

その数字だけを純粋にとらえてみると、意味ははっきりしている。イチ、イチ、ゼロ。母は俺に警察を呼んでもらいたかったのだ。

母はもしかしたら『イチ、イチ、ゼロ。イチ、イチ、ゼロ』と二回繰り返すつもりだったのだろうか。しかし二回目を繰り返す途中で息絶えてしまった。母が最後に言い残した4桁の数字の回答としては、これ以上のものはないように思えた。

母の葬式は寂しいものだった。母の両親はすでに亡く、殆ど会ったこともない親戚が数人顔を出しただけだった。父らしき人間が現れる様子はなかった。父方の親戚も。それでも父からは滞りなく養育費が振り込まれ続けた。香典代わりに少しは色をつけてくれるかと思ったが、母が生きていた頃とまったく同じ額だった。

俺が父からの養育費を自分で管理することになって、母方の親戚がその金を狙おうとするのではないかと心配したが、そんな様子はなかった。彼らは葬儀が終わると一目散に去って行った。体面上仕方なく顔を出しただけで、母が死のうがどうしようが知ったことじゃない、という態度がありありと窺えた。

1——存在を示す記号。単位の起点。素数でも合成数でもない。

0——無を示す記号。1の前の整数。何もない。空っぽ。

いつでも、どこでも、俺の頭の中には『1101』という4桁の数字が浮かんでいた。町を歩いたり、また本や雑誌を読んだりすると、俺は無意識のうちに視界の中にその4桁の数字を探していた。もしかしたら口座の暗証番号か何かかと思った。しかし母の財産は俺が受け継いだが、『１１０１』なんていう暗証番号の口座は存在しなかった。

ある日、これは二進数ではないかという考えがふと頭に閃いた。今までその考えに思い当たらなかったのが不思議なくらいだ。だが多分、俺は無意識のうちにそのことを考えないようにしていたのかもしれない。何故なら二進数の数字を十進数の数字に置き換えたところで、数字は数字なのだ。意味が分からないことには変わりがない。

それでも俺は、二進数のことに思い当たった瞬間、頭の中で『１１０１』を二進数に変換する作業を始めていた。

１はある。

２はない。

４はある。

８はある。

１＋４＋８

「13だ」

俺は思わず、自分の部屋で一人、口走った。

13——忌避されるべき不吉な数字。そもそも13を二進数にしてしまっても不吉の効力は保たれるのだろうか。しかし母は決してデタラメな数字を言ったのではなく、13という特別な意味のある数字を言っていたという事実は、強烈な好奇心を俺に抱かせた——そう、母が死んだ悲しみも薄らぐほどに。

それから数ヵ月間、俺の頭の中には、四六時中『13』と『1101』がちらついて消えることがなかった。

そして俺は高校を卒業した。未来への希望の代わりに、母の死と13を意味する数字を背負って。母が無残に殺されてしまった俺を、クラスメイト達は奇異と哀れみの目で見た。私生児を産み落とした水商売の女は、ナイフで刺されて殺されるのがお似合いだ——もちろん言葉に出しては言わない。だが同情の裏側に猛烈な好奇心を覗かせながら俺を見る彼らの表情は、雄弁にそれを物語っていた。

だが今更奇異の視線で見られたところで、傷つくことはなかった。

その死によって、母は俺の心の中で、歳を取らず永久に美しいまま。そして俺の心に居座り続け、俺を過去に縛り付ける。ずっとずっと、いつまでも。

母の死と高校卒業によって、俺は孤独になった。将来については何一つ考えることはなかった。ただ毎日、地上百メートル上空のマンションの部屋でデビッド・ボウイを聴いて過ごしていた。そんな気分だったのだ。俺は地球に落ちてきた男。誰よりも宇宙に近い場所に住んでいる俺こそ、その称号が相応しい。俺は『スターマン』を口ずさみながら、そんなことを考えていた。

ふと久能のことが脳裏を過った。あいつは、今、どこでどうしているのだろう。俺の大事なCDのコレクションをやったのは、久能だけだった。でもあいつの家に行こうという気にまではならなかった。偶然街で出くわすのはいいのだ。だが自分から会いに行くにはそれ相応の動機が必要だ。

金はやはり口座に自動的に振り込まれていた。それは働かずに食うには十分な額だった。父はいつまで俺に生活費をよこすつもりなのだろう。父から振り込まれる生活費は、質素に生活すれば、いや少し贅沢をしたぐらいでも、おつりが来るほどだった。俺は別に貯蓄用の口座をつくり、そこにあまった金を振り込み、ある程度貯まると定期預金にした。

そして俺はそれから何事もなく生活し続けた。このマンションの部屋で、一人で。

誰にも気兼ねすることはないからといって、女を連れ込みはしなかった。できる自信がなかったから。孤独だったが、しかし孤独は金で埋めることができた。俺は服を買い、美味いと評判の店の食べ歩きをし、好きなロックのCDを買い集め、孤独と将来の不安を慰めた。

しかし平穏な生活の破局はある日突然訪れた。

俺は再び心臓手術を受けることになったのだ。

ワーファリンの効果が安定しているという理由で、阿部総合病院への通院の回数は二ヵ月に一度に減らされていた。採血をし、諸星の診察を受け、処方箋《しょほうせん》を出してもらう。それは年に六回の儀式だった。

毎日ワーファリンを飲み続けるのは億劫《おっくう》だった。飲んだ薬の量を間違えないよう、毎日手帳にチェックするのは結構なストレスだ。わざわざ阿部総合病院に通うのも面倒だ。ワーファリンを飲まずに、病院に通わずに生きていけたら、どんなにいいだろう。それが俺の夢だった。だがそれは決して叶わぬ夢であることを、俺はある日の診察で思い知らされることになる。

その日もいつもと同じはずだった。

俺はアナウンスで呼び出されて、諸星の診察室のドアをノックした。諸星の穏和な声が聞こえた。診察室の中に入ると、諸星がパソコンの画面を眺めながら、はいどうも、とあっさりした挨拶《あいさつ》をしてきた。何だかいつもと比べて余所余所《よそよそ》しい感じがした。

パソコンの画面には採血の結果が映し出されていた。俺の胸に聴診器を当てるなり諸星は、

「体調が悪くなったという自覚症状はある？　疲れやすくなったり、動悸がしたり、熱が下がらなかったり」

と訊いてきた。今まで何十回も彼の診察を受けてきて、そんなことを訊かれるのは初めてのことだった。

俺は、いいえ、と答えた。特に諸星に相談するほど、身体がおかしくなった記憶はない。でも一人暮らしだと、体調の管理はおざなりになりがちだ。ちょっとだるい、気持ちが悪い、頭痛がする。でもその程度だったら寝てれば治る。そう勝手に判断して、病院に行かなかったことは何度かあった。もしかして、それらが心臓の異変のサインだったのだろうか。

諸星は即座に言った。

「今日中に入院の手続きを取ってください」

言われた通り、毎日毎日ワーファリンを飲んできたのに。

好きな納豆も我慢してきたのに。

でもみんな無駄だった。

前回の診察では、何一つ異常は発見されなかった。俺は今日までの二ヵ月間、何か大量にビタミンKを摂《と》ったことがあっただろうかと考えたが、まったく身に覚えがなかった。二回も心臓手術を受けてまで、生きていかなければならないのだろうか。子供の頃の辛かった入院生活。あんな経験は二度としたくないと思ったのに。

諸星の説明が終わって、俺は車椅子に乗せられ自分の病室に引き返した。夜になった病棟は、その明るさと、清潔さが一層際だって感じられた。暗く、薄汚く、四六時中人の目にさらされていた当時の心臓外科の病棟とは雲泥の差があった。こんな病院なら居心地は悪くないかもしれない。俺はそう考えて、これからしばらく続く入院生活への不安を打ち消した。

人工弁を取り換えるだけだ。当時は弁膜症の治療もあったから退院が遅れたんだ。きっとすぐに退院できるはずだ。きっと――。

車椅子は、あの本棚がある談話スペースの前を通りかかった。どんな本があるんだろう、と思って俺はその本棚をじっと見つめた。

「本を持って行きますか？」

と俺の車椅子を押している濱口が訊いた。

「いや、どんな本があるのかなって」

濱口は本棚の前で車椅子を停めた。俺はその、立ち上がると腰の高さまでしかない低い本棚を見つめた。ヤクザをテーマにした実録モノの漫画がやけに目立つ。小説もあるが、まるで知らないマイナーな作品ばかりだった。ＤＶＤも何本かあって、これはハリウッドの大作だから知っていた。だが評論家から愚作と断じられた映画ばかりだ。本棚を見ればその人間の性格が分かると言うが、俺はこの本棚の持ち主がどんな人間なのか、さっぱりイメージできなかった。

「これ、誰がチョイスしたんですか？」

「患者さんが退院される時に、いらなくなった本やＤＶＤを置いていくんです。入院している時は退屈で読書ぐらいしかすることがないかもしれませんけど、退院すると楽しいことは他にいくらでもありますからね」

いらなくなった本か。おもしろい本ならきっと持って帰るだろう。つまりここは、つまらない本の墓場という訳だ。そんな本を読んだって仕方がない。

その時、俺の視線は、ある一冊の本の背表紙に留まった。

『ＭＥＭＯＲＩＥＳ』久能正治

とそこにはあった。

俺は久能のことを思い出した。特に珍しいとは言えないかもしれないが、しかし武田よりはあまりない姓であることは間違いない。

あいつの下の名前は何だっただろう。俺はその場で暫《しば》し想いを巡らしたが、驚くべきことにまるで思い出すことができなかった。結構仲が良いと思っていたのに。だが昔の友達などそんなものかもしれない。俺だって下の名前で呼ばれることなど滅多になかったのだから。

「どうかされました？」

本の背表紙を見つめたまま黙りこくった俺に、濱口が言った。

「あ、いえ。いいんです」

と俺は答えた。名字が同じだから何だというのだ。偶然だ。あの久能が本など出すはずがない。俺はそう考え、その本のことを頭の中から追いやった。

結局手ぶらのまま、俺は病室まで濱口に運んでもらった。

443号室に。

ふと思った。

4に4を掛けて、3を引く。

「13だ」

2

見上げると壮大な白い雲が広がっている。あの雲はいったいどのくらいの大きさなのだろうか。きっと山一つ、いや国一つぐらいの質量を持っているに違いない。あの雲の中に行きたい、そう彼は思った。仕事のこと、将来のこと、そんな些末《さまつ》なことに縛られるこの世界から逃げ出したかった。

大学構内には、沢山の若者達が戯れている。友達と楽しそうにはしゃいでいる連中。女と寄り添いながら歩いているいけ好かない男。独りぼっちなのは彼だけだった。

カップラーメンの蓋《ふた》を開け、割り箸を突っ込んでぐるぐるとかき混ぜた。どうしてこんなことになってしまったのだろう。一体何が悪かったのだろう。爽やかな青空の下、未来が溢《あふ》れる同年代の学生を横目で見ながら、彼は一人わびしくカップラーメンを啜《すす》っている。

久能正治は大学に入学してすぐに小説を出版した。持ち込みに毛が生えたような新人賞を受賞したのだ。つまり、彼は作家だった。初めて本を出した時、正治は自分の仕事はこれでもう決定したような気持ちになったが、もちろんそれは錯覚だった。

本を一冊出版すると、印税が百万円以上入ってきた。大学生の正治にとっては大金だ。正治が自分でつかみ取った金だった。ところがそれを知った母は、正治にそのお金をお母さんに預けなさい、などとしつこく言い立てた。定期預金にするのだそうだ。

正治には父親がいなかった。製紙会社に勤めていた父は、不況のあおりで会社が倒産し、転職も上手くいかず、一人樹海に入って首を吊ったのだ。そんな大変な時期に、母は正治を大学に入れてくれた。その負い目もあり、正治は母に逆らえなかったが、しかしこの時ばかりは大げんかした。自分の才能で稼いだ金という自負があったからだ。

正治が金を渡さないとみた母は、近所中、親戚中に電話をしまくり、息子が本を出すことを吹聴した。その日から、正治の家には会ったこともない遠くの親戚達が頻繁に訪れるようになった。そして正治を上から下までねめ回して、その歳でそんなに金を稼いで凄いねえ、などと嫌みを言った。酷い時など、小学校の時の担任までやってきた。黒川《くろかわ》というその女は正治が虐められていても、決して助けてはくれないクソ担任だった。それどころか、虐められる方に原因があると正治に説教した。被害者はこっちなのに。正治は大人になったらいつかこの女に復讐《ふくしゅう》してやると心に誓ったが、いざ大人になっても恨み節一つ言えず、愛想笑いを浮かべることしかできなかった。

父の一周忌に親戚一同が集まった。地獄だった。

皆、正治を上から下までねめ回し、動物園の珍獣か何かのように鑑賞した。誰も彼も正治を一旦は、凄いだとか、立派などと褒め称えたが、話が作品の内容に及ぶと、何だか分からなくて半分も読めないと痛烈に批判した。

　そんな仕打ちをうけても、未だ正治は、へらへらと薄ら笑いを浮かべ、親戚達に媚を売っていた。そんな連中にとらわれている暇はなかった。一日も早く二作目を、と編集者に催促されていたからだ。


　二作目を上梓《じょうし》してしばらくした後、編集者は正治に、君は純文学作家としてデビューし直した方がいいかもしれないとアドバイスをした。編集者はミステリの担当であり、売れない久能正治という作家を切りたくてそんなアドバイスをしたのだが、彼はそのことに気付かなかった。自分の小説は詩的で繊細であることは彼自身分かっていたから、正治は本当に自分に文学の才能があると錯覚した。そして文学という言葉の響きに憧れた。文学を書く作家になれれば、ミステリを書いている作家などよりも、もっと高尚でレベルの高い人間になれると考えた。

　だから正治は、編集者のアドバイス通り、文学を書いた。トリックや、どんでん返しや、伏線は、すべて払拭《ふっしょく》した。そんなもので読者を愉しませるのはミステリのやり方で、文学はもっと、小説の、物語の真ともいうべき、魂の部分で読者を感動させなければならない。そう正治は思ったのだ。

結局、その小説が日の目を見ることはなかった。

彼に、文学の方が向いていると言った編集者は、彼の書き上げた文学に対して、何が書いてあるかまったく分からないという評価を下した。そして彼に、もっといろんな本を読んだ方がいいとアドバイスをした。正治は言われた通り本屋に行って、有名な現代文学の作品を文庫で買い集め、原稿も書かずに読みあさった。

しかしどの小説も、何が書いてあるのかまったく意味が分からなかった。

途方に暮れた彼は、編集者に、どんな小説を書けば出版してくれますか、と教えを請《こ》うた。すると編集者は、売れる小説とは粗筋が書きやすい小説なんだよ、と教えてくれた。文学の話は、それから一切出なかった。正治は粗筋が書きやすいような小説、つまり、首なし死体、強盗、殺人、近親相姦が続出する小説を書いた。内容がそういったものであるにもかかわらず、持ち前の繊細さがいい方に出て、えげつない小説にはならなかった。彼のその作品は無事出版され、そしてそこそこ話題になり、売れた。彼は首が繋がり、作家を続けていくことができた。

正治には好きなミステリ作家がいた。その作家は、本格ミステリも書けば、社会派ミステリも書き、トラベルミステリも書いた。次々に作風を変える理由を、その作家はあるインタビューでこう答えた。

『私が本格ミステリでデビューした時、文壇は、こんな古くさい小説を書くような奴は、社会派ミステリは書けないだろう、と批判しました。そこで私は社会派ミステリを書き、その批判を潰しました。でも批判はまだ続きました。社会派ミステリは書けても、まさかトラベルミステリは書けないだろうと揶揄《やゆ》されたから、私はトラベルミステリを書きました。ハードボイルドも、恋愛小説も書いた。そうやって私は自分に対する批判を一個一個潰していったんです』

そのインタビューを読んだ時、正治は、これこそ正しい作家のあり方だと感じ入った。正治の小説がそこそこ売れるようになると、彼を批判する者が現れ始めた。批判は人気の裏返しだから、そうなることは必然だった。

正治は売るために、自分の作品を本格ミステリ仕立てにした。しかし表現したいものは、思春期特有の詩的な情動だった。熱心な本格ミステリ信者にとって、正治の小説は批判の対象になった。本格ミステリとしてのロジックが甘いというのが、その理由だ。

正治はそういった批判を無視することができなかった。彼は自分が売りにしていた繊細さを犠牲にしてまで、本格ミステリ的トリックを構築するのに血道を上げた。彼自身はそんな小説を書きたいと思ったことはなかったし、彼のファンも本格ミステリとしての完成度など求めていなかった。しかし、そんなことは関係なかった。

本の売り上げが伸び悩んだ正治に業界は冷たかった。正治をデビューさせてくれ、彼に純文学の方が向いている、と余計なアドバイスをした編集者は出世し、とうに正治の担当からは外れていた。それでも正治は自分を批判する本格ミステリの論客達と戦っていた。批判される度にころころと作風を変えていった正治の作品には、デビュー当時の繊細さは影も形もなくなっていた。

しかしそんな正治にも、まだ目をかけてくれる編集者が現れた。デビュー当時、正治ほど若い作家はいなかった。だが今は続々と若い作家が現れ、次々と正治を追い越していった。彼らは顔がよく、ファッションセンスがあり、そして業界内で愛想よく振る舞う術を身に付けていた。また彼らは、漫画やアニメに夢中だった。正治はそんなものには殆ど興味がなかった。どうして小説家が小説を書くのに漫画なんか読まなければならないのだろう。でも現実は、小説家のくせに漫画やアニメに夢中な作家達の方が、正治の本よりも遥かに売れたのだった。

新しい編集者は食事の席で、もう本格ミステリの時代は終わった。これからは『動物の時代』だ、と正治に言い立てた。現代のアニメや漫画やライトノベルに触れる若者は、作品の物語や世界観を楽しむのではない。メイド服や猫耳のような刺激に反応して楽しむのだそうだ。正治は衝撃を受けた。それでは今までサプライズや伏線を自分の作品に構築してきたのは、一体何のためだったのか。

それで正治は、主人公以外のすべてのキャラクターが猫耳のメイドの小説を書くことにした。本格ミステリの時代は終わったというから、作品中では何の事件も起こさなかった。伏線も張らず、結末の驚きもない。

そうして書き上げた作品は、正治の作家生活史上、もっとも稚拙で、みっともない小説となった。もちろん出版はされなかった。

正治に目をかけてくれた編集者は、その小説に散々駄目出しをした後、君は自分のデビュー作をもう一度読み返してみたらどうだい、と失望したような口調で言った。

一体何が悪かったのだろう。編集者の言う通り、自分はちゃんと『動物の時代』に即した作品を書いたのに。十人以上登場するメイド達は、ちゃんと髪型も髪の色も瞳の色も、喋り口調までも書き分けたのに。

しばらく食事も喉を通らなかった。

絶望する正治の脳裏に、編集者のあの最後の言葉が浮かんでは消えていった。

『デビュー作をもう一度読み返してみたらどうだい』

そういうことか、と正治は思った。正治のデビュー作は、若者らしい詩的で繊細な感性に溢れていた。本格ミステリも『動物の時代』も重要じゃなかった。思春期の若者の情動こそが重要だったのだ。

思えば、何故最初の編集者は正治が文学に向いているなどと言ったのか。純文学とは、大体において私小説のことを指すのではないだろうか。編集者は正治のデビュー作に私小説の匂いを嗅ぎ取ったのだ。だからこそ文学を書けなどと言ったのだ。

そして正治は、他人の言いなりになった挙げ句、一行も小説が書けなくなってしまった小説家の話を書いて、編集者に送った。

三日――一週間――十日――彼は返事を待ち続けた。

だが返事は来なかった。

何週間待っても、来なかったのである。

そんな取り返しのつかない事態になって、やっと彼は気付いた。

作家にとって、一番大切なことは、本を沢山読むことでも、批判する人間と戦うことでも、編集者のアドバイスに素直に耳を傾けることでもなかったのだ。

他人の意見を聞かないことだったのだ。

だがそれに気付いた時にはもう遅かった。

一度、原稿を送った編集者を電話でつかまえて、作品の感想を求めたことがある。編集者はやけに他人行儀な口調で、

「大変おもしろい作品だと思います。でも最近原稿がたまっていまして、最終的なお返事はもうしばらく待っていただけないでしょうか。近々にこちらからご連絡しますので」

などと言った。大抵は、今まで作家をやってきて、そんなバカ丁寧な口調で話されたことは一度もなかった。大抵は、ねちねちと作品の隅々まで駄目出しをされた。それで何度も推敲《すいこう》してやっと出版してもらえたのだ。

正治は、自分の作品はもう出版どころか、批判にも値しない小説になってしまったことを知った。

悲しみと恥辱の記憶に、化学調味料がたっぷり入ったカップ麺のスープが滲《し》みた。正治はこの大学に入ってすぐに作家としてデビューした。有名な作家の推薦文をもらい、天才だ何だと持ち上げられた。それで正治は自分が本当に天才だと勘違いした。すべて嘘だった。み

んな本を売るためにやっていたこと。編集者は本を売るためならどんな嘘でもつく。

　正治は作家として生きていこうと思っていた。だから就職活動などまるでせずに四年生になってしまった。人とうまく付き合えないからゼミにも入らなかった。この大学は理系だ。ゼミに入らなければ卒業研究ができない。理系のくせに卒業研究もやらないような学生を、企業はきっととってくれないだろう。

　季節はもう秋。今から就職活動したところで完全に手遅れなのは明らかだ。

　デビュー作だけは傑作だった。誰にも気兼ねせずに、誰の顔色も窺わずに書けたから。思えばその一作目で築き上げた編集者の信頼を取り崩して今までやってきたのだ。

　だがあの最後の小説で、その信頼の貯金もすべて使い果たしてしまった。

　正治が小説を書いていることを知っている者は誰もいなかった。それを吹聴したら友達も増えるだろうと思ったが、何だか言いふらしているようで嫌だった。脳裏には母が正治の作家デビューを親戚中に言いふらし、見世物にされた苦い記憶が去来した。あんな目で見られるのは二度とゴメンだ。

　――すべて母のせいだ。

　一流作家になるチャンスはいくらでもあったはずだ。それを潰したのは母だった。母はまるで正治が遊んで金を手に入れたようなことを言った。文章を売るのは仕事ではないと決めつけているようだった。当時はまだ一冊百万二百万程度の印税だからよかった。でも作家として成功したら、一千万二千万も夢ではない。そんな金が転がり込んできたら？　母はますます金をよこせと正治を責め苛《さいな》むだろう。ほどほどに金儲けするぐらいが波風立てないから丁度いいんだ。正治はそう考えて、無意識のうちに実力をセーブしてしまっていたのかもしれない。

あんな女と結婚していなかったら、きっと父さんも――。

その時、正治が座っているテーブルの前の地面を、ざっ、と誰かの足が蹴った。正治は気にも留めなかった。どうせここで誰かと待ち合わせでもしているのだろう。オープンテラスは格好の目印だから。

しかし。

「久能、正治さんですよね？」

女の声がした。正治はカップ麺を口に含んだまま、ゆっくりと顔を上げた。

少しパーマがかかった長い髪が西日で輝く彼女は、これ以上ないほど神々しく見えた。少し髪を傾けて、にっこりと笑った。正治は思わず口を開けた。含んでいた麺がカップに逆流して、熱いスープがぴちゃんと跳ねた。

「はじめまして。私、渡辺《わたなべ》カンナといいます」

そう彼女は名乗った。もちろんまるで知らない名前だった。しかし彼女は正治を知っていた。友達もおらず、ゼミにも入っていない彼の名前を知っている者など学生の中にはいないはずだった。

では、誰が知っている？

読者だ。

渡辺カンナは、肩から下げたトートバッグから正治の本を取り出した。売れないからサイン会も開いたことのない正治にとって、自分の読者との初の邂逅《かいこう》だった。面白おかしく正治の小説を冷やかす親戚共は読者なんかじゃない。

「ここ、いいですか？」

とカンナは、正治の向かいの席を指差した。そこで正治はようやく、あ、ああ、と声を発したが、発声の経験が人より少ない正治の喉からは、空気のような音しか出てこなかった。

カンナは正治の手前に自著——正治の作品の中でもっとも編集者が評価してくれたデビュー作だ——を置き、そしてバッグからペンケースを取り出し、ええと、何色がいいかな、などと言いながらマーカーを物色し始めた。

こんな可愛らしい女の子が正治に話しかけてくれたことなど、今までの人生で一度もなかった。小中高とクラスには女子がいた。だが女子は正治を人間扱いしなかった。近づくと臭いとわめき、席替えで正治の隣になった女子は、世界の終わりだとばかりに泣きわめいた。小中高時代の正治は学校に入学した時点ですでに有名人だった。母が誰彼かまわず正治の存在を言いふらしたから。そんな人間が嫌われるのは必然だった。

正治は渡辺カンナという現在の少女を目前にしながら、再び過去を回想した。

正治は男友達も殆どいなかったが、中学の時、武田という男と仲良くなった。武田は勉強ができ、顔もよかった。そんな武田が何故自分を救ってくれたのかは分からない。武田は俗に言う私生児で、立派なマンションに暮らしていた。母親は銀座のクラブで働いているという。面と向かって武田を罵《ののし》る奴はいなかったが、皆、大人の世界の匂いを感じ取ったのは事実だった。きっと武田は、そんな彼らの視線に疎外感を感じていたのだと思う。

何度か、正治は武田のマンションにあがらせてもらったことがある。モデルのように綺麗な母親が正治を出迎えてくれた。久能家とは比べものにならないほど、手入れが行き届いた部屋。豪奢《ごうしゃ》なオーディオセット。沢山のＣＤ。武田は洋楽のロック、それも最近のものではなく古いものを好んで聴いていた。正治は、その色あせたような音楽が好きだった。閉ざされた武田の部屋で昔のロックを聴いていると、自分達だけが俗世間から切り離されたような、そんな超然とした気分になれた。

中でも正治が好きだったのはドアーズだった。ファースト・アルバムの冒頭に収録されている『Break On Through (to the other side)』は正治の心を高鳴らせた。スピード感溢れる楽曲だったし、どこか退廃的な香りもした。

武田は、アルバムの最後に収録されている『The End』はエディプス・コンプレックスを歌っている曲だと教えてくれた。だがそんなものは自分とは無縁の欲望だと考え、正治は気にも留めなかった。

当時、父はまだ生きていたが、正治は父が嫌いではなかった。むしろ殺したいと思ったのは母の方だった。しかし父は自分で勝手に死んでしまい、母は絶えることなく正治に干渉してくる。母などいなくなればいいと思った。死んでしまえと思った。

武田は、正治にそのドアーズのアルバムをくれた。今でも正治の大切な宝物だ。

だが、武田との友情は短かった。

一度だけ、正治は武田を自分の家に呼んだことがある。母は正治が勝手に友達を作ることも好ましく思っていなかった。シミだらけの顔の母は、正治と武田が話している部屋にちょくちょく顔を出し、お菓子はいるかジュースは飲むか、あなたどこに住んでいるの、などとちょっかいを出した。若く綺麗な武田の母親ですら、そんなことはしなかったのに。

その日から母は、四六時中武田の悪口を言うようになった。あいつの母親は銀座のクラブで働いている。あいつは私生児だ。父親は誰だか分かったもんじゃない。母はいつもそうだった。自分の気に入らない人間の悪口を、近所中に言いふらした。そんなことをすると自分の、ひいては正治の評判が落ちるのだが、母はまったく意に介さなかった。

正治は、こんな思いをするくらいだったら、武田と付き合うのをやめた方がましだと考えてしまった。子供が金持ちになるのを母は許さないから、成功しないように自分の実力をセーブしてきた正治のメンタリティは、当時からすでに形成されていた。

結局、それで武田とは疎遠になってしまった。すべて母のせいだった。


母のせいで正治は友達を失い、仕事にも失敗した。

正治は渡辺カンナをぼんやりと見ながら、こんなことを思った。

もし彼女と付き合うことになって家に連れて行ったら、一体母はどう思うだろう。男友達の武田を呼んだだけで、あの騒ぎだ。女など連れて行ったら、きっと天地がひっくり返るほどの大騒ぎになるに違いない。そして母は彼女と正治の関係を完膚《かんぷ》無きまでに破壊して、一人悦に入るのだ。

自分は将来結婚できるのだろうか――そう正治は思う。できないに違いない。あの母がいるからだ。母親。母親。母親母親母親母親母親母親母親母親。あいつがすべて邪魔をする。

正治からすべてを奪っていく。

「――来るのが遅かったよ」

正治は渡辺カンナに言った。彼女は可愛らしく首をかしげた。正治の言っている言葉の意味が理解できない様子だった。

正治の才能を好いてくれる女の子がきっと現れるかもしれない。正治はずっとその日を待ち続けた。だが念願叶った時、自分は作家を廃業していた。こんな皮肉な話はない。

「私、自分が通っている大学に久能さんがいるなんて、夢にも思わなかった！」

零《こぼ》れるような笑顔。可愛らしかった。この女の子には彼氏がいるのだろうか。多分いるだろう。そいつから奪うことはできるだろうか。難しいが、作家として生きていた頃なら努力のし甲斐《がい》があったかもしれない。だが、もうすべてが無駄だ。

「どうして俺が分かった？」

顔写真は晒《さら》してないし、作家であることは言いふらしていない。

「進路指導部の先生が教えてくれました」

憤った。進路指導部に呼び出された正治は、彼らに就職活動はしないと宣言した。自分は作家でやっていくからと。もちろん編集者にクビを切られる前の話だ。本当に一生作家で生活していくの？　そんな危ない橋は渡らないで素直に就職しろ――そう言い諭されると思ったが、進路指導部は笑顔で正治を応援してくれた。

進路が決まればなんだっていいのだ。それが彼らの仕事なのだから。挙げ句の果てにプライバシーを赤の他人に晒すとは。

でももちろん、女の子が自分の所にやってきてくれて、嬉しくないはずがない。

「サイン、頂けますか？」

正治はぶっきらぼうに頷いて、自著の扉に金色のマーカーを走らせた。渡辺カンナは、わぁ、と感激の声を上げた。こんな時のために練習をしていたから、サインだけは一丁前に上手かった。

「私、久能さんの本では、このデビュー作が一番好きです」

『MEMORIES』というこっ恥《ぱ》ずかしいタイトルの処女作だった。

粗筋はこうだ。ある場所で女が目覚めるが、女は記憶を失っている。女がいた場所は所謂《いわゆる》密室状態だった。地面の状態から推測して、そこに足を踏み入れたら必ず足跡がつくはずだ。しかし女の足跡はない。記憶を失った女は偶然出会った男に助けられ、同棲生活を始める。ちなみに男の名前は武田という。あの武田をモデルにしたのだ。

渡辺カンナは、赤い紙袋を正治に差し出した。

「これ、プレゼントです。よかったらどうぞ。もうすぐ冬だから、私が編んだんです。ださかったら、捨ててもらっても構いませんから！」

正治は渡辺カンナから紙袋を受け取った。彼女の頬が少し赤くなったような気がした。

そして彼女は、恭しく正治に頭を下げた。

「お食事中ごめんなさい。これからもいい本を沢山書いてくださいね！」

渡辺カンナは、小走りに正治から去っていった。その背中がどんどん小さくなっていく。

「ま、待って――」

正治が発したその声はあまりにも小さく、彼女には届かなかった。

名前しか聞かなかった。

どの学部なのか、それすらも分からない。

連絡先ぐらい訊けばよかった――そう思った。

そして渡辺カンナの最後の言葉が頭の中をぐるぐると渦巻いた。

これからもいい本を沢山書いてくださいね――。

だが彼女は、正治の処女作が一番好きだと言った。それがすべてだった。自分は書けば書くほど駄目になっていった。そして価値のない男に成り下がった。

俺はクズだ。

突然、正治の頭に、どうやって自殺しようか、という考えが浮かんだ。やはり父が選んだようにオーソドックスに首吊りだろう。飛び降りは高いし怖い。毒は用意するのが難しい。

でも、自殺する前に、せめて女の子と付き合いたかった。せっかくこの世に生まれたのに、デートもしないまま死んでいくなんて、寂しすぎる。

今さっき目の前にいた渡辺カンナの美貌《びぼう》が、まるで残り香のように正治の脳裏に焼き付いて、消えない。

正治は紙袋を開けた。

中に入っていたのは、紺色のマフラーと、包装された小箱だった。持ち上げて振ってみた。軽い。そして少し音がする。菓子か何かだろう。

小箱を紙袋に戻し、正治はマフラーを首に巻いた。クビの周りがチクチクする。いかにも手作りだ。だがその感触が、正治のささくれだった心に染みた。癒されるのと同時に、自分はかけがえのないものを失ってしまったのだと思い知って、涙が出た。

失ったものは、未来だった。

正治は、あー、だとか、うー、などと呻きながら帰宅の途についた。だがその正治の呻き声はあまりにも小さかったので、壊れかけの彼の心が発する叫びを誰も察知できなかった。

ポストに夕刊があったので、正治はそれを取った。一面の見出しには『馬場《ばば》内閣支持率一桁台へ』という文句が躍っている。新聞社の世論調査では、社会党の現内閣よりも野党の保守党の方が遥かに支持率が高いのだそうだ。保守党に嫌気がさした人々の支持を得た社会党は前回の選挙で大勝したが、しかし一向に不況は改善の兆しを見せない。保守党が藪木《やぶき》という若くて美人の女性を党首に祭り上げたこともあって、政権の座を再び保守党が奪取するのは時間の問題とも言われている。そんな若い党首じゃ頼りないという意見もあるが、実質藪木はお飾りの党首で、保守党は副総裁の福岡源三《ふくおかげんぞう》が掌握しているのは公然の秘密だという。

しかしもちろんそんなことは、正治の人生とは何にも関係ない話だった。

居間には母がいた。正治はテーブルの上に夕刊を投げ置いた。床に座り込んで洗濯物を畳んでいた母は正治に、

「おかえり」

と言った。正治は無視した。すると母は、きっ、と息子を睨んだ。無視したのが気にくわなかったのだ。かまわずに自分の部屋に向かおうとした。しかし、それはなされなかった。

正治が、渡辺カンナから貰ったマフラーを首に巻いていたからだ。

「ちょっと――そのマフラー、どうしたの？」

正治の服はすべて母が買ったものだった。彼はまるで母の着せ替え人形だった。そんな育て方をされたから正治は、自分にどんな服が似合うのか、洋服屋でどうやって服を買うのか

さえ分からない大人になってしまった。

「やだ！　これ手編みじゃない！」

母がマフラーの端を強く引っ張った。首を絞められ正治は息が詰まりそうになった。

「誰が編んでくれたの⁉　誰から貰ったの⁉　どこで貰ったの⁉」

正治は自分だけで何とかやろうとした。学校での人間関係、作家という仕事。だがすべて母が邪魔をした。作家として成功していれば、この家を出ることもできた。だが失敗した今、自立するための金を他の方法で稼がなければならない。バイト経験すらなく、就職活動をしなかった正治にとって、それはあまりにも高いハードルだった。

「うるさい！」

正治は絶叫した。普段から人と話をせず、衰えてしまった彼の声帯から発せられた、ささやかな罵声《ばせい》だった。

しかしそれでも母が動揺するのには十分だった。今まで逆らわなかった我が子の、初めての反抗。母は息子に拒絶された腹いせに、下卑《げび》た嫌らしい顔を浮かべ、こう言い放った。

「お熱いカップルだな～」

目の前に、何か真っ赤なものが煌《きら》めいた。正治は今度こそ本当に絶叫した。絶叫して、絶叫して、絶叫し続けた。握り拳を母の顔面に叩きつけた。血飛沫《ちしぶき》が舞った。母はその場に崩れ落ちた。何だ、こんな簡単なことだったんだ、この女を黙らせるには。そう思ったら、もう止まらなかった。床で蠢《うごめ》いている母を尻目に、正治はキッチンに向かった。シンクの下の戸を開けた。正治は一番大振りな出刃包丁を手に取り、母の元へ引き返した。

その間の記憶は、正治にはなかった。

我に返った時、母は事切れていた。正治の全身は、母の血で真っ赤に染まっていた。死体からは内臓のようなものまで飛び出していた。殴って鼻を折って、おまけに包丁で切り裂いたせいで、その顔は殆ど原形をとどめていなかった。

正治はひとしきり笑ってから、血の海となった床の上にぼんやりと座り込んだ。

母の死体を眺めた。頭の中ではあのドアーズの曲が鳴っていた。母親を殺すのと、母親を犯すのとは、一体どちらの罪が重いだろう――そう思った。

子供は父を殺して大人になる。だが正治には父がいない。だから母が父の代わりになった。しかし皮肉なことに、正治は大人になることと引き替えに、未来を失ったのだ。

正治の首からは、すべての破局のきっかけとなったマフラーがぶらぶらと揺れていた。せっかくのマフラーも血で汚れてしまっていた。正治はそのマフラーを手に取り、顔を埋《うず》めた。渡辺カンナの匂いがするような気がした。

正治はもらった紙袋からあの小さな小箱を取り出し、丁寧に包装を解いた。中から一枚のカードのようなものが転がり落ちた。

小箱に入っていたのは、高級そうなウィスキーボンボンだった。一粒、二粒と、貪るように食った。チョコレートの甘さと、アルコールがツンと鼻にきて、その場の血生臭さを忘れさせてくれた。

でも、それも一時だった。

母の臓物と血潮で汚れた部屋に、低い呻き声が響き渡った。正治はボロボロと涙を零した。母によって感情を殺されて生きてきた彼の、それが初めて取り戻した人間らしい感情だった。

正治は泣きながら、床に落ちたカードを何気なく拾った。

カードには女の子っぽい丸文字で、こんなメッセージが書かれていた。

『甘いもの、お好きですか？　もしお口に合わなければ、捨ててしまってください。私はこれからもずっと、久能さんを応援しています。久能さんには作家として大きくなる未来が待っているんですから！』

正治はチョコレート混じりの涎《よだれ》を垂れ流しながら、声を上げて慟哭《どうこく》した。あんな母親を殺したばっかりに、俺は未来を捨ててしまった。無限に広がる将来を、自ら棒に振ってしまったのだ。

その時、正治の視線は、カードの下に書かれたある数字をとらえた。

11桁のその数字は、どうやら渡辺カンナの携帯番号のようだった。

震える手で、バッグから携帯を取り出した。そして、ほとんど機械的にその11桁の番号を入力した。

彼女は、すぐに電話に出た。

『あ、久能さん？　嬉しい！　お菓子食べてくれました？』

その声は、とても遠くの方から聞こえてきた。彼女がいる場所と、自分が今いる場所は天国と地獄ほど隔たりがあった。

『久能さん？』

黙りこくっている正治に、訝しげな声を彼女は発した。その声すら、とても優しく正治の耳朶《じだ》を撫《な》でた。正治は電話口で号泣した。

今さっき母親を殺したと告げた。渡辺カンナは息を呑んだ。

「これでやっと自由になれたよ！」

そして正治は、今まで自分がどれだけ母に酷い育てられ方をされたのかをまくし立てた。本を出せない身分にまで堕ちたことも、すべて白状した。

「──せっかく君と会えたのに」

正治は泣きながら言った。

「もう、これで、お別れだね」

そう言って、電話を切ろうとした。

だがその時、渡辺カンナは言った。

『久能さん、よく聞いてください』

自首しろとか、変なことを考えないで、といった類のことを言われると思ったが、違った。

『私、久能さんを助けてあげられるかもしれません』

彼女のその言葉の意味が、まるで分からなかった。

3

神奈川県警の警部補、近藤祐二《こんどうゆうじ》が自分のデスクでうつらうつらしていると、部下の松前《まつまえ》がやってきた。

「近藤さん、ちょっといいですか」

「何だよ、俺は暇じゃねえんだよ」

嘘だった。本当は暇で暇で仕方がなく、松前が声をかけてくれて嬉しかったのだ。だが、自分が本当に望んでいるものは、決して他人に悟られてはならないというのが、近藤のポリシーだった。

「そう仰《おつしや》らずに。僕一人じゃ、心許《こころもと》なくて」

「一人前の大人のくせに泣き言言うな。で、何だ？」

「何か捜索願いらしくて」

ちぇっ、と小さく舌打ちして、松前と共に応接室に向かった。近藤と同年代と思われる中年の女性が、ソファーに背中を丸めて座っていた。出されたお茶に手を付けることもなく、とても居心地が悪そうだ。目が合うと、ぺこぺこと頭を下げてきた。

近藤は彼女の向かいのソファーに、まるでふんぞり返るように腰を下ろした。

「今回はどういうご用件で？」

近藤は高圧的に言った。

「——あの、さっきそちらの人に話しましたけど」

女性は実に遠慮深げに言った。松前は近藤の分のお茶も持って来た。

「ご面倒でも、もう一回話をお願いします」

「——実は、お隣さんが行方不明みたいで」

「失礼ですけど、お名前は？」

彼女は慌てた様子で、今井《いまい》です、と言った。

「今井さん、ね。それで誰が行方不明なんですって？」

「お隣さんの、久能さんです。凄く気さくないい方で、普段から仲良くしてもらってます。久能さんは奥さんと息子さんの二人暮らしなんです。旦那さんは製紙会社に勤めてたんですけど、不況で会社が倒産して、自殺してしまったそうです。本当に可哀想。それで息子さんは小説を書いていましてね――」

急に饒舌《じょうぜつ》になった今井の話に、近藤はいささかウンザリした。彼女は事態を深刻に考えているからこそ警察署にまで来たのだろうが、話の端々に浮かべる今井の笑みを、近藤は見逃さなかった。今井から受ける印象は、噂好きの主婦以外の何者でもない。ここは井戸端会議の場所じゃないんだぞ、と言いたくなる。

「――もうかれこれ一週間も姿を見かけないんです。ポストには新聞や宅配の牛乳が山のように溜まっていて。もし旅行に行くとしたら、新聞や牛乳は止めるはずでしょう？」

「交通事故にでも遭って、入院したとも考えられる」

と近藤はにべもなく言った。

「息子さんもですか？」

「入院している母親の付き添いでもしているんだろう。その息子は何をしてるんですか？」

「さっきも言いました。小説を書いているんです。私も久能さんから一冊貰ったけど、正直言って難しくてよく分からなかった」

「小説を書いている？　どういうことですか？」

「大学に行きながら、小説を書いてるんです」

じゃあ身分は大学生だ。小説を書いているなんてことはどうでもいい。人間の身分とは、どこの組織に所属しているかでしかないのだ。

「若者は気ままにどこにでも行くでしょう。それと偶然、母親の不在が重なっているだけだ。事件とは言えないな」

「事件ですよ！　だって久能さんところの息子さんは、とても真面目で、気ままにどこにでも行くようなタイプじゃないんです！」

「真面目でも気ままに旅行ぐらいするでしょう。気晴らしに」

そう投げやりに言ってから、松前を見やった。こんな些末な相談は自分一人で処理をしろ、という首肯だった。

だが松前は、

「今井さん。さっきの話をもう一度してください。あなたが最後に久能さんの息子を見かけた時のことを」

と言った。今井は待ってましたといわんばかりに口を開いた。

「あれは食事の支度を始めようと思った時のことです。私はキッチンに立っていました。そこの窓から、丁度お隣の久能さんの家が見えるんです。別に覗いちゃいませんよ。そうなっているというだけです。キッチンに立たない訳にはいきませんから。そしたら、久能さんの家から物凄い声が聞こえてきたんです」

「何です？」

「うぎゃー！　っていう叫び声です。あれは小説を書いている息子さんが上げた声ですね」

「普段からそんな叫び声を？」

「いいえ、その時が初めてです」

確かに異常かもしれないが、それだけで即事件と決めつけることはできない。今井もそのことは分かっているようだった。

「そういう仕事していると、普通の人間には分からないストレスとか溜まるのかな、と思って、詮索《せんさく》しないで食事の支度を続けたんです。でも、それから一時間ぐらい経って――」

今井はごくりと唾を飲み込んだ。

「何か起きたんですか？」

「はい。久能さんの家の前に車が停まったんです。ワゴンタイプの。そこから人が降りてきました。髪の長い、可愛らしい感じの女性と、身体の大きな男の人です。二人は久能さんの家の中に入っていって、しばらく出てきませんでした」

「その一部始終を、あなたはそのキッチンの窓から覗いていた訳だ」

「だから詮索はしませんよ。でも仕方がないじゃないですか。お隣からあんな叫び声が聞こえて——男女が家に入って三十分ぐらい経ってからでしょうか。息子さんを交じえた三人で外に出てきたんです。男の人は、青いビニールシートにくるまれた、細長い荷物のようなものを担いでいました。その荷物を車の中に入れてから、三人は車に乗りました。そしてそのまま、去っていってしまったんです」

「それから、久能さんの一家が行方不明になったと？」

　今井は頷いた。

「その車のナンバーは？」

「メモしようと思ったんですけど、キッチンの窓からの角度では隠れてしまってよく見えなかったんです」

　近藤は小さくため息をついた。

「お話は分かりました。それであなたは警察にどうしろと？」

「一週間も久能さんのご家族が行方不明になっているんです。捜してください。それが警察の仕事でしょう？　私、久能さんのことが心配で心配で——」

近藤はゆっくりと首を振った。

「あなたの話だけでは、事件性があるとは思えませんな。久能家に来た男女は、息子と共に車の中に何か荷物のようなものを運び込んでいたと言いましたね？　もしかしたら夜逃げしたのかもしれない。久能家には夫がいないんでしょう？　金銭面で苦しかったんじゃないですか？　事件があったという証拠がない限り、警察としてもどうすることもできません。捜索願でも出てりゃあ、話は別ですけどね」

「私が出します！」

「あなたは久能さんの親族ですか？」

今井は首を振った。

「捜索願は親族でなければ出せないんですよ」

松前が説明する。

「我々は皆さんからの税金を使って仕事をしています。税金を湯水のように使うことはできません」

税金、のところを強調して言った。

「私にはどうすることもできないんですか？」

「できること？　ありますよ。久能さんの親戚に相談するんですね。親戚が捜索願を出せば、我々としても動かざるを得ない。もし親戚が見つからないのであれば、探偵事務所にでも行ってください。金を払えば捜してくれます」

近藤はにべもなく言った。今井は殆ど泣き出しそうになっていた。

「――どうします？」

耳元で松前が呟いた。

「どうもこうもない。丁重に外までお送りしろ」

さあどうぞお帰りください、と言おうとしたが、今井は率先して立ち上がった。物分かりがよくて助かる。だがどうせこういう類の噂好きは、家に帰ったら警察の無能さ、横暴さをあちこちに言いふらすのだろう。

応接室を出て行く今井を横目で見ながら、誰もいない応接室で一人茶を啜った。

「温《ぬる》いな」

その時、応接室のドアが開いた。松前が戻ってきたのか、と思ったが、上司だった。

「こんなところで油を売っているのか？」

「今まで、市民の相談を聞いてたんですよ。隣の家の住人が行方不明になったとかで。事件かどうかはまだ分かりません」

「そうか。それより仕事だ。こっちは本当の事件だぞ」

近藤は温い茶を飲み残し、立ち上がった。

「ところで飯は食ったか？」

「いいえ」

「ならよかった。もっとも、しばらくは食欲も湧かないかもしれないけどな」


「お前、飯を食ったか？」

現場に向かうパトカーの助手席で、近藤は松前に言った。

「いいえ。何故です？」

「さあな。現場がよっぽど酷いんだろう」

松前は鼻で笑った。

「何を今更。凄惨《せいさん》な現場は山のように見てるじゃないですか」

「まあな」

「そんなことより、大丈夫ですかね。あの今井という主婦の話を聞かなくて」

ハンドルを握りなら松前はそう語る。松前は生真面目な男だった。

「話なら聞いたぞ。聞くだけだが」

「思ったんです。久能家から運び出したという荷物です。あれは死体じゃないですか？　久能家の住人は、母親と息子の二人だけです。車で去って行った三人の中に、中年の女性はいませんでした。母親はどこに行ったのでしょう？」

「別行動で逃げたのかもしれない」

「なら目撃されてもいいんじゃないですか？　三人が母親を殺し、死体と共に逃走したと考えれば辻褄《つじつま》が合う」

「でも捜索願が出されなきゃ、どんなに想像を逞《たくま》しくしてもどうしようもない。久能の家でルミノール反応でも調べるか？　なるほど殺人が起こったのなら血液の反応が出てもおかしくはないが、しかし物事には順序というものがある」

どんなに殺人の疑いが濃厚でも、捜索願が出されなければ、もしくは死体そのものが発見されなければ、捜査に踏み切ることはできない。

現場にはすぐに到着した。パステルカラーの瀟洒《しょうしゃ》なアパートだった。野次馬でごった返しているが、すでにテープを張ってアパートの敷地に立ち入れないようにしている。アパートの他の住人達も不安そうに顔を出し、事の成り行きを見守っている。

殺人が行われた部屋の前に立っている制服警官がドアを開けた。１ＬＤＫの小さな部屋だった。むわっとした臭気が近藤を包み込む。しかしそれは腐敗臭ではなかった。近藤が近づくと、死体を取り囲んでいた鑑識が一斉に立ち退いた。

被害者は男性だった。腹の上から首の下にかけて縦真一文字に切り裂かれている。だが近藤がそう思ったのは、そうしなければこのような状態にならないという極めて常識的な判断からであり、真っ直ぐに切り裂かれた傷口がそこに存在しているわけではなかった。

全裸の被害者の、顔と下半身はまともだ。両腕を横に伸ばして、大の字のように横たわっている。胸からは無数の白い骨が飛び出している。また腹からは腸が飛び出して、そこら中にとぐろを巻いている。床は一面、血の海だ。

「どうしてこんなことになったんだ？」

「どうやら犯人が腹を切り裂いて、中を漁《あさ》ったようなんです」

と鑑識の一人が言った。

「何故そんなことを？」

鑑識は被害者の頭部を指差しながら答えた。

「もちろん検視の結果を待たなければなりませんが、頭部に外傷があります。後頭部が潰れている。頭蓋骨陥没骨折というやつです。恐らく死因はこれでしょう」

「じゃあ、生きたまま腹を切り裂かれて殺された訳じゃないってことか？」

「そう思います。人道的見地からそうしたのではなく、暴れてもらっちゃ腹を切り裂くのに支障が出るからそうしたふうにも見えます。犯人の目的は恐らく――」

鑑識はどこか小声になって言った。

「心臓です」

「何だと？」

「どこを探しても心臓がないんです。犯人が持ち去ったとしか思えない」

近藤は思わず死体の切り裂かれた腹の中を見つめた。言われなければ、いや言われたとしても、心臓の有無などとても素人目には分からない。

「心臓を取るために、胴体を切り裂いたって言うのか？」

鑑識はこくりと頷いた。

「心臓を持ち去るために、殺したとも言えます」

「なんとまあ――」

現場検証、検視の結果は、鑑識の推測と大きく異なることはなかった。被害者――椎名《しいな》光《みつ》彦《ひこ》26歳会社員は、後頭部を鈍器のようなもので殴られて死亡した。犯人は椎名光彦の息の根を止めてから、彼の腹を開いた。あの死体の酷い惨状は、心臓を探すためだった、と考えるとすべて合点がいく。

部屋を捜索した結果、阿部総合病院という病院の診察券が見つかった。また被害者が常用している大量の薬も。その薬はワーファリンといい、血液の凝固を弱める働きがある。捜査官が阿部総合病院に問い合わせると、新名光彦は半年前弁置換の手術を受けたのだという。心臓の弁を人工弁に取り換える手術だ。恐らく新名光彦の身体には手術の傷痕があったのだろう。しかしそれも消失した。犯人は椎名の、心臓手術の傷痕に沿って身体を切り開いたのだ。そして心臓を持ち去った。そこに手術をしたという決定的な証拠が残っているから。

犯人は、何としてでも椎名光彦の身体に残る、心臓手術の痕跡を取り去りたかったのだ

——近藤はそう思った。

「しかし、それはどうですかね」

松前は言った。

「何故だ？　部屋に診察券と薬が残っていたから椎名光彦が過去に心臓手術を受けていたことが分かった。だがそれすらなかったら、恐らく彼が阿部総合病院の患者だったことは、今でも分からないままだったかもしれない」

「そうですか？　仮に診察券がなくても、検視すれば分かります。心臓手術は負担が大きい。身体を切って、開いて、心臓に人工弁を埋め込んで終わり、なんて単純なものではありません。手術が終わった直後は、きっと沢山の管に繋がれていたでしょう。血液を外に流すドレーンとか。傷痕は、必ず身体に残っているはずです。それに胸骨や肋骨を開いて心臓にメス

を入れるんだから、骨にも痕が残ってるはずです。だけど死体から持ち去られたのは心臓だけだった。それだけで外科手術の痕跡をまるまる消すなんて、ちょっと無理すぎますよ」

松前は腕組みした。

「もちろん最終的に手術のことが知れたとしても、犯人が時間稼ぎのために被害者と阿部総合病院との繋がりを一時的にでも隠したいと思った、という推論は成立します。しかし犯人はワーファリンと診察券を持ち去らなかった。何故です？　それこそが被害者が阿部総合病院に通院しているという証拠に他ならないのに」

「どこにあるのか分からなかったのかもしれない」

「１ＬＤＫの部屋ですよ？　心臓を取り出す労力を考えれば、薬や診察券を探すぐらい大したことはない」

「ううむ」

近藤は唸《うな》った。

たとえば被害者の椎名光彦の心臓手術が失敗し、阿部総合病院の関係者がその手術ミスを隠蔽するために、椎名光彦を殺した、などという可能性は限りなくゼロに近い。椎名光彦は手術後とても元気そうだった、という知人や会社の同僚の証言もある。もし心臓手術にミスがあったとしても、それは今日明日中に椎名光彦の健康状態が悪化するなどといった切迫したものではないのだ。彼は毎月阿部総合病院に通っていたという。正直に手術ミスを打ち明けるなり、適当な理由をつけて再手術を行えばいいのではないか？

近藤は周囲を見回した。午後の病院の待合室は閑散としている。窓の外にはコンクリートの駐車場が広がり、その向こうは海だ。海のさざ波は、実に心を落ち着かせる。その海と駐車場のコントラストだけに目を留めれば、穏やかで、療養所、というイメージがぴったりくる光景だった。だがしかし少し視線を上げると、海の向こうに建っている工場群が目に入る。まるで巨大な船舶のように、海の上に浮いているようにも見える。

手すりのついたタラップや、無数のパイプ類が縦横無尽に張り巡らされて、じっと見ていると何だか気持ちが悪くなってくる。うっすらと蒸気のような煙がそこかしこから立ち上っている。そんな光景が海の向こうにどこまでもどこまでも続いている。

「この病院も、あの萩原重化学工業が経営しているそうですね」

「ああ。重化学工業が病院経営なんて畑違いのような気もするが、従業員の健康に気を遣っているアピールになるとでも考えているんだろう」

「なるほど――でも近藤さん、気付きました？」

「何がだ」

「この病院、手術棟がないんです」

「ないはずないだろう。椎名光彦はこの病院で弁置換の手術を受けているんだ」

「でもフロアの案内板には、手術棟はなかったように思えます」

「何かの見間違いだろ」

その時、向こうから白衣を着た医師が、ペタペタとサンダルを踏みしめながらやってきた。

近藤と松前は立ち上がった。

「お待たせしました。今やっと手術が終わったもんで」

ほらみろ、と近藤は松前を見やった。

「いいえ、先生もお忙しいでしょうから、すぐにおいとまします」

医師は諸星と名乗り、彼の診察室に案内された。今日は予約の患者はいないのだそうだ。

「椎名さんについてお知りになりたいんですってね？　亡くなったと聞いた時は、本当に驚きました。椎名さんは完治して退院されましたからね。それから殺されたと聞いて二度びっくりです」

どことなく諸星は饒舌だった。元からこういう人間なのかもしれないが、嘘を隠している容疑者の口調と似ている。やましいことがあったり緊張したりしている人間は、お調子者のようにべらべらと喋るものだ。

「ご存じですか？　死体の状況は」

心なしか諸星は暗い表情になった。患者の無残な死に心を痛めているとも、犯人に持ち去られた心臓に関しては喋りたくないという意思表示とも取れる。

「ええ。酷いことをする人間もいるものですね」

「椎名さんは、あなたに心臓手術を受けた半年後に殺されました。しかも心臓をえぐり取られて。殺人の動機と何か関連性があるのかもしれません」

だが諸星は、

「それはないと思います」

と即答した。

「何故です？」

「椎名さんは弁膜症でした。正確には大動脈弁閉鎖機能不全です。先天的なものでしょうが、初めて発見されたのは会社の健康診断でした。自覚症状もなかったと聞いています」

「それは一体どういう病気なんですか？」

「弁がうまく働かず血液が逆流してしまうんですよ。心臓は全身に血液を送り出す大事な器官ですから、そんな心臓をそのまま放っておいたら長く生きることはできないでしょう。もちろん、手術は成功しました。そもそも弁置換の手術はそれほど難しいものではないんです。簡単な手術、と言ってはいけないかもしれません。心臓手術ですからね。つまり、一般的な手術ということです。私が受け持っている患者さんは、大半が人工弁を入れてワーファリンを服用しています。普通の外科の手術なら傷が治ればもう通院の必要はありませんが、ワーファリンを飲み続ける限り、定期的にこちらの病院に通ってもらう必要がある」

「なるほど、そりゃ大変だ」

「椎名さんが弁置換の手術を受けていたことを、知っている人はいるんですか？」

松前が訊いた。

「多分、大勢いるでしょう。実家のご両親も病院に駆け付けてきたし、何しろ心臓手術は一ヵ月以上もの入院を必要としますからね。たとえば職場の方達で彼が心臓手術を受けたことを知らない人はいないでしょう。今申しました通り、弁置換手術は極めて一般的なものです。そりゃ世紀の奇病を私が治したとなったら、椎名さんの心臓には特別な価値があるかもしれない。だけど、そうではないんです」

「しかし犯人は死体から心臓をえぐり出して持ち去りました。被害者が最近心臓手術を受けていたとなったら、こちらとしても関連性を調べるほかありません」

本部では、今回の犯行は臓器のブローカーによる殺人という見方まで浮上しているのだ。だがこれは可能性が低いと思っている。犯人は不衛生な場所で、何の手術用器具もなく、死体から心臓をもぎ取って行ったのだ。そんな心臓では移植用として役に立たないだろう。

「ですが、どうして椎名さんだけが殺されるんですか？　人工弁の患者さんは山のようにいるのに。椎名さんが殺された理由に、この病院の心臓外科が関係しているとは到底考えられません。希望する患者さんには、手術を録画してＤＶＤで渡してもいる。私達に後ろ暗いことは一切ありません」

「では先生は、何故犯人が心臓を持ち去ったと思いますか？」

「知りませんよ。それを調べるのはあなた方の仕事でしょう」

気分を害したようで、諸星の口調が少しきつくなった。近藤は思わず口をつぐんだ。

「ちなみに先生。この病院には手術棟がありませんね？　これは極めて構造的に変わっていると思うのですが」

空気を変えるためか、松前が言った。まだ言っているのか、と近藤は思った。

「気付かれましたか。確かにこの病院には『中央手術部』というものはありません。この阿部総合病院では、たとえば心臓外科なら心臓外科の、脳外科なら脳外科の、それぞれの手術室群を置いています。麻酔医も、看護師も、それぞれの科の専属の、言ってみればプロフェッショナルです。科によって行う手術の内容も、使用する器具もまったく異なりますからね。各科によって細分化された手術室を用意しておけば、それだけきめ細かな手術を行えます。アメリカではこのような形態が一般的になっていますが、我が国では残念なことにまだまだなんです。まあ、それだけこの病院が他より優位にあるということですが」

「ここは名実共に最先端の医療を提供する病院という訳ですか。しかし何故、このようなシステムは普及しないいんです？」

「金がかかり過ぎるんです。各科にそれぞれ手術室群を置くよりも、中央手術部を一つ置いて、いろんな科で使い回せばその分効率がいいですからね。コストも人員も最小限で済みます。しかし効率重視では、高度な手術をするのには限界があります」

「じゃあ、他の病院では難しい手術も、設備が揃っているここでは行える、ということがあるのですね」

「ええ」

「くどいようですが、先ほど話に出た椎名光彦の弁置換の手術は――」

「あれは別にうちでなくても、心臓外科のある病院ならどこでもできるでしょう。いくらアメリカのような画期的なシステムを持っているからといっても、他の病院で匙《さじ》を投げた患者さんばかり選んで集めて治療している訳じゃない。繰り返しになりますが、確かに心臓手術というだけで大事です。しかし椎名さんが受けたのは、心臓手術の中でも比較的簡単なものなんです。お分かりいただけますか？」

椎名の主治医に訊けば何か分かるかと思ったが、分かったのは阿部総合病院の手術室のシステムがいかに画期的かということだけだった。これでは自慢話を聞きに来たようなものだ。

病院の外来フロアには、街でよく見かけるコンビニエンスストアや、コーヒーショップが入っている。まるでショッピングセンターのようだ。松前と共に、コーヒーショップに入った。席に座ったものの、しばらく無言だった。

「収穫はなかったですね」

松前が口を開いた。

「やっぱり今の段階じゃ、心臓の持ち去りに関してはあれやこれや言える段階じゃないですよ。また同じ手口で人が殺されれば別ですけど——」

「だが関係しているはずだ。関係してないはずがない」

「たとえば埋め込んだ人工弁が不良品で、メーカーの人間が不良品を回収するために殺したとは考えられませんかね?」

近藤は苦笑した。

「でも、お前の違和感は正しかったな」

「何がです?」

「例の手術室だよ。やはりこの病院には手術棟はなかった」

「ああ、あれですか。そうですよね。普通の病院だったら、手術棟があるはずです。でも、それがない。おかしいと思いました」

「何でこの阿部総合病院はそんなふうになっている？　そんな方式にしたら、余計にコストがかかると諸星も言っていたじゃないか。金はどこから出てる？」

近藤の脳裏に、神経のようにパイプが張り巡らされた工場の全景が浮かんだ。松前も同じことを考えたようだった。

「でも、まさか萩原重化学工業が今回の事件にかかわってはいないでしょう」

「どうしてそう思う」

「椎名光彦と萩原重化学工業との接点はないはずです。彼はこの病院の患者でしたが、しかしこの病院を誰が経営しているかなんてことは入院患者にとっては関係ないことですから」

「手術室が各科ごとにあるメリットは？」

「そりゃさっきも諸星が説明していたじゃないですか。きめ細かな手術が行えるってことでしょう」

近藤は松前を見つめて、言った。

「それだけ閉鎖的になって、秘密が保たれるってことだよ」

「じゃあ、やっぱりミスがあったと言うんですか？」

「いや、ミスはないだろう。椎名光彦の同僚から聞いた、彼の手術後の様子でそれは分かることだ」

「――じゃあ」

近藤は声を潜めた。

「実験だよ」

実験、と松前は繰り返した。

「何でわざわざ手術室を別々にするんだ？　一つに纏《まと》めりゃいいじゃないか。その方がコストがかからないんだろう？　あの萩原重化学工業が病院をこんなふうにした理由は、患者を使って何かよからぬことをするためじゃないのか？」

「よからぬって？」

「たとえばだな――あれだけの工場が建っていれば、もしかしたら水質汚染の問題などが出るかもしれない。ここの患者で、どの程度の汚染まで人間が耐えられるか、実験しているんじゃないか？」

「でもそういう実験だったら、外科じゃなくて内科ってイメージがありませんか？」

「そういう細かいことはいいんだよ。とにかく捜査会議で阿部総合病院と萩原重化学工業の繋がりを俎上《そじよう》に載せてみよう。こんな病院、見かけはピカピカだが、叩けばいくらでも埃が出て来るだろうよ」

だがそんなものは出なかった。

阿部総合病院は萩原重化学工業に買収されて以降、たとえば医療過誤の訴訟など一度も起こされたことがなかった。もちろんまだ買収されて間もないから、これからどうなるかは分からないが、しかし医療関係者の阿部総合病院に対する評価はすこぶる高いものだった。特に評価されているのは、件の手術室のシステムだった。他の病院も阿部総合病院のような手術室を採用したいのだが、やはりコスト面の問題が大きく、拙速に中央手術部を解体してもデメリットしか生まないのだという。

萩原重化学工業は続々と他の企業の買収に乗り出しているが、M&Aの関係からも問題になったことはない。あくまでも友好的な買収なのだそうだ。唯一臭いなと思ったのは、毎年、野党の保守党に多額の政治献金をしていることだが、もちろん政治献金自体は違法ではない。社会主義を標榜《ひょうぼう》する社会党が政権を取って労働組合は喜んだだろうが、結果を出せなかったことから、次期選挙では保守党が与党に返り咲くのが確実視されている。だから今のうちに恩を売っておこうというのが萩原重化学工業の考えなのだろう。

金の流れを子細に調べれば、もしかしたら萩原良二《りょうじ》――萩原重化学工業の社長だ――のやましい部分を見つけることができるかもしれないが、しかし近藤の仕事は殺人事件の捜査であり、贈収賄《ぞうしゅうわい》に関してはまったくお呼びでないのだった。

椎名光彦の交友関係を当たったが芳しくはなかった。彼を殺すに値する動機を持っている者は見つからない。やはり阿部総合病院と萩原重化学工業を繋ぐ線しかないと思う。しかし突っ込んで調べても暖簾《のれん》に腕押しのようなもので、椎名光彦の殺人事件に直接結びつく証拠は何一つ出てこないのだった。

しかし、ある日突然、警察署にやってきた一人の男の登場によって、事件は思いもかけないところから進展を迎えるのであった。

自分のデスクに戻ると、応接室に一人の男が座っていた。カジュアルスーツを着て、髪を茶色く染めた、いかにも今風のチャラチャラした男だ。まるでホストのようにも見える。近藤はふと、先日、隣人が行方不明になったと訴え出た今井という主婦の話を思い出したが、それだけだった。ただ、不景気の昨今、首が回らなくて失踪する人間は後を絶たないのかもしれない、と思った。

「お茶くれー」

そう言って、近藤はデスクに突っ伏した。しばらくして女の部下がカツカツとヒールを鳴らしながら近づいてきた。顔を上げると、果たして彼女は湯飲みを持っていなかった。女にお茶を汲《く》ませるなど、あまりにも前時代的と言われる世の中である。

「近藤さん。ちょっといいですか？」

「ああ？」

「あそこの――」

そう言って彼女は、応接室にいるチャラチャラした男を見やった。

「あの人の話を聞いてくれませんか？　お茶はそっちに持っていきますから」

「何だよ。そんなのお前が対応しろ。俺はあっちこっち歩き回って足がくたくたなんだ」

近藤はそう無駄口を叩いたが、彼女は取り付く島もないといった感じで、どこか緊張感漂う冷徹な表情を崩さない。

「あの人、犯人知ってるって言っています」

あまりにも唐突だったので、その言葉の意味をすぐには理解できなかった。

「椎名光彦を殺した犯人です」

近藤はゆっくりと立ち上がった。松前も今の言葉が聞こえたようで、こちらを見やった。

「こんな事件だ。自己顕示欲の強い暇人は山のように現れる」

そうぽつりと呟いた。事件が世間で騒がれれば騒がれるほど、警察には山のような情報提供が寄せられる。だがその殆どは何の役にも立たないものだし、自分がやったと名乗り出る者まで現れる。そいつが本当に犯人ならば何の問題もないのだが、もちろんそんなケースはまれだ。

近藤は応接室に向かった。松前もついてくる。二人の刑事の存在に気付くと、男は立ち上がり、意外にも丁寧に頭を下げた。

「あ、いえ。結構です、お座りください。それで椎名光彦さんを殺した犯人を知っていると仰ったそうですが、あなた、お名前は？」

男は梶原孝と名乗った。

「結論から言いますと、椎名光彦さんを殺した犯人は、阿部総合病院心臓外科の看護師です」

信憑性がある話かもしれない、と近藤は思った。阿部総合病院の名前はマスコミ等では報道されていないはずだ。ただ、こちらも阿部総合病院を疑っていたことを悟られたら、梶原は話を誇張してしまうかもしれない。近藤は表情に出さず、黙って梶原の話を聞いていた。

「僕も阿部総合病院の心臓外科に入院していました。二人部屋の４４３号室です。殺された椎名光彦さんと一緒だったんです」

「じゃあ、あなたは被害者と顔見知りだったんですか⁉」

「顔見知りと言っていいのかどうか分かりません。入院した時期が大分ずれていましたから。僕が入院した時、もう椎名さんは手術を終えていました。同じ病室で顔を合わせていたのも、一週間かそこらぐらいです。僕の手術と前後して、椎名光彦さんは退院しました」

「あなたは何で手術したんですか？」

「人工弁が駄目になったんで、新しいのに取り換えたんです。機械弁は生体弁と違って死ぬまで使えると聞きましたけど、それでも血の塊がついてしまったら、取り換えなくちゃしょうがない」

近藤は、人工弁の手術は決して珍しいものではないという、諸星の話を思い出した。

「生体弁というのは？」

松前が訊いた。

「牛の心臓の膜や、豚の弁を、人間に使えるように加工したものです。ワーファリンを飲まずに済むからいいんですけど、若いうちに生体弁を入れても、いずれ駄目になって再手術をしなければなりません。だから機械弁以外の選択肢はありませんでした」

梶原孝はこの事件に出現した、二人目の人工弁の男だった。

「犯人の看護師は患者の人工弁を、何らかの目的で回収したかったんです。だから心臓ごと持ち去った。そう考えて間違いないと思います」

「なぜ犯人は、椎名光彦さんの人工弁だけ回収する必要があったんですか？」

するとと梶原は、違います、と言った。

「椎名さんの人工弁だけではないんです」

「え？」

と思わず近藤は訊き返した。

「犯人は僕の人工弁も狙ったんです」

「どういう意味ですか？　椎名さんが殺されたから、あなたも殺されるかもしれないと？」

「違います。僕は犯人に襲われたんです。だから阿部総合病院の看護師って分かったんです。あいつが僕の家にやってきて僕を殴り殺そうとしたから」

近藤は絶句し、思わず松前の方を見やった。彼も言葉がないようだった。

「何でそれを先に言わない！」

「え——いや、物事には順序があると思ったから」

「それは何時《いつ》のことです！」

すると梶原は、いけしゃあしゃあと、一時間ぐらい前です、と言った。

「何故さっさと通報しない！」

「誰です⁉　その看護師って！　人相は⁉　服装は⁉」

近藤と松前は矢継ぎ早にまくし立てた。事件が発生してすぐに通報がなされたら、即座に捜査網を敷いて、もしかしたら犯人を検挙できたかもしれないのに。

「僕の自宅は賃貸のアパートの一室です。さっき突然、その看護師が部屋を訪ねてきました。最初、僕は彼のことが分からなかった。当然ですよね。半年前に入院していた病院の看護師の顔なんて。でも僕は迂闊《うかつ》にも部屋のドアを開けてしまった。退院の際の手続きで不備があって、入院費を多くもらい過ぎただとか、そんなことを言っていました。恐らく椎名さんも同じことを言われてドアを開けてしまったんじゃないでしょうか。その看護師は濱口と言います。男性です。下の名前は知りません。彼はスパナで殴りかかってきました。しかし騒動を聞きつけた近隣の皆さんが駆けつけてきて、濱口は逃げたんです」

「近隣住民の証言があれば、間違いないですね」

近藤は頷いた。凶器はスパナ。椎名光彦の後頭部の傷口とも一致する。

「それで、あなたは怪我しなかったのか？」

「もし致命傷を負ったら、こうして暢気《のんき》に話なんかしていませんよ」

近藤は松前に命じた。

「阿部総合病院に当たって、看護師の濱口を捜せ。大至急だ」

松前は慌てて応接室を出て行った。その後ろ姿をどこか冷めた目で見ながら梶原は、

「恐らくもう遅いでしょう。阿部総合病院も辞めた可能性が高い」

と言った。

「それが分かっているのなら、さっさと110番すればいいものを——」

「刑事さん。言い訳をする気はありませんが、正直僕は何が起こったのか分からなかった。椎名さんが殺されたことも知らなかったんだ。もちろんテレビのニュースでちらりと見たかもしれないけど、その事件の被害者が椎名さんだなんて夢にも思わない。僕は襲われてからネットで事件の記事に当たった。それですべてを悟って、ここに来たんです」

「しかし、仮にも自宅に不審者が押し入って襲われたんだから、通報ぐらい——」

近藤はそう言いかけたが、ふとあることを思い立った。

「あなたマスコミの方ですか？」

「どうして、そう思うんです？」

濱口が逃げた時、梶原は特ダネの匂いを嗅ぎつけたのではないか。通報した時点で、主導権は警察が握る。それまでに最低限、事態を把握したかったのだ。

濱口の質問に答えず、近藤は黙って彼を見つめた。梶原は苦笑した。警察を前に萎縮《いしゅく》しない、そのふてぶてしい態度が、近藤にそう思わせたのだ。

「まあ、そんなようなものです」

と梶原は言った。

「濱口が犯人である証拠はゴロゴロ出てくるでしょう。しかし指名手配は待ってください」

近藤は当てつけがましくため息をついた。言った端《はな》からもうこれだ。

「そんなことは、あなたが指図することじゃない！」

「もちろん、濱口がすぐに見つかれば問題ありません。でも見つからなかったら？　指名手配して、それで確実に彼を逮捕できる保証は？」

「確かに指名手配しても犯人を逮捕できる保証はない。しかしそれが指名手配しない理由にはならないぞ」

「僕が言っているのは、指名手配よりも確実に濱口を捕まえることのできる手段があるってことです」

「何？」

「いいですか。濱口は椎名さんを殺しました。そして僕を襲いました。僕と椎名さんの共通点は、阿部総合病院で心臓手術を受け、そして同じ病室だったことです。僕の殺害に、濱口は失敗した。恐らく濱口は、僕が警察に通報すると考えたでしょう。では諦める？　いや、彼は犯行を続ける気だ」

「どうして分かる？　あなたの殺害に濱口は失敗した。同じ相手を二回狙うのは危険だ」

梶原は深く頷いた。

「そう！　それが常識的な判断です。濱口は僕を一旦諦めるでしょう。その代わりに、次のターゲットを狙う気だ」

思わず近藤は、あっ、と叫びそうになった。何故そのことに思い当たらなかったのか。犯人のターゲットが二人だけだと、どうして断言できる？

「次に濱口が誰を狙うか、目星がついているんですか？」

「僕は濱口に命を狙われる心当たりなど、まるでありませんでした。恐らく椎名さんもそうだったでしょう。となれば、僕と椎名さんに共通する条件が、そのまま濱口の殺害の条件となり得るわけです。僕と椎名さんは阿部総合病院の４４３号室に入院していました。殺される原因は、それしかない」

「４４３号室に入院していた患者を、濱口は根こそぎ殺そうっていうんですか！　だが何人いるんです⁉　絞り込めやしない！」

「確かに、どうして濱口が４４３号室に入院している患者を殺そうとするのか、その動機が分からない限り、ターゲットを選び出すことは難しいでしょう。でも確実に次に濱口が狙うであろう人物は分かります」

「誰です。そいつは？」

「僕が入院してきた時、もう椎名さんは手術を終えていました。お分かりですか？　僕より先に椎名さんは退院して、しばらく443号室は僕しかいなかったんです。そして僕の手術の傷が治りかけた頃、新しい患者さんが443号室に来た。これも下の名前は忘れてしまいましたが、彼は武田さんと言いました。椎名さんも、僕も、そして武田さんも、全員弁置換の手術を受けています」

近藤は暫し呆然《ぼうぜん》とした。

「ひょっとして、あなたが言っているのは、その武田某《なにがし》を囮《おとり》にするってことですか⁉」

梶原はこくりと頷いた。

「もちろん、武田さんには了解を得るんです。警察が濱口と武田さんとの繋がりに気付いていないと、濱口に思わせる必要があります。濱口だって、警察が張っているのに、おめおめと武田さんを殺しには来ないでしょう。とにかく早く武田さんのところに行かないと。こうしている間にも、濱口が武田さんを狙っているかもしれない」

4

俺は相変わらず入院前と同様、地上百メートルのマンションの最上階で、父親が送金してくれる金だけを頼りに、その日暮らしをしていた。

贅沢をしなければ、金は結構な額が貯まった。人工弁の再手術は無事に成功し、五週間の入院の末、俺は退院した。子供の頃は三ヵ月入院していたから、隔世の感がある。

しかし、どんなに医学が進歩しても、やはり心臓手術は辛いもので、俺は退院したら健康管理に気をつけようと自分に言い聞かせた。基本的には諸星の指示通りの量のワーファリンを飲むことしかできないが、不摂生な生活をしないに越したことはない。ビタミンKに気をつけていればいいのだが、酒やタバコを進んで摂取しろと言う医者はいないだろう。塩分を摂り過ぎても血圧が上がって、心臓に負担がかかる。

入院前はほとんど外食だったが、自炊を心がけるようになった。最初は試行錯誤したが、近所のスーパーに足繁く通ううちに、俺の料理の腕前はみるみる上達した。

俺はその日も、近所のスーパーに出かけた。料理に慣れるまでは、まず食べたい料理を決めてから材料を買った。しかし今では、完全に主婦の視線で、特売の食材からカゴに突っ込むようになった。どんな食材からでも、それなりのご馳走は作れるものだ。

俺は買い物袋を持って、駐車場に停めたミニクーパーまで歩いた。ふと誰かの視線を感じて、そちらを見ると、暗い水色のようなツナギの作業服を着た男が、ベンチに座ってタバコを吸っていた。もみあげまで繋がった顎鬚《あごひげ》が、何となく怪しげな印象を与える。

その男を、先ほど店内でも見かけた。ブラブラと、まるで散歩しているみたいに通路を歩いていたから目に付いたのだ。実際買い物カゴを持っていなかったから、冷やかし目的で店にいたのかもしれない。

ミニクーパーに乗り込み、後部座席に買い物袋を置いた。静かに車を走り出させる。このスーパーからマンションまで、車だったらものの五分の距離だった。

車がマンションの前に差し掛かる度、母さんはここでタクシーから降り、そして何者かに殺されたんだな、という想いが胸にこみ上げてきてたまらなくなる。軽く唇を嚙んだ。俺が気を揉んでも仕方がないが、母を殺した犯人は、まだ捕まっていないのだ。

ふと、サイドミラーに白いバンを見かけた。目をこらした。そして息を吞んだ。

バンの助手席には一人の若い女の子が座っていた。ボブヘアーでメガネをかけている。でも俺の視線を引いたのはその女の子ではなく、運転席にいる男だった。

バンを運転してたのは、先ほど駐車場で俺を見つめていた男だったのだ。

俺は『激突！』という映画を思い出した。トラックを追い越した、ただそれだけで追いかけ回され命を狙われる男の話だ。

女の子も、ツナギのドライバーも、まるで能面のように表情がなかった。バンはずっと俺の後をつけてくる。俺はアクセルを踏み込んで、一気にマンションの地下駐車場に滑り込んだ。バンだから、後ろから追突されても『激突！』のようにはいかないと思う。しかしこっちはミニなのだ。頑丈な車とはとても言えない。

だが俺のミニが駐車場の中に入ると、サイドミラーの中のバンがくるりとUターンして走り去った。ぞっと冷たいものが背筋を走った。もしかしたら、バンはたまたま俺の後ろを走っていただけという可能性もあった。でも俺が車をマンションの駐車場に入れた瞬間に走り去ったのだ。後をつけてきたのは明白ではないか。

俺は狙われている。

脳裏に、棺の中の冷たい母の死に顔が蘇《よみがえ》った。

ああ――。

母を殺したのは、あいつらだ。

あのツナギの男と、おかっぱ頭のメガネの女が、母を殺したんだ。


俺は駐車場から直接マンションの中に入った。エレベーターのボタンを連打する。セキュリティは万全だから、部外者が迂闊にマンション内に立ち入ることはできないようになっている。だがそれは程度問題だ。俺を本気で殺そうと思ったら、それこそ『激突！』のように、あの白いバンで突っ込んでくればいい。俺は為す術もなく轢《ひ》き殺されるだろう。

扉が開くとすぐさまエレベーターに乗り込んだ。電光石火の勢いで最上階のボタンを押す。扉が閉まるまでの僅かな時間ももどかしかった。

最上階に到着すると、俺は脇目もふらず自分の部屋に飛び込んだ。その時初めて、俺の頭に、ああ警察に通報しなければ、という考えが浮かんだ。

俺は電話機を取り上げ、１１０とプッシュした。もう一つ１を押したい欲望を、俺は何とか抑えた。

脳裏に、最後の母の言葉がリフレインする。

『１……１……０……１……』

警察は通報後一時間ほどしてからやってきた。今すぐに身の危険はないとはいえ、あまりの遅さに俺は怒りを禁じ得なかった。もしあのバンの二人に俺を襲撃する明確な意志があるのなら、警察が来る前に殺されていても不思議ではない。

電話先のオペレーターは、ただ単に白いバンに乗った不審者を目撃したという俺の通報を、緊急性が低いものと考えていたようだった。仕方がないから俺は、母親の事件の担当の木下警部補の名前を出して、彼に訊いてくれと懇願した。そんなやりとりがあったから、警察が来るのが遅れたのかもしれない。

　しかし、事実はそうではないようだった。

　やってきたのは件の木下と、そして神奈川県警の近藤と松前という刑事だった。何故神奈川県警の刑事がやってくるのだろう。ここは都内だから管轄外ではないのか。

　そしてもう一人、俺にとっては意外過ぎる男の顔があった。

「お久しぶりです、武田さん。僕のこと覚えていますか？」

　カジュアルスーツを着て髪を茶色く染めた男だった。刑事達の中にあって、その男の存在は浮いていた。まるで刑事らしくなかった。

「梶原です。半年前、阿部総合病院で一緒だった」

　俺はしばらく彼を見つめ、そして、

「ああ！」

　と思わず声を上げた。あの443号室で同室だった患者だ。

　警察が来るのに一時間もかかったのは、もしかして梶原を呼ぶためか。おまけに神奈川県警の刑事まで。だが何故こんなに大勢で押しかけてくるのか、俺には理解できなかった。

　まず俺は、バンに乗っていた男女の件を木下に話した。警部補だと思っていたが、いつの間にか警部に出世したらしい。木下警部は俺に、

「その男女に見覚えはないんですね？」

と念を押すように訊いてきた。

「男の顔ははっきり見ました。知らない顔です。女の子の方も、あまりはっきりと見えなかったけれど、見覚えはないです」

するると横から、神奈川県警の近藤という刑事が、

「考え過ぎじゃないですか？　たまたまあなたが車を駐車場に入れた瞬間、Uターンしたってだけの話では」

と言った。確かに母親の件がなかったら、こんなことでいちいち110番に通報などしないであろうと思うと、俺は言葉もなかった。

「本当に見覚えはないですか？　特に男の方」

と梶原が俺に尋ねた。

「見たことがないように思ったけど」

確かに梶原のことをすぐに思い出せなかったが、しかし見た瞬間に以前会っていることには気付いた。だがあのツナギの男を見ても、そんな感覚にはならなかった。まるで知らない男だった。

「変なことを訊きますが――その男は、濱口じゃなかったですか？」

「濱口？　誰です？」

「阿部総合病院の看護師です。濱口浩二《こうじ》。あなたも、僕も、面識があるはずです」

「看護師ですか？　名前なんていちいち覚えちゃいません。顔を見れば分かるかもしれませんけど」

「よく思い出してください。男の、看護師です」

そう言えば、俺の車椅子を押してくれたのは男の看護師だった。しかし名前は覚えていない。そうでなくとも、あのツナギの格好と看護師とはどう考えても結びつかない。

「男の顔に、見覚えはありません。阿部総合病院の看護師でもないです」

俺ははっきりそう断言した。

「そうですか」

梶原はどこかがっかりした口調で言った。

「一応、顔を見てください」

近藤の部下らしい松前という男が、俺に写真を手渡した。免許証か何かから引き伸ばしたような写りの悪い写真だった。だが顔形ははっきりと分かる。

「ああ、はいはい！」

「ご存じですか？」

「ええ、覚えています。でも、あのバンを運転していたツナギの男じゃないです。一体何なんですか？　阿部総合病院が、あの白いバンの男女と何か関係あるんですか？」

訝しげに彼らを見回す俺に、梶原は言った。

「よく聞いてください。濱口は僕らを殺そうとしています」

「え——？」


それから梶原は端的に事実を語った。

俺の前に443号室に入院していた椎名光彦という患者が殺されて、死体からは心臓が奪われていたこと。

その後、看護師の濱口が梶原を襲いに来たこと。

従って、椎名光彦を殺したのは濱口であり、次に俺を殺しに来ると推測されること。

俺は言葉もなかった。

「ちょ、ちょっと待ってください。その濱口という看護師が、阿部総合病院に入院していた患者を殺して回っていることと——実際にはまだ一人しか死んでいないけど——俺の母親の件と、一体どんな関係があるっていうんです？」

「武田さんの母親？」

梶原が呟いた。知らないのだ。

「俺の母親は二年前に殺されたんです。このマンションの前で、ナイフで刺されて」

死ぬ間際に謎の4桁の数字を呟いたということは言わなかった。木下にも言っていないのだ。梶原は返事に困ったような、神妙な顔をした。

「今回の件、武田さんはお母さんの事件との関連性を疑ったと思いますが、我々は椎名光彦さんの殺人事件との繋がりを疑ったんです。だがバンを運転していた男は濱口ではないようだ。やはり、そのバンの件は、今回の事件とは関係ないかもしれないな」

俺は二の句が継げなかった。親子共々まったく別の理由で命を狙われるなんて、そんな馬鹿な話があってたまるか。

「とにかく、現時点で言えることは、濱口という看護師が、阿部総合病院の、それも443号室に入院した患者の命を、正確には心臓を狙っているということです」

俺はごくりと唾を飲み込んで、言った。

「命を狙われるようなことをした覚えは、ないです」

梶原は頷いた。

「僕もです。そして恐らく、椎名光彦さんもそうだったでしょう。だが濱口は、どうしても僕らの心臓を欲しがった。その理由は分かりません」

「――心臓手術にミスがあったのか？　手術ミスの証拠だから、心臓を奪ったのか？」

俺は一人呟くように言った。松前は頷き、言った。

「我々もその可能性を疑いました。あなた方の主治医の諸星医師とも話をしましたが、手術ミスなどあり得ないと鼻で笑われた。もちろん諸星医師が本当のことを言っているという保証はありません。しかし現実問題、手術ミスの隠蔽のために一介の看護師が患者を殺して回るというのも、無理がある話だと思います」

手術にミスなどなかったはずだ。手術後半年経ったが、俺は普通に生活している。恐らく梶原だってそうだろう。

「このマンションのセキュリティは万全ですか？」

と木下が訊いた。俺は頷いた。看護師の濱口が俺を襲いに来ても、部屋から一歩も出ない限り安全だろう。そもそも椎名も梶原も、訪ねて来た濱口を不用心にも部屋に招き入れたから襲われたというではないか。

「我々は濱口の足取りを追いましたが、彼はすでに阿部総合病院を辞めていました。椎名光彦さんが殺される一ヵ月前です」

「その時からすでに一連の事件の計画を立てていたということですか？」

木下も頷く。

「我々もそう認識しています。失礼ですが、お仕事は？」

皆の視線が、一斉に俺に突き刺さった。俺は思わずごくりと唾を飲み込んだ。

「働いていません。仕事は探しているんですけど――」

後者はもちろん、嘘だった。その瞬間、近藤の顔に浮かんだある種の蔑視の表情を俺は見逃さなかった。働かずにこんなマンションに住めるはずがない。俺が私生児であることは、当然刑事達は認識しているのだろう。親の金で遊びほうけている若造――近藤の顔に浮かんだ表情は、明らかにそれだった。

「ああ。そうなんですか。いえ、お仕事をされていれば、職場に出かけることもあると思ったもので。その道すがら、濱口が武田さんを襲うことも考えられなくはない」

と木下が言った。

「現在、濱口の居所は杳《よう》として知れません。再び僕を襲いに来るかとも考えられますが、しかし僕が警察に通報することを、濱口は恐らく予期していると思われます。だからリスクを避けるために、次のターゲットを狙う可能性は十分あり得るでしょう」

俺は、何故彼らが俺の部屋にやってきたのか理解した。彼らは俺を守るために来たのではない。俺を囮にしようというのだ。俺を殺しに来た濱口をその場で捕らえる。それが彼らの計画なのだろう。

「この部屋に濱口をおびき寄せろってことですか？」

「我々は下で張っています。濱口が来たところを捕らえる寸法です。あなたに危険は及びません」

どうですかね——と皮肉めいた言葉が出そうになるが、俺はぐっとそれを呑み込んだ。危険が迫っていると分かっているのに、備えないという選択肢はなかった。二回も心臓手術をして生き延びたのに、殺されて命を落とすなんて、あまりにも皮肉過ぎる。

木下は帰っていったが、しかし近藤と松前と、そして梶原が部屋に残った。

木下は警視庁の人間で、俺の母親の事件を捜査していた。従って椎名光彦が殺された事件とは係わり合いがない。だから神奈川県警の二人は分かるのだが、何故、梶原までいるのだろう。梶原は実際に濱口に襲われたという。彼こそ真っ先に警察に保護されなければならない人物ではないのか。

そんなことを考えながら俺は窓の外を眺めていた。もし濱口がライフル銃でも持っていたら、格好のターゲットだ。しかし濱口は死体の心臓を狙っている。そのためにはこの部屋に来て、直接俺を殺さなければならない。

「何を考えているか分かりますよ」

梶原が話しかけてきた。

「何故、警察関係者でもない僕がここにいるのか、と思っているのでしょう」

俺はしばらく黙ってから、はい、と一言頷いた。

「取材ですよ」

「取材？」

「ええ。殺人事件の犯人に命を狙われるなんて、そうそうないですからね。しかも犯人は死体から心臓をえぐり出している。こんな猟奇殺人事件は、他に類を見ません」

そう言えば、梶原は何の仕事をしているのだろう。こんな時間にこんなところにいられるのだから会社員とは思えない。

「僕は濱口が何故あんなことをしたのか、興味を持っています」

「――命を狙われたのに？」

確かに俺だって濱口という男に対して興味はある。だが実際に命を狙われるとなったら、とてもそんな悠長なことは言っていられないはずだ。ましてや次に狙われるであろう男の家に向かうなど。

「ちなみに次に武田さんが狙われるかもしれないと警察に忠告したのは僕です」

まるで感謝してくれと言わんばかりの、押しつけがましい口調だった。

「この事件の情報をマスコミに売って金にするんですか？」

冗談のつもりで言ったのだが、梶原は一瞬、黙った。図星だったようだ。

「あんな大きな病院の看護師が、病院で手術した患者の命を狙っているなんて、大変なスキャンダルじゃないですか。間違いなく話題になりますよ。ノンフィクションを書いて一儲けするって手もありますけどね。そうでなくとも、こんな機会は滅多にないです。最後まで見届けたい」

不謹慎だとか、殺された椎名光彦のことを考えろとか、そんな言葉が口をついて出そうになる。だが親の金で遊んで暮らしている俺に、そんなことを言う資格はなかった。

俺達はしばらく無言で窓の外の下界の景色を見つめていた。

「それにしても、いい部屋ですね」

部屋を見回しながら、梶原が言った。

「別に、大したもんじゃない」

「そうですか？」

「親が遺してくれた部屋だから」

そうして俺は、半ばやけになって梶原に訊いた。

「ノンフィクションを書こうってくらいだ。頭がいいんでしょうね」

「いえ、別にそんなことはないですよ」

「もしあなたが明晰な頭脳を持っているなら、あなたに母親の事件を解決してもらいたいですよ。ほら、推理小説にはダイイング・メッセージというものがあるでしょう？」

　梶原は頷いた。

「エラリー・クイーンがよく使う手口ですね」

「ダイイング・メッセージの小説は作家にとって書きやすいんですかね」

「たとえば密室トリックだったら、トリックそのものだけではなく、犯人が現場を密室にした理由も考えなければいけません。でも被害者が現場に犯人の名前を書き残すことに理由はいらないでしょう。もちろん、なんで謎々みたいなメッセージを残すんだ、という突っ込みはあると思いますが。それはまあ、お約束みたいなものですからね」

「聞いてください。被害者は死に際に、ある4桁の数字を残した。1、1、0、1です。それにはどんな意味があると思いますか？」

　梶原の眉間《みけん》に、ぐっと皺《しわ》が寄った。

「難しいですね。今、すぐには即答できません。ダイイング・メッセージは、被害者や現場の状況と切っても切り離せませんから」

「――母が死ぬ間際に、俺に電話をかけてきて、そう言ったんです」

俺は告白した。梶原が殊更同情する台詞《せりふ》を吐いてくるかと思ったが、しかしそんなことはなかったので、俺は内心ほっとしていた。

「あの木下警部は何て言ってます？」

その梶原の問いに、俺は首を横に振った。

「警察には言ってないんです。何というか――死に際の言葉にしたらあまりにも異常で、俺の聞き間違いかもしれないと、今はそう思っています」

梶原はしばらく黙り、そして言った。

「残酷かもしれませんが、現実はミステリとは違います。濱口が椎名光彦さんを殺して心臓を持ち去ったこと自体は確かに派手ですが、そこに合理的な理由が存在するとは限りません。お母さんの伝言も――」

「はい――」

「もしかしたらお母さんの人生の何処かに、１１０１という数字が登場したのかもしれませんね。それは別に重要な数字でなくても構わないんです。知人の電話番号の下４桁とか。亡くなる瞬間、ふと蘇った記憶の断片を口走っただけなのかもしれない。もちろん僕は他人だから偉そうなことは言えませんが――あまり考え過ぎない方がいいと思います」

「分かっています。でも1101が二進数だとしたら、十進数にして13という数になるでしょう？　俺たちが入院していた病室。あれは443号室だった。4掛ける4引く3は13になります。何となく——できすぎているような気がして」

梶原は笑わず、真剣な顔で、俺に問い質した。

「あなたのお母さんが、あなたが443号室に入院することを死の間際に予知したと？」

俺は答えられなかった。しばらく梶原は黙っていた。あまりに稚拙な俺の意見に呆れているのかもしれなかった。

そしておもむろに言った。

「この部屋は3905号室ですね。この部屋の番号を口走ったと考えられます。予知よりもよほど現実的でしょう」

「え——何で、わざわざこの部屋の番号を」

「では、何故わざわざお母さんはあなたが入院する病室の番号を予知したんです？」

しかし、と俺は言った。

「3905じゃ13にならないでしょう？」

するとおもむろに梶原は、

「3の階乗掛けるルート9足す0引く5」

と言った。

俺は思わず梶原の顔を見やった。何かの呪文《じゅもん》かと思ったからだ。

梶原は、更に駄目押しするかのように、

「$3!\times\sqrt{9}+0-5$、です」

と繰り返した。


$3!\times\sqrt{9}+0-5$

$3!\times\sqrt{9}-5$

$3!\times3-5$

$3\times2\times1\times3-5$

$18-5$

13

「13だ」

俺は呟いた。梶原は頷いた。

「そんなものです。聖書の中に、地球滅亡までの予言がすべて暗号で書かれていると主張してやまない輩《やから》もいるくらいだ。いわゆる四則演算に限らなければ、どんな数字からだろうと答えが13であるという式は導き出せます」

　梶原は、無言で俺の肩を叩いた。何か言ってやりたいのだが、何を言っても傷つけるだけだという彼の気遣いが窺える所作だった。

　そうだ。そんなことは分かっていた。俺は一応高校を卒業した。成績も特に優秀ではなかったが、まあ人並みだった。本気になって考えれば、きっとこの部屋番号から13という数字を導き出せただろう。

　でもそんなことをしたら、母が最後に言い残した１１０１という数字が、死によって混濁した母の意識が口走らせた何の意味も無い数字に成り果ててしまう。あの美しく、気高い母が、死に際に錯乱して、訳の分からない数字を発するなど、俺にはどうしても受け入れられなかったのだ。

　母の最後の言葉には意味がなければならない。ダイイング・メッセージでなければならない。俺はそう信じたのだ。

「あなたは安全なんですか？　濱口が俺ではなく、再びあなたを狙うという可能性は――」

　俺は無理矢理、話題を変えた。梶原は窓の外を見つめ、小さく頷いた。

「その可能性はないとは言えません。でもやはり常識的に考えて、同じ場所を二回は狙わないでしょう。やはり武田さんの方が狙われる可能性が高いんじゃないでしょうか」

彼はずっと警察と行動を共にしているのだろう。だから俺の家にも来たのだ。もちろん、顔見知りがいた方が話がすぐに通じるとの判断もあったのだろうが。

「でも、大丈夫ですよ。このマンションは警察が張っています。武田さんの身は安全です」

「ええ――」

俺は小さく頷いた。

その時、神奈川県警の近藤が、部屋をあちこちと見回しながら、ねちっこい声で俺に話しかけてきた。

「いやあ、本当にいい部屋ですねぇ」

さっきの梶原とほとんど同じ台詞だったが、声から受ける印象はまったく違うものだった。

「私ら公務員は、どんなに汗水垂らしてもこんな部屋には住めやしません」

俺は何も答えず、ゆっくりと近藤から視線を逸《そ》らした。

半年前に入院した時は、医者も、看護師も、必ず職業を尋ねてきた。一ヵ月近く入院すると仕事にも差し障るし、医者は退院後の社会復帰のことも考えて患者を治療しなければならないのだから。俺は正直に、無職です、と答えた。そんな患者は珍しくないらしく、彼らの表情は特に変わらなかった。しかし、たとえば担当医の諸星がこの部屋を見たら、どう思うだろう。医者も看護師も刑事も、毎日汗水垂らして働いている。そんな彼らにとって、働かずにこんなマンションに暮らしている俺は、侮蔑の対象に過ぎないのだ。

近藤が再び向こうに行ったことを見計らって、俺は梶原に、

「事件が解決するまで、梶原さんもこの部屋に泊まったらいい」

と言った。

「え？」

「どうせしばらくホテル住まいなんでしょう？　ならどこに泊まろうが一緒だ」

「いや、僕は家に帰れないから、仰る通りどこに泊まろうと一緒です。でも武田さんとそれほど深いお付き合いはしていないのに、泊まらせてもらうなんて、それはあまりにも図々しいですよ」

「あの刑事達をこの部屋にいさせるのが、何となく嫌なんです。それならあなたがいてくれた方が、幾分か心の負担が減る」

「ああ、そういうことですか」

得心したように梶原は言った。

だが、梶原が事件が終わるまでここに在住する案は、刑事達によって却下された。事件の関係者を二人っきりにはさせておけない、というのがその理由だった。警察は、事件は濱口

にすべての罪を擦《なす》りつけた梶原の犯行、という可能性も視野に入れているのだろう。

もちろん、俺が犯人という可能性も。

5

今まで自分はずっと日常の世界《オーディナリー・ワールド》の中に生きてきた。

だが母を殺したその日から特別な世界《スペシャル・ワールド》に足を踏み入れてしまったのだ——そう久能正治は思った。

雑居ビルが建ち並ぶ灰色の街のマンションの一室、そこは母の死体を渡辺カンナと一緒に処理してくれた、熊谷《くまがい》という男の部屋だった。

居間のあちこちに散らばった血痕を、熊谷とカンナは時間をかけて綺麗に拭《ふ》き取った。正治も命じられるままにシャワーを浴び、服を着替えた。血で汚れた服や、血痕が落ちない絨《じゅう》毯《たん》などは、捨てるために車の中に運び込んだ。

母の死体と共に車に乗せられ、正治はこの熊谷のマンションまでやってきた。テレビがあり、雑誌が散乱し、シンクの流しには汚れた食器が放り込まれている。

ここで待っているように言われ、正治は素直に従った。二人が戻ってくるのを待ちながら正治は、彼らは一体何者だろうと考えた。

渡辺カンナは、正治の大学の学生でも、ましてや正治のファンでも何でもないという可能性はある。しかし正治の取り柄といったら小説を出したことがあるというだけで、あとは何もないと言ってもいい。そんな自分に、何らかの目的を持って近づく人間がいるとはとても考えられないのだった。

この部屋のどこにも電話機がない。固定電話より携帯電話の方が普及している現代、一人暮らしの部屋に電話機がないからといって、驚くには当たらないのかもしれない。しかし、これも自分に通報させないためではないだろうか、と勘ぐってしまう。

口をつぐみ、冷たい部屋の真ん中で、正治は子供のように膝《ひざ》を抱えていた。

しばらくして、渡辺カンナが戻ってきた。正治はすがるようにカンナの顔を見やった。だが即座に顔を逸らした。すぐ後ろに熊谷が控えていたからだ。

熊谷は、カンナに小さな声で言った。

「お前から、こいつに説明しろ。俺は外に出てるから」

「――はい、分かりました」

少し怯えたような声でカンナは答えた。その声は、熊谷とカンナの上下関係を容易に想起させるものだった。

「久能、さん」

　とカンナは緊張した面持ちで言った。正治は気力を振り絞って顔を上げた。

「死体は処理しました。でも、それで久能さんが安全になった訳ではありません。お母さんがいなくなったことで騒ぎ出す人間がきっと現れます。警察は真っ先に久能さんを疑うでしょう。そうなったらお終いです。あなたは逮捕され、私たちが死体を処理したことも、すべて明るみになってしまう。だから、あなたには消えてもらうしかありません」

「——え」

「あなたのお母さんは、もうこの地球上のどこにもいません。だからあなたもそうなってもらう必要があります」

　息を呑んだ。ただ美しい、可愛らしいと思っていたカンナの顔貌が、今はまったく別の意味を持って迫ってくる。

「俺を——殺すのか？」

　カンナは意外にも、ゆっくりと首を振った。

「今日を境に久能正治という人はいなくなります。もう久能さんの新作が読めなくて残念だけど。でも、あなたは新しい人生で新しい作品を書くことができるんです」

　正治はカンナの言葉の意味がさっぱり分からなかった。

「新しい身分はこちらで用意します。そしてすべてが終わった後、外国に飛んでください。あなたはそこで別人として、一生を過ごすんです」

カンナの言葉が右から左へと通り過ぎていった。何を言っているのかさっぱり意味が分からなかった。今日会ったばかりの女の子が、正治の殺人の尻ぬぐいをし、更にその後の人生のお膳立てまでしてくれるなど、どう考えてもあり得ないことだ。

「何で、俺なんかのために、そんなことを——」

するとカンナは、にっこりと笑って——ついさっき死体の処理をしたとはとても想像できないほどの笑顔で——言った。

「それは私が、正治さんの小説のファンだからです！」

正治は、作家とは、それほどまでにファンの女の子に憧れの目で見られる職業なのだと初めて知った。作家が犯した殺人事件の後始末をする。そんな献身的なファンは一体今までどこにいたのだろう？　どうして今まで現れなかったのだろう？　死体の隠匿がどれだけ重い罪になるのか分からないが、とにかく重罪には違いない。渡辺カンナは、そんなリスクを冒してまで自分を救ってくれた。守ってくれた。それほどまでに俺が好きなのだ！

——そう単純に考えるほど正治はお人好しではなかった。

「死体を処理するなんて大変なことだ。俺のためにそこまでしてくれる理由が、君にはない。

たとえ君が俺の小説のファンだとしても、それだけで俺と一緒に人生を棒に振るとは思えない。俺を救うことで、君にも――さっきの熊谷にも、何らかのメリットがあるはずだ」

世の中は打算で動いている。無償の善意で本を出してくれる出版社など存在しない。正治は出版社から首を切られた。それは正治の小説が、出版社に何一つ利益を与えなかったからだ。仕事で利益を出せば、誰もが正治に優しくしてくれただろう。たとえ心優しかろうが、達観した哲学を持っていようが、それが他人に利益を与えない限り、何の意味もないのだ。

金がすべてじゃない――そう偽善者は言う。違う。すべては金なのだ。利益を出せば、人々は優しくしてくれ、人間関係も上手くいく。評価とはそういうものだ。だからカンナが自分に優しくしてくれるのには、何かしらの理由があると考えるべきなのだ。

「打算があるんだろう？」

「打算って何ですか？」

カンナは首を傾げた。

「『無償の善意』と正反対の言葉だ。君たちは俺を助けてくれた。それは感謝している。でも、何の目的もなしに助けてくれる人間なんてこの世の中にはいない」

「電車の中でお年寄りに席を譲る人もいます。その人は『無償の善意』で席を譲っているはずです。そこに打算はありません」

思わず正治は声を荒らげた。

「俺が言いたいのは程度問題だってことだ！　電車で席を譲るのと、死体を処理するのとでは、まるで話が違う。打算がなければ絶対にやらない。絶対に！」

「要するに、すべて損得勘定で動いているってことですか？」

「そうだ。金や権力を手に入れようと人々は必死になる。その欲望だけで社会は動いていると言っていい。つまり君が俺を助けてくれるのにも、何らかの損得の計算が働いているんだ。きっとそうに違いない」

しかし正治は、口ではカンナや熊谷に対する不審を露《あら》わにしながらも、不思議と不快な気分にはならなかった。それはデビュー当時の気持ちと似ていた。あの時、確かに自分は出版社から必要とされていた。編集者も豪勢な飯を奢《おご》ってくれた。だが徐々に才能がないことがばれ始めると、そういうこともなくなった。それが現実だと、正治は身に滲みて知っていた。そう、だから——。

何の目的で自分を助けてくれようが、別にいいではないか。カンナは自分を必要としているのだ。それだけで、十分だ。カンナがいなかったら、今頃自分は首を吊っていただろう。

「信じてください。私は本当に久能さんの本を読んで感動したんです。こんな才能を持っている人を、殺人犯として刑務所に送ることはとてもできません。久能さんを助けるためには、私たちの仲間に入れるしかありません」

「君たちの仲間？」

　カンナは頷いた。

「打算も、損得勘定もありません。私はただ純粋に久能さんを助けたかった。だから死体を処理して、あなたをこの部屋に連れてきたんです。久能さんが私たちの仲間である以上、久能さんが犯した罪の後始末を私たちがするのは、当然です。警察沙汰《ざた》になっては計画に支障が出るから」

「計画？」

「はい。私たちはその計画を行うために集まったんです。計画が終わった後は、全員新しい身分を手に入れて外国に逃げます。私は、正治さんもその仲間に入れてあげたいんです」

「計画って――何なんだ？」

　カンナは、

「ある人を殺すこと」

と答えた。

「もう、正治さんが生きる道は――私たちの仲間になるしかありません」

「嫌だと言ったら？」

カンナは少しだけ俯《うつむ》いた。しばらくして顔を上げた時、彼女の目には涙が光っていた。

「皆、言いました。あなたみたいな男は放っておけと。余計な第三者をかかわらせると、計画が失敗するかもしれない。それを怖れているんです。でも私は必死で説得しました」

「――どうして？」

カンナは涙で濡れた目で、正治を見つめた。

「あなたが、好きだから。私、ずっとあなたに憧れていたから」

その告白が、その瞳が、正治の心を真っ直ぐに射貫《いぬ》いた。

「私には責任があります。あなたを助けてしまった責任が。だからあなたが私達の仲間にならないのなら、私がこの手であなたを殺さなければならないのです」

唇がわなわなと震えた。正治は自分が何を望んでいるのか、まるで分からなかった。カンナの仲間に入りたいのか、カンナと恋人になりたいのか、それともカンナに殺されたいのか――カンナの人生にかかわることができるのならば、どれも同じだ。

「誰を、殺すんだ？」

「それは、まだ教えられません」

「どうして？」

「熊谷さんは、まだあなたを仲間とは見なしていません。仲間でない人に、計画を少しでも漏らす訳にはいかないというのが、熊谷さんの考えです。少しでも心がぐらついている人に、ターゲットが誰だか明かせないと」

「でも、誰を殺すかも分からないのに、仲間になるも何もない――」

次の瞬間、信じられないことが起こった。

カンナは正治の前で指をついて、土下座したのだ。

「お願いです！　私達の仲間になってください！　そうしなければ私は久能さんを殺さなければいけません！　私、好きな人を殺すなんて、とてもできません！」

カンナはポロポロと涙を流していた。しゃくり上げる度、カンナのフワフワとした髪の毛が揺れた。

その瞬間、正治はカンナに完全に心を奪われた。そしてカンナの仲間になることを決めた。

何故なら、カンナが自分を好いていてくれるから。


その日から正治はこのマンションの一室で生活するようになった。しかし迂闊に外を出歩かないようにと言い諭されていたので、軟禁と同じだった。

食事は、熊谷が運んできてくれた。殆どがコンビニ弁当やペットボトルの水といった素っ気ないものだった。熊谷は無愛想だった。正治のことなどまるで関心がないと、その態度が物語っていた。

だが数日に一度、とても楽しみなイベントがあった。カンナが食材を持ってきて、正治のために料理を作ってくれるのだ。

正直、カンナの料理は味が薄く、ぼやけた印象がして、弁当の方が美味いと感じることがままあったが、そんなことは関係なかった。料理を作ってくれるその日だけは、カンナと二人っきりでいられるのだから。

正治も料理を手伝い——だからカンナの料理が美味しくない責任の一端は正治にもあるのかもしれない——出来上がった料理を二人っきりで食べる。こんな幸せな時間が他にあるだろうか。

——結婚しているみたいだ。

もちろん口には出さないが、正治は心の中でそう思った。この時間がいつまでもいつまでも続いて欲しいと、正治は願った。

「久能さんは、何が好きなんですか？」

その時、正治は納豆に醬油をたっぷり掛けてかき混ぜていた。作った料理がみんな味が薄いので、その分納豆で塩分を摂ろうという作戦だ。だから思わず、この納豆が好き、と言いそうになったが、パックの納豆は料理とは言わない。

しばらく悩んだ末に、カレーと答えた。カレーを嫌いな人間など滅多にいない。それにカレーならルーを溶かすだけなので、美味いも不味《まず》いもないだろう。一番無難な答えだった。

「そうなんですか！　じゃあ私、今度カレーを作りますね！」

そのカンナの笑顔はとても無邪気だった。だがカンナといて楽しいと思えば思うほど、彼女に対する疑惑、そして未来への不安は耐え難いものになる。

食後のお茶を飲みながら――お茶まで薄かった――思い切って訊いてみた。

「君は、本当にあの大学の学生なのか？」

「え？」

「いや、俺を仲間に引き入れるために、学生になりすまして近づいたのかもしれないと思ったんだ。分かってる。そんなはずはないよな。俺にそんな価値はない。俺は売れないヘボ小説家に過ぎないんだから」

カンナはゆっくりと箸を置いた。

「私は本当にあの大学の学生です。学生証も持っています。本当に久能さんの小説が好きで、久能さんの大ファンで、あなたにサインをもらいに行ったんです。それだけです」

カンナは真っ直ぐ正治を見据えた。そんな目で見られると、正治は少しでもカンナを疑った自分に、とてつもない罪悪感を抱いてしまう。

「それに久能さんは、ヘボ作家なんかじゃありません！」

正治はずっと自分がヘボ作家だと思っていた。何故なら編集者もずっとそういう態度で正治に接してきたし、また親戚達も正治の小説を愚弄《ぐろう》したのだから。正治はそいつらのせいで、自分の小説はくだらないと思い込んでしまった。作者が自分の小説を愛さなければ、読者も愛してくれるはずがない。だから正治の小説は評価してくれていた編集者も投げ出すほど、劣化していった。

正治は今のカンナの言葉に心を動かされた。あなたはヘボ作家じゃない。そんな当たり前のことを言ってくれる人間を、彼は心から欲していたのだ。

正治は泣きそうになったが、こらえた。

「俺はもう小説なんか書けないよ」

「どうして？　どうしてそんなことを言うんですか？　私達の仲間になんかなったから？　今はそんな余裕はないかもしれません。でもすべてが終わったら、外国で悠々自適に生活できます。そこでいくらでも小説を書いてください」

「そういう問題じゃないんだ」

そう正治はぽつりと呟いた。

「あの家を出れば、母親と縁を切れば、俺はまた自由に小説を書けると思った。でも違った。

母親を殺しても、まだ憎い奴らがいる。親戚共だ。俺が一生懸命、精魂込めて書いた小説を、何だか分からなくて半分も読めないってほざきやがった。俺の仕事を否定したんだ。あのジジイやババア共がこの世にいる限り、俺はまともに小説なんて書けないだろう」

するとカンナは、まるで何でもないことのように言った。

「そのジジイやババア達を、殺しましょう」

「それはできない」

「どうして？　人を殺すのは悪いことだから？　確かに悪いことです。でも、私達は正義のために人を殺す計画を練っています。人殺しよりも、あいつが権力を握る方が、よっぽど悪なんです」

とカンナが言った。彼女達が狙っている相手が、かなりの要人であることが窺えた。

「久能さんの仕事を邪魔したジジイやババアも悪でしょう？　違いますか？」

「そうだな」

「でも、殺せないと？」

正治は頷いた。

「俺は、そいつらが誰だか、知らないんだ」

カンナは沈黙した。

「どいつもこいつも、いきなりやってきて、名前も名乗らず、挨拶もしないで、俺の小説をあれこれ論評した。俺は、自分と何の関係があるか分からない、遠くの親戚共の見世物になったんだ。その時、嫌だってはっきり言えばよかった。その場から逃げ出したってよかったし、そうでなくても殴ることだってできた。そりゃ暴力はいけないけど、殺すよりマシだ。でも俺はそれができなかった」

遠くの親戚という以外、どこの誰だか分からない奴らに愚弄された記憶は、今でも正治の心に澱《おり》のように残っている。だが正治はそのことに対して、辛いだとか、悔しいとかいう気持ちを今まで表に出してこなかった。プライドが高いからだと自分では思っている。だからイジメにあっても学校に行ったし、愚劣で醜悪な親戚共にも話を合わせた。

「だから俺は、もう二度と小説が書けない。いや、親戚共に弄《もてあそ》ばれた時から、すでに書けなかったんだ。それなのに無理をして、無理をして、無理をし通して書き続けた。俺はずっと、最初の小説の残りカスだけを集めて仕事をしてきたんだ。でも、それももう限界だ。だから俺はもう作家を廃業するしかないんだ。たとえ君と——いや、君らと外国で暮らせる未来が待っていたとしても」

君、と言いかけて、君ら、と言い直した。カンナと二人で暮らす未来を夢見ていることを、彼女に悟られるのは恥ずかしかったから。これも正治のプライドだった。

カンナはしばらく正治を見つめ——唇を噛むような仕草が切ない——言った。

「私達の仲間になった以上、久能さんにも仕事をしてもらわなければなりません。もちろん私はあなたを無償の善意で助けたいんです。でも熊谷さん達はそれを許さないでしょう」

人々に信用されるには、自分の力で利益を生み出す他ない。今の世の中、人生に絶望した人間は山のようにいるだろう。それなのにどうしてカンナと、作家とそのファン、という脆《ぜい》弱《じゃく》な繋がりがあるだけで、殺人の罪から逃げ、彼女と外国で暮らせるなどという夢を抱くことができるのだろう。

そんな美味しい話は、この世界にはない。

「あなたの小説を馬鹿にした人達の中で、殺せる人は誰ですか？」

「——言っている意味が、分からない」

「つまり、誰だか分からなくはない人です。一人ぐらい、いるでしょう？」

正治は考えた。答えはすぐに出た。正治はそれこそ何十人もの何処の誰だかも分からない親戚や、母の知人連中に馬鹿にされ続けてきたが、しかし見知っている人間もいた。

たとえば、小学校の担任の黒川幸子《ゆきこ》だ。あいつは正治が学校で虐められていても、まるで助けてくれなかった。それどころか、虐められる方に原因がある、などと暴言を吐いた。にもかかわらず黒川は、正治が作家デビューした途端家まで押しかけてきて、小説家になっておめでとう！　などとほざいた。散々正治を馬鹿にしてきたくせに、本を出した途端に掌を返したのだ。

正治はカンナに言った。

「小学校の時の担任の、黒川だ」

「あなたは、その人を殺せますか？」

正治はその質問にすぐに答えられなかった。

自分の小説を馬鹿にした親戚共、虐めたクラスメイト共、そいつらをブチ殺したらどんなに胸が晴れるだろう、そう何度夢想したことか。でも人殺しはタブーであるという常識が、正治の夢想にブレーキをかけていた。今はもう、そんなブレーキは取っ払われてしまっている。ならば、殺せるのか？　殺すと言えるのか？

「殺せる」

と正治は答えた。

殺さなければならない。そうしなければ、俺の作家としての才能は、もう二度と取り戻せないのだ。

殺せ。

殺せ！　殺せ！　殺せ！　殺せ！　殺せ！　殺せ！　殺せ！　殺せ！　殺せ！

殺せ！　殺せ！　殺せ！　殺せ！　殺せ！　殺せ！　殺せ！　殺せ！　殺せ！　殺せ！　殺せ！　殺せ！　殺せ！　殺せ！　殺せ！　殺せ！　殺せ！　殺せ！　殺せ！　殺

ころせ。

カンナは箸を置いた。

「来週、私とデートに行きません？」

「デート？」

「ええ！」

そう言ってカンナはにっこりと笑った。笑う度に、首を傾ける度に、ボリュームのある髪がふわりと揺れる。

カンナと、デート。正治にとって、それは正に夢のような出来事だった。でも――。

「迂闊に外を出歩いちゃ、いけないんだろう？」

「大丈夫です。久能さんがあちこち行かないように、私がちゃんと監視してますから！」

カンナにだったら監視されてもいい。正治はそう思った。ずっと彼女が自分を見ていてくれるのなら。

翌週。

カンナが大きなトートバッグを肩に掛け、正治を迎えに来た。正治は嬉々《きき》としてカンナを迎え、彼女と共に部屋を出た。

太陽は眩《まぶ》しく、燦々《さんさん》とした日差しを正治に投げかけた。ずっと部屋に籠もっていたので目が眩《くら》んだ。マンションの廊下の手すりの向こうに存在している、太陽、雲、空、風、街、道、車、米粒のような人々。ああ生きているんだ、と正治は思った。マンションの一室に軟禁されていた時は、まるでその部屋が世界のすべてのように思ったものだ。

遥か向こうに聳《そび》える超高層ビルが見えた。オフィスビルなのか、それともマンションなのか——何となく正治の家がある方角に建っているように見える。もしかしたら武田が住んでいるマンションなのかもしれない。武田はまだあの部屋で暮らしているのだろうか。

部屋の前の通路には、細長いプランターが置かれている。黄色い花が植えられ、一人の女性が水をやっていた。

黒いタートルネックに、ジーンズ。長い髪をポニーテールにしていた。後ろ姿をちらりと見ただけで、モデルのようなスタイルのプロポーションだと分かる。

「こんにちは！」

とカンナが屈託のない声で言った。

カンナの声で、ポニーテールの彼女がこちらを振り向いた。カンナに負けず劣らずの美人だった。

「こんにちは」

と彼女も落ち着いた笑顔でカンナに挨拶を返した。そして正治に会釈をした。正治も会釈を返し、エレベーターで階下に下りた。

カンナの車はメタリックグリーンの軽だった。彼女のように可愛い車だ、と正治は思った。カンナが助手席のドアを開け、正治はそこに乗り込んだ。今日はカンナの運転でドライブだった。俺が運転するよ、と言いそうになったが、やめた。正治はカンナに監視されているのだ。ハンドルを握らせてくれる訳がない。

数十分ほど走ると、車は大きな複合商業施設に差し掛かる。広大な駐車場に、無数の車が駐まっている。建物の外壁には入っているテナントのロゴがデザインされている。ショップだけでなく、レストランはもちろん、映画館や、ゲームセンターもあるらしい。

しかしカンナはその商業施設を呆気なく通り過ぎた。車は繁華街に入っていく。ここも先ほどの商業施設には及ばないが、あちこちにカンナと行ったら楽しそうな店が連なっている。しかしカンナはやはり車を停める様子はなかった。

やがて周囲の景色は変わり、酒を飲ませるうら寂れた店や、明らかに風俗店と思《おぼ》しき看板が目に付くようになった。そういったどぎつい外観の建物も姿を消し、やがて景色は雑居ビルが建ち並ぶ、灰色の光景に変わる。カンナは適当なコインパーキングを見つけ、そこに車を駐めた。

「さあ、行きましょう！」

カンナはまるでここがのどかな森の中だと言わんばかりの口調で、トートバッグを肩に掛けて車から降りた。それからトランクを開け、中から荷物を取り出した。それは黒光りするアタッシェケースだった。

「それ、俺が持つよ」

「いいです！　久能さんに荷物を持ってもらうなんて、そんなの悪いですから！」

アタッシェケースはデートには場違いで、禍々《まがまが》しさすら感じた。自分が持ったら都合が悪い物なのだろうと思い、正治はカンナに言われるままに、手ぶらで歩いた。

やがてカンナは、そこらに建ち並ぶ雑居ビルの一つに入っていく。正治の心を恐怖にも似た緊張が襲った。カンナは仲間と一緒に、ある人物の殺害を試みている。その本拠地のようなものがここにあるのではないか――？

エレベーターの中に二人は入った。あのマンションから下界に降りられても、こうして別の建物に昇る羽目になるんだな、と正治は思った。エレベーターはすぐに目的の階に到着し、ドアが一つしか存在しない小さなフロアに二人を吐き出した。スチール製の無骨なもので、部屋のドアとは思えない。カンナは勝手知ったる様子で歩き、躊躇う素振りなど微塵《みじん》も見せずドアを開けた。

目映《まばゆ》い光が満ちあふれ、正治は思わず目を瞑《つむ》った。

そこは屋上だった。

コンクリートはひび割れ、あちこちに雑草が生え、金属の手すりは派手にさび付いている。しかし目映い太陽と、そよぐ風が心地よく、気分は悪くなかった。

「いいでしょう！　この場所。高いし、誰にも邪魔されません」

手すりの向こう側の景色を見つめると、なるほど、ここ一帯のビルの中では、カンナと正治がいるビルが一番高いのだった。

カンナはアタッシェケースを脇に放り、トートバッグからビニールシートを取り出した。

正治は子供の頃の遠足を思い出して懐かしくなった。

汚い雑居ビルの屋上で昼食が始まった。最初こそ何でこんな場所で飯を、と訝しんだものの、人気のないビルの屋上で好きな女の子と弁当を食べるのは、中々楽しいものだった。

食後のお茶を飲んでいると、カンナがごそごそとまたバッグから何かを取り出した。それは大きな双眼鏡だった。

「あー見える見えるー」

とカンナが双眼鏡を覗きこんで無邪気に言った。どうやらあの商業施設がある方を見ているようだった。建物の巨大さでは遥かに及ばないが、しかしこちらのビルの方が高いので、丁度見下ろすような形になっている。

「久能さん見てください！　ほら！」

カンナに双眼鏡を手渡された正治は、言われるがままに覗いてみた。下を歩いている人々の顔まではっきりと分かる。

「久能さん、分かりますか？」

「何が？」

「ほら、ベンチに座っている人！」

広場には山のようにベンチがあったので、一体カンナが誰を指し示しているのか、正治はよく分からなかった。

「あのピンクのアイスクリームの看板がある、下のベンチです」

と言った。正治はアイスクリームの看板の方に視線を傾け——そして見た。

思わず双眼鏡を顔から離した。信じられない人物の顔が、そこにはあったからだ。

あの黒川だった。

ベンチに一人で座り、落ち着かない様子できょろきょろと辺りを見回していた。双眼鏡の向こうの黒川は、正治の記憶とまるで寸分違《すんぶんたが》わぬ姿だった。

「何で俺の小学校の時の担任が、あそこにいるんだ⁉」

「私が、呼んだからです」

「呼んだ？」

一体何故？　どうやって？

「あの人は家で旦那さんと上手くいっていないそうです。だから私は、あの人の高校時代のボーイフレンドの名前を騙《かた》って手紙を出しました」

「そんなこと――」

カンナは頷いた。

「昔は生殖機能が衰えた老人が恋をするなんてとんでもない話でした。でも今は違います。戦後民主主義によって平等という思想を植え付けられた人々は、男も女も子供も大人も若者も老人も、みな同じ権利を持っていると考えるようになりました。だから中年女性は年甲斐もなく韓流スターに夢中になります。本来そんなものは若い女の子だけの特権だったはずなのに。恋愛もそうです。恋をするのに年齢など関係ない、人生に悔いを多く残した人間に限ってそう考える。だから中年や老人になってもまだ青春を取り戻そうとするんです」

正治が知りたかったのはそんなことではなかった。何故カンナが黒川の連絡先を知っている？　それどころか、黒川の高校時代のボーイフレンドのことまで――。

カンナは件の黒いアタッシェケースを開けた。中には、細長い筒のような金属の部品がいくつも納められていた。スポンジのような緩衝材の上に、まるで宝石のように華々しく陳列されている。

「早くやりましょう。あの人、帰ってしまうかもしれません」

とカンナは言いながら、まるでプラモデルのように、てきぱきと細長い棒を組み立て始めた。正治はその光景を、半ば呆然と見つめていた。

ものの三十秒と掛からずに、カンナは組み立てを完了した。

先端を、遥か下の地上、ちょうど商業施設の方に向けたそれは、ライフル銃だったのだ。

カンナは汚い屋上に半ば突っ伏すような姿勢で、ライフル銃のスコープを覗き込んだ。

「ここならベストポイントですね」

カンナは少しだけ真剣な口調でそう言った。いつもは明るいカンナも、今は冗談を言うべき時でないことは、十分すぎるほど分かっている様子だった。

「久能さん、こっちに来てください」

正治はおもむろにカンナの方に近づいていった。そしてカンナの隣に横たわった。

「久能さん。覗いてください」

カンナが耳元で言った。彼女の声を、吐息を、呼吸を、感じた。

正治はカンナに言われるがままに、ライフル銃のスコープを覗き込んだ。

スコープから覗ける丸く切り取られた世界。真ん中の十字のマークに被さるように、黒川の顔があった。

「久能さん。手渡しますよ。いいですか？」

そう言ってカンナは、正治に銃を手渡した。正治が銃を持っても、カンナが正治の手の上から銃を支え、完全に離すことはなかった。

掌には、冷たい銃の感触。手の甲には、温かいカンナの手の温もり。今や正治とカンナはライフル銃を中心にして、殆ど身体を重ね合わせていた。死の道具と、性の対象。自分は今、二つを同時に手にしている。正治は高ぶりを抑えることができなかった。

「大丈夫ですか？　照準はずれていませんか？　ターゲットは動いていませんか？」

正治は、この瞬間になってようやく、黒川を殺すためにカンナがここに来たことを知った。

「事前に調べました。このビルの屋上が、一番の狙撃ポイントです。ここからなら簡単に、あの広場にいる人たちを狙撃できます。さあ、引き金を引いてください」

正治の指先は、すでに銃のトリガーに掛かっていた。少しだけ指先に力を込めれば、それだけで黒川は死ぬのだ。

「あの人を恨んでいるんでしょう？　殺してやりたいと思っているんでしょう？」

正治の耳朶の中でカンナの囁《ささや》きが、まるで呪文のように響き渡った。

「殺してください。このチャンスを逃したら、あなたはもう二度とあの女を殺せなくなる」

そうだ。自分は一度チャンスを棒に振っている。作家として有名になって食っていけるというチャンスだ。新たなチャンスが出現した今、それをみすみす棒に振ることはできない。

「引き金を引いてください。そうしなければ、あなたは二度と小説が書けなくなる。騒がれず、冷やかされず、孤独に、しかし自由いっぱいに創作をしていた日々を取り戻すには、あなたを冷やかした人間を殺すしかない。地球上から抹殺するしかないんです。さあ、」


「殺して！」


その瞬間、スコープの中の黒川が、後頭部から真っ赤な霧のようなものを飛ばして仰《の》け反った。そしてがくんとうなだれるようにして、そのまま動かなくなった。

今まさに、正治によって殺人が為された瞬間だった。しかし滑稽なことに、広場を行き交う人々は、黒川の異変にまったく気付く様子もなく、笑顔で黒川の前を通り過ぎている。死体が目と鼻の先に存在しているなど、想像もしないといった様子だ。

「やった——」

思わず正治はそう呟いた。

「そうよ——」

カンナも頷いた。

「日本は銃社会じゃないから、一般人が狙撃されて殺されるなんて想像もしていない。仮に銃で殺人事件が起こったとしても、真っ先に暴力団が疑われる。アメリカなどに比べたら、銃犯罪の捜査に関しては日本は後進国です。こうやって殺人を犯しても、悠々と逃げることができます」

吹き飛ぶ、黒川の脳漿《のうしょう》。

仰け反る黒川の頭。

うなだれる黒川の死体。

その一連の動作を見ただけで、正治の心はすうーっと軽くなった。

「行きましょう。慌てる心配はないといっても、長居をすることはないです」

カンナはてきぱきと銃を片付け始めた。そのカンナの動作を見つめながら正治は、

「もっと殺したい奴がいるんだ」

と言った。

カンナは頷いた。

「十人でも、二十人でも殺しましょう。それで久能さんがまた小説を書けるようになるのなら」

正治の家に突然現れ、挨拶もしないで話しかけ、正治の小説を、仕事を、論評し、駄目出しをした親戚のジジイ、ババア共。正治は今一度双眼鏡で広場の方を覗いてみた。うなだれていた黒川の死体が、重力の法則でゆっくりとベンチから崩れ落ちるまさにその瞬間だった。流石《さすが》に客やスタッフ達も異変を感じて集まってくる。すぐに死んでいると知れるだろう。

ライフルを片付け、カンナと共に屋上を後にした。エレベーターに乗り込み、下の階に到着するまでの僅かな間、カンナと二言三言話をした。

「人を沢山殺すのはいいことです。あいつを殺す時になって怯《ひる》んでしまったら元も子もないから。心理的障害は、できるだけ早く取り払っておいた方がいいんです」

「俺は、誰を殺すんだ？」

あえて、君らは、ではなく、俺は、と訊いた。

あの黒川の頭が仰け反った瞬間の解放感。ああ自分はこのために生まれてきたんだと心の底から思った。あいつらに傷つけられたことも、あいつらを殺す快感のためのステップだったのだ。あんな解放感を味わえるのであれば、今までの人生もそう悪いものではなかったかもしれない。

カンナは、暗殺のターゲットの名前を言った。

「――本当か」

予想以上の大物――日本で知らぬ者は今や一人もいない政治家――の名前に、正治の衝撃は小さくなかった。

なるほど、あいつを殺すためなら、予行演習として黒川のような愚民の一人や二人殺すことなど、何てことはないだろう。そう正治は思った。

6

梶原は一旦、帰ったが、翌日、また刑事と共に訪れた。あまりにも彼らの出入りが頻繁になると、俺を襲いに来た濱口を捕らえるという本来の目的が果たせないのでは、と思った。もちろん俺だって好き好んで襲われたくないから、そのことについて文句を言ったりはしなかった。

テレビをつけると、保守党の藪木総裁が馬場総理の国会答弁を激しく追及していた。防衛費を削ってその分雇用対策に回せば景気は良くなると言ったのに、失業率がどんどん上昇しているのはどういう訳だ、という主張だった。馬場はもうしどろもどろで、藪木にまともに言い返すこともできない。

「この総理ももう持たないな」

と梶原は言った。

「アメリカべったりの外交はやめろ。防衛費に金を使い過ぎだ。派遣社員、ワーキングプアの問題は保守党では解決できない。そう主張して日本で初めて社会主義の政党が与党になったのに、結局彼らがやったのは『何もしない』ということだけでしょう？」

俺は梶原の話に適当に相づちを打った。俺のように親の金で暮らしているような男に、そんな議論に参加する資格はないように思われた。

「でも——外見って、残酷ですよね」

と俺は言った。馬場総理と藪木とを比較しての話だった。馬場総理は老人だったが、藪木は女優のように美しかった。彼女はまだ四十過ぎだろうか。しかし二十代と言っても通用するであろう美貌を誇っている。こんな若い政治家が——しかも女性が——保守党の総裁になったのは結党以来初めてだと、随分騒がれた記憶がある。

もちろん、副総裁の福岡源三をはじめとした老獪《ろうかい》な政治家達が保守党政権を取り戻すために、出来レースで藪木を総裁に担ぎ上げたのは明らかだった。藪木総裁の政治家としての資質を疑問視する声は絶えない。しかし彼女が表舞台に登場して以後、保守党の支持率が右肩上がりなのは紛れもない事実だった。

「この分では、馬場総理が失脚するのも時間の問題だな。社会主義政党が政権を取る時代も、長くは続かなかったというわけか。でも、彼女が総理になったら、また世界中からバッシングされるでしょうね。何しろ彼女は右だから」

と梶原が言った。美しき鷹《たか》――そう形容した週刊誌の見出しを、俺は目にしたことがある。もちろん鷹とはタカ派のことだった。

ただ担がれただけの政治家であっても、やはり藪木は現在の保守党のシンボルであることに違いはなく、何度か暗殺騒ぎも起こっている。もっともそのいずれも、保守党本部に脅迫状が届いたという程度の、明らかに悪戯《いたずら》の類だったらしいが。

ふと気付くと、背後に近藤がいて、じっとテレビ画面を見ていた。

「――本当にいい女だ」

そう呟いて近藤は、すぐに向こうに姿を消した。

梶原は小声で言った。

「公僕にとってのアイドルは国会議員らしい」

俺は思わず笑った。

「でも、藪木には非公認のファンクラブがあるらしいですね。一般の市民の中にも、彼女のファンは大勢いる」

それどころか、写真集を出版するという噂もまことしやかに流れている。政治家の写真集なんて誰が買うんだと思うが、しかし実現したらベストセラーは間違いないと目されている。

「暗殺するほど憎んでいる奴もいれば、その反対も当然現れる。カリスマ性のある人間というのは、そういうものです。そういう意味でいったら、僕らも濱口にとっては藪木総裁並みのVIPだ」

俺は思わず笑った。

「濱口は本当に俺を襲いに来るんでしょうか？」

梶原は考え込むような素振りを見せた。

「武田さんの命を狙っていることは間違いないと思います。しかし僕の殺害に失敗して顔を見られた。もしかしたら、計画を中止して逃げてしまっているかもしれない」

その時、

「逃げるってどこにです？」

背後から近藤の声がした。

「聞いてたんですか？」

「公僕のアイドルは国会議員というのもね」

梶原は肩をすくめた。

「逃げると簡単に言うが、濱口はただの看護師だ。匿ってくれる人間がいるとも考えられない。マスコミには一応伏せてはいるが、指名手配も同然の扱いだ。もしこれが何か信念あっての犯行なら、逮捕など恐れずにあなたを襲ってくることは十分に予想できる」

と近藤は俺に言った。

確かに、相手を殺して胸を割き、心臓をえぐり出すような男だ。狂気にも似た信念を抱いているからこそ、そんな凶行を成し得たのだろう。しかし阿部総合病院に再入院して、最初の担当が濱口だった。そのせいか、彼のことは他の看護師よりも、はっきり覚えている。入院した当日、俺を車椅子で心臓外科の病棟まで運んでくれたのだ。彼がそんな残忍な殺人を犯すなんて信じられない。何かの間違いじゃないだろうか。

「スーパーに買い物に行きたいんだけど、駄目ですか？」

と俺は近藤に訊いた。

「どうしても必要なものがあるのなら、メモを用意してくれればこちらで買ってきますが」

「危険危険と言っても、いつ濱口が襲いに来るか分かりませんよ？　少しは大胆に罠《わな》をしかけないと。刑事さん達だって、早く濱口が現れてくれればいいいと思っているんでしょう？」

などと梶原が言った。そんなことを言うなら、自分が囮になればいいのに、とは正直思う。

しかし実際問題、警察も危ない橋は渡れないのだろう。護衛しているにもかかわらず俺が殺されたら面目まる潰れだ。

「それに椎名さんは室内で殺されていた。僕も自室で襲われた。ならば武田さんもこの部屋で襲われるはずです」

そう言って梶原は部屋を見回した。

「それは分かっているが——」

「濱口が武田さんを殺すタイミングは、武田さんが彼をこの部屋に招き入れた時でしかあり得ない。買い物に出かけて、万が一そこで濱口に出くわしても、それですぐに武田さんに危険が及ぶことはないでしょう」

「どうしても買い物に出かけたいんですか？」

梶原は俺に訊いた。別にそれほど必要性がある買い物ではなかったが、俺は頷いた。気晴らしに外の空気が吸いたいだけだった。梶原の推理が正しければ、とにかくこの部屋に濱口を上がらせなければいいのだ。もちろん仮に入れたとしても、近藤がいる。梶原もいる。記憶の中の濱口はそれほど筋骨隆々とした印象はない。恐らく、簡単に取り押さえることができるだろう。

近藤は渋々といった様子で手帳を取り出した。何をするのかと思ったら、その手帳のページを破ってペンと一緒に俺に差し出してきた。

「この紙に一筆書いてくれ。外に買い物に出て万が一命の危険にさらされても、責任の一切は自分にあると」

俺は思わず苦笑いした。心臓手術の再現だった。手術の際には必ず同意書へのサインが求められる。社会は利害関係と、契約で動いている。契約とは、何かが起こった時に自分の責任が問われないようにする保険なのだ。

外出する度にいちいちこんなものを書かされてはたまらないが、これも事件が解決したら笑い話になると思って、五分ほどで即席の契約書を書いた。ハンコも押してやった。

部屋を出て地下の駐車場までエレベーターで下りた。周囲を見回したが、駐車場に人の気配はなかった。向こうに停まっているマークIIの運転席から、誰かがこちらに頷きかけてきた。目をこらすと、それは松前だった。

ミニクーパーに乗って駐車場から出た。後ろをついてくる松前のマークIIを感じた。

いつも通っているスーパーにはすぐに到着した。車から降りて辺りを見回す。スーパーに買い物に来るのは圧倒的に女性が多いため、濱口がいたらかなり目立つはずだ。もっとも他の買い物客からしてみたら、俺の方こそ印象に残るかもしれないが。

警察を呼ぶきっかけとなった、ツナギを着た男を思い出した。それらしい男は、今はどこにもいなかった。

適当に食材をカゴに入れ、レジに向かった。濱口をおびき寄せるために時間をかけた方がいいのかなと思い店内をウロウロしたが、たかがスーパーで時間を潰せるはずもなく、せいぜい十五分が限界だった。

会計を済ませ、レジ袋に商品を詰めた。こうしている今も、松前はスーパーのどこかで俺を護衛しているのかな、と思いながら俺は背後を振り返った。

濱口がそこにいた。

洗濯したてのシャツをそのまま着て体温で乾かしたような、よれよれの服を着ていた。目が血走り、肌も青白い。ずっと風呂に入っていないかのような、異様な臭気もする。

阿部総合病院の心臓外科の病棟で、俺を看病してくれた濱口ではなかった。目の前にいるのは濱口ではない。別の何かだ。

濱口が俺の手を摑んだ。

そして、まるで砂漠のように乾いた声で、こう言った。

「いいか、聞いてくれ。大変なことになるんだ」

そう言って椎名光彦や梶原を騙し、部屋に上がり込んだのだろうか。

何故彼は椎名光彦を殺し、梶原を襲ったのだろう。

そして何故椎名光彦の心臓を奪ったのだろう。

この男が、どうして——。

濱口は、口を開いた。

「武田さん。もしかしたら、あなたは——」

その瞬間。

「おい！　濱口！」

スーパー中に松前の叫び声が響き渡った。濱口は息を呑んだ様子で背後を振り返った。鬼のような形相の松前がこちらに歩み寄ってきた。いつもは穏和そうに見える彼が、刑事の本性を現した瞬間だった。

「——張っていたのか」

濱口は呆然とした様子で呟いた。

俺は濱口に言った。

「あなたが殺し損ねた梶原さんが、俺も襲われるかもしれないって教えてくれたんだ。もう逃げられない。諦めて警察に本当のことを話してください」

「畜生！」

濱口は絶叫した。そしてそのままスーパーの出口から外に駆け出した。しかし松前も瞬時に反応した。その場に立ち尽くしている俺を尻目に、全速力で濱口を追いかける。松前はかなりの俊足だ。一方濱口は逃亡生活が続いて体力がないのか、足がもたついている。松前が濱口を捕らえるのは確実と思われた。

俺も慌ててスーパーから駐車場に出た。しかし松前のように全速力で追いかけることもできずに、ただ小走りに二人の後を追った。

停まっている車の間を駆け抜ける濱口と松前の距離が、徐々に縮まっていく。濱口が駐車場を抜け、車道に飛び出した。だが松前の伸びた手が、濱口の肩に掛かろうとしている——。

俺は松前が濱口を捕らえると、信じて疑わなかった。

が、しかし——。

そこから先は、正に一瞬の出来事だった。

濱口が俺の視界から消えた。猛スピードで走ってきた車が、道路に飛び出した濱口を轢いたのだ。濱口が見えなくなったのは、車が身体の上に乗り上げたからだった。

車は人を轢いたというのに、停まることも、スピードを緩めることもなく、そのまま走り去っていった。

それは、あの白いバンだった。

運転していたツナギを着た男と、助手席のボブヘアーのメガネをかけた女の子を、その刹《せつ》那《な》見たように思った――。

俺は、松前と濱口に近づいていった。

白いバンが走り去った後には、まるでボロ雑巾のようになった濱口が残されていた。

車道は赤い色水を吸った雑巾を、ぎゅっと絞ったかのような惨状に成り果てていた。

濱口のまぶたや唇が、まるで魚のようにピクピクと動いている。まだ生きているのだ。

松前は無線機でどこかに連絡している。俺は濱口から視線を逸らすことができなかった。

「何でだ――」

俺は思わず呟いた。

濱口の視線が――恐らく残ったすべての体力を使っているのだろう――ゆっくりと俺の方を向いた。

「何で俺を殺そうとした！」

母は殺され、そして俺は命を狙われた。分からなかった。それが金を貰いあんな豪奢なマンションに暮らしている、俺達母子に対する罰なのだろうか。

濱口の唇がゆっくりと動いた。

血を吐き出しながら、濱口は言葉を刻む。

「あの、病院、は——」

阿部総合病院——。

「あん、た、に——」

俺に——。

「7……2……5……6……」

——。


そして濱口は息絶えた。

まるで世界のすべてが死んでしまったように思えた。

俺の中の何かも死んだのかもしれない。


背後から松前が近づいてきて、その場に跪《ひざまず》き、ゆっくりと濱口に顔を近づけた。

「くそぉ。死んでやがる」

吐き出すようにそう言った。

「刑事さん——」

俺は思わず松前に声を掛けた。松前は顔を上げて俺を見た。

「今、濱口が言ったことを聞きましたか？」

「何です？　何か言い残したんですか⁉」

俺の頭の中に、あの母の言葉が響き渡った。

『1……1……0……1……』

その母の死に際の伝言を、俺は警察には言わなかった。言ったってとても信じてくれないと思ったから。

今、濱口は確かに言った。7、2、5、6と——。

でもそれは本当だろうか。濱口は何か譫言《うわごと》を囁いただけで、俺がその言葉に勝手に意味を見いだしてしまっているだけではないだろうか。

「どうしたんです？　何か言ったんですか⁉」

松前は、まるで詰問するかのように、俺に訊いた。

俺は迷わなかった。そう答えるのが当然のように、松前に言った。

「いいえ。何か言ったような気がしましたが、よく聞き取れませんでした。それで刑事さんに訊いたんです」

「——そうですか」

少しがっかりした様子で、松前はうなだれた。

嘘だ。俺は聞いたんだ。濱口の死に際のメッセージを。でもそれを言っても、きっと信じてもらえない。俺すら信じられなかったのだ。俺の命を狙った男が、死に際にあんな言葉を残すなどとは。

しばらくすると、警察や野次馬が集まって辺りは騒然とした。梶原の姿も見える。一報を聞きつけてやってきたのだろう。

「大変なことになりましたね」

そう梶原は言った。俺は頷いた。

「残念でしたね」

「何がです?」

「事件が、誰もが納得するような結末を迎えなくて——」

梶原は笑って、

「そんなものです」

と言った。

しばらく二人並んで、事件現場を見つめていた。大騒ぎした割には、実に呆気ない幕切れで、俺はとてもこれが現実だと思うことができなかった。

その時、近藤が言った。

「——まさか、あなたが外に出た途端に濱口が襲ってくるとは思わなかった」

そう呟くように言った。まったくです、と梶原が知ったふうな口を利いた。

「これで終わった。もちろん後で詳しい状況を訊かれると思うが、それさえ済めば、もうあなたに迷惑はかけません」

「どうして濱口は僕らを殺そうとしたんでしょう。どうして、椎名さんの心臓を持っていったんでしょう」

近藤は肩をすくめた。

「見当もつかない。だが恐らく濱口が椎名殺しの犯人で決まりです。恐らくというのは、状況証拠だけしかないからだが、しかし濱口が犯人であることに異論を唱える者はいないでしょう」

「そりゃ本人は死んでますからね」

と梶原が飄々《ひょうひょう》と言った。皮肉に聞こえたのか、近藤は声を荒らげた。

「あんたの証言も、濱口犯人説を裏付けてるんじゃないか！」

「まあまあ、怒らないでください。僕だって濱口が犯人じゃないなんて思ってませんよ。ただ何故僕らが命を狙われたのかは、物凄く興味がある」

近藤は梶原を相手にしないと決めたのか、俺に、

「それで、濱口を轢いたバンは、あなたを以前つけてたバンに間違いないんですね？」

と訊いた。俺は頷いた。

「はい。そうだと思います」

「白いバンか。都内にどれくらいあるだろうな。ナンバーは見なかったのか？」

近藤は松前に訊いた。

「すみません。あっという間に走り去ってしまって」

近藤は苦虫を嚙み潰したような顔をした――。

ナンバー？

「ああ！」

脳裏にある考えが閃き、俺は思わず大声を上げてしまった。皆が一斉に俺の方を向いた。

濱口が最後に言い残した、あの4桁の数字だ。

7256！

「――すみません」

「何がです？」

「濱口が死ぬ前に俺に言ったんです。7、2、5、6って――」

「何？」

「7、2、5、6です」

近藤は呆然としたように俺を見つめた。梶原も驚きの表情を隠せない様子だった。

「何で早く言わない！」

「そんなこと言うはずないと思って——聞き間違いだと思って——」

「そういうことは、あんたじゃなくて俺が決める！」

「まあまあ。これで重要な証言が手に入ったんだから、いいじゃありませんか」

梶原が話に割って入った。

「なるほど、7256ね。確かにナンバープレートは4桁だ。轢かれた瞬間に、濱口が車のナンバーを記憶していたんだな。武田さん、もしかしたら、あなたのお母さんが死に際に言い残した数字も、車のナンバーかもしれなかったのでは？」

「母さんは——車に轢かれて死んだんじゃない」

「犯人が車に乗って現場まで来たとしたら？　その車をお母さんが目撃したとしたら？」

「待ってくれ。一体何の話をしているんだ？」

警察は知らない。母が言い残していた4桁の数字を。俺が黙っていたから。

俺はその場で近藤に告白した。近藤が激怒したのは言うまでもない。

もし——あの時、素直に110のことを警察に告げていたら、警察はすぐに日本中の1

１０１の車を洗い出し、犯人を逮捕していただろうか。母の死からもう三年以上が経過している。犯人が犯行に使用した車を処分した可能性だってあるのだ。

俺が黙っていたせいで。

今も母を殺した犯人は野放しになっている。もちろん、１１０１は犯人とまったく関係なく、死の間際に錯乱した母が口走った、何の意味も無い数字なのかもしれない。しかし事実がどうであろうと、警察の捜査に俺が全力で協力しなかったのは厳然たる事実だった。

百メートル下の下界を見下ろしながら、俺は呟いた。

「自分をもっと信用すればよかった。母さんは確かに１１０１と言ったんだ。でも——死ぬ間際に母さんがそんなことを言うはずないと思って、黙っていた。俺が黙っていれば、母さんが訳の分からない数字を口走ったということは、ずっと秘密になる。人間が死ぬ時には、もっとそれに見合ったことを言うはずだ。そうでしょう？」

「仕方がない」

と梶原は言った。

「確かに、濱口は自分を轢いたナンバープレートの番号を死ぬ間際に言ったのかもしれない。だからといって、あなたのお母さんの事件も一緒くたにするのは、少しこじつけだったかもしれません。濱口を轢き逃げした人間の捜索なんて、あくまでも枝葉です。いきなり道路に飛び出せば、そりゃ車に轢かれるでしょう」

「濱口を轢いたあの白いバンは事件とは無関係だと？」

「関係あると？」

　と梶原は訊き返した。

「濱口は俺に何か言いたそうだった。口封じのために殺されたのかもしれない」

「あなたのお母さんを殺した犯人にですか？」

　俺はゆっくりと頷いた。

「お母さんが殺された事件と、僕らが命を狙われていることに、関連性があるんですか？」

　俺は梶原の質問に答えることができなかった。

　しかし、無関係とはどうしても思えなかった。

　あのバンの運転手は、明らかに最初から濱口を轢き殺す意図を持っていた。あのスピードで、偶然の轢き逃げというのはあり得ないと思う。もし不慮の事故なら停まるなり、スピードを緩めるなりするだろう。しかしバンはそのまま走り去っていったのだ。

「もし、あのバンが意図的に濱口を轢いたとしても、すぐに居所が知れるはずです。車のナンバーは分かっているんだから。それに運転していたのが誰だか分からないけど、僕らにとっては救世主ですよ。僕らを狙っている濱口を殺してくれたんだから」

俺は思わず自嘲《じちょう》した。梶原らしい楽観的な意見だと思った。確かに濱口は死んだ。しかし、母を殺した犯人はそうではない。

俺は梶原を玄関まで見送った。

「じゃあ、さようなら。もしかしたらこの事件のことを記事や小説にする時に、またお話を伺うことがあるかもしれません」

部屋の外の廊下には近藤と松前もいた。母が言い残した4桁の数字を俺が黙っていたことで、俺に対する近藤の印象は余計に悪くなったようだった。恐らく梶原より、彼らと再会する機会の方が多いだろうな、と俺は思った。

三人が去っていっても、俺はすぐにドアを閉じなかった。玄関に一人ぽつんと佇《たたず》み、さっきまで三人がいた空間をぼんやり見つめていた。

母の言葉が、濱口の言葉が、脳裏でこだまし続ける。謎の4桁の数字。俺が死ぬ時は、誰に、何の数字を言い残すだろう。友達が沢山いたとしても、人間、死ぬ時は所詮独りだ。母と濱口が言い残した数字は、きっと誰のものとも交換できない、一人一人に与えられた固有の数字だったのだ。今はそう思う。

一ヵ月後、俺は阿部総合病院の外来に出向いた。二ヵ月に一度の採血と、ワーファリンを処方してもらうためだ。一年に六回行われる儀式。だがその時は様子が違っていた。

外来には、諸星が休診のため、担当の患者は代理の渋谷《しぶや》という医師が診るという旨の案内が張り出されていた。俺は、たまにはそんなこともあるさと、別に気にも留めなかった。

＊

神奈川県警は、すぐさま全国の陸運局に依頼し『72-56』に該当するナンバープレートの車を探したが、その中に濱口を轢き逃げしたと思しき白いバンは存在しなかった。もし目撃者が武田だけだったら彼の証言を疑うところだが、現場には松前もいたのだ。

「間違いありません。あれはバンでした」

武田や松前はメーカーや詳しい車種のことを言っている訳ではない。バンと言っているのだ。いくら猛スピードで走り去っていったと言っても、見間違えることはあり得ないだろう。

「こんな笑い話がありますよ。轢き逃げの被害者は死ぬ間際にナンバープレートの番号を言い残した。でもその番号に該当する車は存在しなかった」

「笑い話というか、まったく同じ話じゃねえか」

「その話のオチは何だと思います？」

「知らんよ」

松前は冗談に付き合う気のない上司にいささかがっかりした表情を浮かべながら、答えを言った。

「被害者は空中にはね飛ばされたんです。それで空中で逆さまになったままナンバープレートを目撃した。分かりますか？　逆だったんです」

「その数字をひっくり返したら、本当の番号になるってか。だが濱口ははね飛ばされたんじゃなく、もろにタイヤに轢かれたんだ」

「だから、たとえばの話ですよ」

近藤は7256という数字を頭の中で思い浮かべた。6はまあ分かる。2と5もひっくり返せば同じ形に見えなくもない。だが7は苦しい。もちろん類似したナンバーも調べなければならないが、そう簡単に見つかるとは思えない。

「でも変ですよね。彼は相当な覚悟を持って武田さんに会いに行ったはずです。そんな男が言い残す最後の言葉が、自分を轢いた車のナンバーなんて、ちょっとそぐわないというか」

松前の言いたいことは分からなくもない。しかし7256という数字の意味するところが、ナンバープレート以外に考えられないのも、また事実だったのだ。

やがて事件は緩やかに終息に向かっていた。

濱口が何故、阿部総合病院の４４３号室に入院していた三人の男の命を狙い、椎名光彦の心臓を持ち去ったのか、その謎は結局分からずじまいだった。しかし、その犯人が死んだ今、この事件を継続して捜査する必要もまたないのだった。

唯一継続捜査中なのは、濱口を轢いたバンの捜索だが、バンも、その運転手と思われるツナギの服を着た男も、杳として行方は知れなかった。

「お茶くれー」

近藤はデスクにふんぞり返って叫んだ。お茶汲みも新人刑事の大事な仕事だ。刑事一人一人に専用の湯飲みがあり、もちろん好みも違う。それを把握する能力は、犯罪捜査と決して無縁ではない。たかがお茶汲みと侮る奴は、人間を見る目を養う機会を逃しているのだ。

一人の女の部下がこちらに近づいてきた。美人だが、ぶっきらぼうなのが玉に瑕《きず》だ。お茶を持ってきたのか、と思ったが、手ぶらだった。

「近藤さん」

「お茶じゃないんだったら、何の用だ？」

「あの人がまた来ています」

「あの人？」

近藤は顔を上げて応接室の方を見た。どこかで見た覚えのある中年の女性と、そして夫だろうか、女性と同年代の男が居心地が悪そうにソファーに座っていた。

「誰だっけ？」

「前も来ました。隣に住んでいる母子が行方不明になっていると訴え出た人です」

「ああ——」

近藤は呟いた。正直、そんな訴えのことなど忘れていた。

「だから、捜索願は親族じゃなければ出せないんだ。そう言って追い返せ」

彼女は声を潜めて言った。

「その親族を連れてきたようなんです」

近藤は舌打ちをして立ち上がった。どうやら、今度こそ本当に、行方不明者の捜索などという地味で面倒な仕事をしなければならないらしい。

近藤が応接室に出向くと、中年の男女は請うように近藤を見上げた。

「えーと、確か——」

「今井です。こちらは、久能さんのお兄さんの寺沢《てらさわ》さんです」

寺沢は、ぶっきらぼうに頭を下げた。先ほどの女の部下がお茶を持ってくる。近藤は眉をひそめた。薄い。自分はもっと濃いお茶が好きなのだ。だが今は来客中なので、小言を言うこともできない。

　寺沢は、挨拶もそこそこに近藤を追及しはじめた。

「どうして妹が行方不明になってるのに何にもしてくれないんですか！　もう一ヵ月も音沙汰無しなんですよ⁉」

「ではお兄さんが捜索願を出してください。それから我々は動きます」

「しかしね。もう遅いんじゃないか？　捜査というのは初動捜査が一番大事だと言うじゃないか。もし妹に何かあったら、あんたらの責任だぞ！」

「一ヵ月も捜索願を出さずに放っておかれた、そちらに落ち度はありませんか？」

「だ、だって俺は栃木の実家で両親の面倒を見ていて、それほど頻繁に連絡取り合っている訳じゃないから」

　久能の兄を庇《かば》うように、今井が口を挟んだ。

「久能さんは友達が多かったんです。その誰もが久能さんの行き先を知らない。だから私、方々に手を尽くしてお兄さんと連絡を取ったんです。捜索願を出してもらうために」

「その、いなくなった久能さんには息子さんがいたんですよね。息子さんとも連絡が取れないんですか？」

　近藤の質問に答えたのは、寺沢だった。

「甥が本を出している出版社にも問い合わせたが、行き先は知らないと言われた。こちらから連絡することはないって。何年も仕事をしているのに、つれない態度だと思わないか？」

近藤は松前を呼んだ。

「何ですか？」

「松前、お前。久能正治って作家を知っているか？」

松前は即答した。

「聞いたこともありません」

近藤は寺沢に向き直って、訊いた。

「甥御さんは、確か大学生かと？」

「ああ、来年卒業だと言っていた」

「就職は決まったんですか？」

「さあ、そこらへんの話は聞いていない。だが作家としてやっていくんじゃないかな。正治が本を出した時は、そりゃもう大騒ぎだったんだから」

久能家は父親が自殺し、母と子の二人暮らしで、子供は小説を書いているが知られていない。恐らくあまり売れていないのだろう。

近藤は思い出した。以前ここに来た時の今井の話を。今井は、車に乗って家を出る久能正治を目撃しているのだという。そしてその場には謎の男女がいて、しかも彼らは車に、青いビニールシートにくるまれた、細長い荷物のようなものを運び込んでいたのだそうだ。

「甥御さんが妹さんを殺して、仲間と一緒に逃走したのかもしれない」

「な、何を言うんだ。あんたは！」

寺沢が怒鳴った。

売れない作家、就職の当てもない。人生への絶望をまるごと母親にぶつけてしまったのかもしれない。同じ屋根の下で母子二人暮らし。関係は密接にならざるを得ない。それはほんの一押しで、立ち所に殺意に変わる。

「今井さんが仰った、青いビニールシートにくるまれた物が久能さんの死体だったのかもしれません」

念を押すように言ったのも、自分には責任がないというアピールだった。今井がここに来た時にすでに母親が殺されていたならば、すぐに捜索に取りかからなかったから死んだなどと言いがかりを受けなくて済む。もちろんあの時は捜索願が出されていなかったからこちらに責任などあろうはずはないが、気分が違う。

久能家は借家だった。家賃の支払いが遅れたぐらいで騒ぎ立てることはないと家主は言うが、家賃の滞納など今まで一度もなかったらしい。

「家賃を払うのが精一杯で、家計は逼迫《ひっぱく》していたのかもしれない。息子の本の印税は当てにできないし」

「そういえば、甥は小説の印税でさんざん稼いでいるのに、その金を全然家に入れてくれないと愚痴ってたな」

近藤は、息子の本が売れていないという意味で言ったのだが、説明が面倒で黙っていた。印税を家に入れないということは、誰も久能正治の収入を具体的に知らないのだろう。家族や親戚は身内の才能を過剰に評価するものだ。

家主の用意した鍵で、家を開けた。近藤は殺人現場に踏み込むように、どかどかと家の中に上がり込んだ。

居間を覗くと、一ヵ月分の埃を除けば、良く整理整頓されている印象だ。だが何となく全体的にスカスカした印象を受ける。テレビラックに備え付けられた棚にも、空きが目立つ。DVDのデッキはあるが、ソフトがない。電話機に目をやる。走り書きのメモが事件の手がかりになるケースは少なくないが、メモパッド自体がない。

随分と日が差すなと思い窓の方を見ると、何とカーテンがない。道路に面している訳ではないから丸見えにはならないだろうが、普通は窓にカーテンぐらいかけるのではないか。

無駄を廃した、まるでモデルルームのような部屋だと近藤は思った。

近藤は松前と二人して、平屋建ての久能家を隅から隅まで捜索した。息子の部屋と思しき和室。風呂場、キッチン――するとモデルルームのようなのは居間だけで、他の部屋はそれなりに雑然としているのだった。

近藤は、玄関先で事の成り行きを見守っている今井に訊いた。

「失踪に気付いた当日、この家を見張っていたんですよね」

「いえ、見張っていたなんて、そんな――」

「あなたは、この家の息子さんといた二人の男女のうち男の方が、車に荷物を運び入れる光景を目撃しているんだ。よく思い出してください。その当日、いえ前日でもいい。この家に客が来た気配を感じましたか？」

今井は少し考え込み、答えた。

「いいえ。誰も来なかったように思います。あの二人以外は」

「その二人はどんな雰囲気だったですか？」

「――と言うと？」

「いや、楽しそうだったとか、息子と親しげに話をしていたとか」

「いえ、そんなふうじゃありませんでした。何というか、押し黙っててきぱきと仕事をしているといったふうで。私、てっきり何かの業者さんかと思ったけど、そういう業者さんって作業着を着てるでしょう？　でもあの二人は普通の服装でした」

「——なるほど」

「それが何か？」

今井とのやりとりを聞いた寺沢が、口を挟んできた。近藤は言った。

「やはり何かが起こったのかもしれない。この居間だけが他と比べて綺麗過ぎる。もちろんここに客を招いたとしたら前もって掃除をしていても不思議じゃない。しかし客が来た様子はなかったわけでしょう」

近藤は眉間に皺を寄せ、頭を掻《か》いた。

「血痕はあちこちに飛びます。テレビや棚に飛んだ血は拭き取れば落ちるでしょう。でも紙類——そう、雑誌や新聞なんかはそうはいかない。洋服やカーテンも。今井さんが目撃した二人の男女と甥御さんが、殺人現場を綺麗に掃除したのだとすると納得がいく。血痕が落とせないものは、根こそぎ持ち去って処分したんだ」

「——そんな」

寺沢は絶句した。

「部屋中掃除したみたいだ。ここまで血液が飛び散るというのは尋常じゃない」

「妹は殺されたって言うのか！」

近藤は答えなかったが、十中八九間違いないと考えていた。ルミノールで検査すれば一発で分かる。恐らくこの部屋のあちこちに反応が出るだろう。

「――そんなはずはない」

と寺沢は言った。

「何故、そう言い切れます？」

「そんなことが、そんなことが妹に限って起こり得るはずがない！」

加害者、被害者問わず、身内は皆そう言う。

血飛沫で汚れたカーテンを捨て、壁、床、テーブル、テレビ、棚のガラス戸、そして電話機を丁寧に拭く。恐らく風呂場にもルミノール反応が出るだろう。

近藤は跪き、もう一度テレビラックを見てみた。空っぽの棚には何も残っていないだろう。ではテレビか。近藤はテレビを動かし裏側まで丹念に見たが、異変は発見できなかった。

近藤は、ＤＶＤデッキの上の空間に目をやった。デッキは下の方にあるし、そのスペースは影になって暗い。それでなくとも殺人を犯した直後だ。気が回らない可能性は十分ある。

近藤はラックからデッキを外に引っ張り出した。無理矢理引っ張ったせいで、ケーブルがぶちぶちと抜けた。

デッキのパネルの奥の部分――端子が並んでいるリアパネル近く――に数ミリ大の黒ずんだ汚れが、点々と付着していた。

近藤は言った。

「血痕だ」

＊

ある日突然、諸星から電話がかかってきた。

担当医から直接自宅に電話がくるなんて、今まで一度もなかった。だから受話器の向こう側から諸星の声が聞こえてきた時、思わず耳を疑ってしまった。

『武田君――だね。阿部総合病院の、諸星だ』

前回彼は休診だったから、もしかしたら代理の渋谷がヘマをしてワーファリンの量を間違え、それで諸星が直々に電話してきたのかもしれない。

『――そこに、誰かいるか？』

「え――」

何故そんなことを訊くのだろう。もちろんこの部屋には俺以外に誰もいないが、いたとしても問題にはならないはずだ。俺と諸星の間には隠し立てするようなことは何一つないはずだから。

もしかしてワーファリンではなく、椎名光彦を殺し、梶原を襲い、俺の目の前で轢き殺された、看護師の濱口の話なのだろうか。

まるで話の途中で口を挟ませないかのように、諸星は淀みなく語った。

『いいか？　よく聞いてくれ。忙しいかもしれないが、重要な話があるんだ。今から言う場所に——』

諸星は、病院からそう遠くない、あるホテルの名前を告げた。今すぐにそのホテルのロビーに来いと言う。

『部屋に直接呼んだら、また以前のようなことになるかもしれない。だからロビーで——』

諸星はまるで独り言のようにそう言った。何故ホテルなんだ？　何故阿部総合病院じゃないんだ？　その疑問を問い質す暇も与えず、電話は切れた。

悪い予感がした。濱口は諸星の命に従って患者を殺して回っていたのかもしれない。やはり手術ミスはあったのだ。濱口は梶原、そして俺の殺害に失敗した。だから諸星自らが出てきた——。

そんな根拠のない妄想が頭の中に渦巻いた。しかしそうとでも考えなければ、諸星がプライベートで俺を呼び出す理由が分からない。

現に、濱口は死ぬ間際に阿部総合病院の名前を出したではないか。

『あの、病院、は――あん、た、に――』

俺は暫し躊躇したが、結局身支度を始め、十分後には地下の駐車場のミニクーパーに乗っていた。

命を狙われる危険性はないとは言えない。しかし好奇心には勝てなかった。何故濱口は443号室に入院していた患者を襲ったのか。濱口が最後に言い残した7256という数字は何なのか――。

人間はそうそう事件に巻き込まれることはない。皆、平凡に死んでいく。俺は母親を殺され、死に際の伝言《1101》を聞いた。犯人は未だに捕まっていない。そして今度は俺自身も命を狙われた。何故俺ばかりがこんなにも特殊な事件に巻き込まれるのか、その理由の断片を、もしかしたら諸星が知っているのかもしれない。そんな淡い期待を、俺はどうしても無視できなかった。

阿部総合病院からそう遠く離れていないそのホテルは、小高い丘に建っていた。俺は『シャイニング』という映画を思い出した。あの映画の舞台も、たしかこんなふうに山の中の、緑に包まれたホテルだった。だがこちらのホテルは、山の中の自然を残しつつホテルを建てたというよりも、単に雰囲気作りのために植え込みを造ったかのような、その場しのぎの印象が否めなかった。

　駐車場に車を停めて、俺はホテルに向かった。植え込みには色とりどりの花が咲いていて、余計に人工的な自然という印象を強くした。中でも一面に咲いているマリーゴールドの、まるで着色料を塗りたくったような黄色が、眼に鮮やかだった。

　ロビーのソファーにはそれなりにちゃんとした身なりをした中年の男女が座り、穏やかに談笑していた。ロビーを見回したが、諸星らしい男はいない。俺は取りあえず、空いているソファーに腰を下ろした。何となく居心地が悪かったが、俺をジロジロ見てくるような奴は誰もいなかった。

　コーヒーを注文して、しばらく待った。だが一向に諸星が現れる気配はなかった。

　諸星は、今すぐホテルに来てくれ、と言っていた。諸星はすでにこのホテルにいて、ここから俺に電話をかけてきたと考えるのが自然だ。諸星はロビーにいて俺を待っている――俺はミニクーパーを運転しながら、そういう光景を思い浮かべていた。でも現実は違った。

　コーヒーを少しずつ飲み、飲み干した時にはすでに三十分が経過していた。念のため、もう三十分待った。だが諸星が現れる気配はまるでない。

　俺はフロントに向かった。諸星という男が泊まっているかと訊いたが、ホテルマンは首を横に振った。武田に伝言はないかと訊いたが、同じ反応をした。

　ロビーのソファーに引き返した。これからどうしようか、だとか、何故諸星は俺を呼んだのだろうか、などと考えていると、また三十分経ってしまった。思い立って、阿部総合病院に電話を入れてみた。心臓外科に繋いでもらい、今日は諸星は病院にいるかと訊くと、学会でお休みです、との答えが返ってきた。

　俺は釈然としない気持ちで通話を終えた。

　何故、諸星は俺をこんなホテルに呼び出したのだろう？

　もしかして、母や濱口を殺した連中に、拉致された——それもまた根拠のない妄想だ。だが、電話での諸星の切迫した口調は、俺にそんな妄想を抱かせるに十分だった。

　一体何なのだろう。こんなホテルに呼び出してまで、諸星が直接俺に伝えなければならないこととは。それは濱口が４４３号室に入院していた三人の患者を殺さなければならない動機と、直接繋がるのだろうか。

　念のため、コーヒーをお代わりし、もう三十分待った。諸星は来なかった。

　俺は釈然としない気持ちのままホテルを後にした。警察に相談しようかと考えたが、俺が諸星に受けた直接の被害と言えば、約束をすっぽかされたということだけだ。果たしてまともに取り合ってくれるだろうか。

無駄に過ごした二時間余だった。もう辺りは薄暗く、涼しい風が心地よかった。しばらく辺りを散歩しようと思って、植え込みの中にある石畳を歩いて駐車場まで向かった。こんな緑の中を歩くのは久方ぶりだったから、何度か深呼吸を繰り返した。しかし、周囲は鬱蒼とした木々で覆われているので薄暗く、こんな所で襲われたら一溜まりもないと思うと急に怖くなり、俺は小走りに、駐車場に停めたミニクーパーに向かった。

——その時。

背後で、ざっ、と物音がした。

ミニクーパーのドアに手を掛けかけたまま後ろを振り向くと、短い髪を月の光に照らした一人の女がそこに立っていた。

背後から、怒声が聞こえてきた。

「おい！　こっちだ！　こっちに逃げたぞ！」

その瞬間、女は叫んだ。

「お願い！　私を匿って！」

インターミッション

「ここから逃げたのね――」

長い髪をポニーテールにした少女は、窓から首を出して言った。

遥か彼方の地上を覗き込むと、まるで吸い込まれそうな感覚に襲われた。それは重力だった。人間が堕ち続けるのは自然の法則に則っているのだ。もちろん人は這《は》い上がることもできる。だがそのためには多くのエネルギーを必要とする。そこまでして這い上がるぐらいだったら、堕ちたままでいいと考える者もきっといるだろう。

先ほどここから落ちた女も、そう考えたのだろうか。

「逃げたというより、自殺を図ったといった方が適切かしら。とても飛び降りて命が助かる高さじゃないわ」

少女は、ツナギを着た顎髭の男――高野《たかの》を見やった。武田誠が目撃した、濱口を轢き殺したバンを運転していたのが、彼だった。高野は事態の逼迫さが分かっているだろうに、能面のように表情を変えない。もっとも少女にとっては他人の表情など、何の意味もなかったが。

「仮に自殺するつもりでここから飛び降りたとしても、あの庇《ひさし》がクッションになって衝撃を和らげた。で、あそこのマリーゴールドの花壇に落ちて、逃げた」

少女は高野を見やった。

「拷問なんかしないで、早く私を呼べばよかったのに」

「あんたは祥子《しょうこ》と上手くいかないと思ったから」

「別に——」

少女は高野から視線を逸らした。

子供の頃からずっと、自分が他人とは違う特別な存在だと思っていた。それは妄想ではなく、少女には確かに、他人には持ち得ない、掛け替えのない『属性』があった。しかしそこに少女とはまったく別種の『属性』を持った祥子が現れた。少女は特別な人間ではなくなった。それが悲しく、また悔しかった。

「私の世界に、あの子はいないから。それだけのことよ」

そう少女は嘯《うそぶ》いた。

「でも、ここから歩いて逃げたとは思えない。彼女を助けた人間がいるはずだ。諸星以外に彼女を助けられる人間がいるとしたら——」

少女は高野を見て、ゆっくりと頷いた。

「武田ね」

「だが武田と面識があっただろうか」

「あってもなくても関係ないわ。偶然、下で出会って助けられた、それで説明がつく」

「もし武田に一切合切をぶちまけたら」

「あんな話を信じる人間がいると思う？」

「もし信じたら」

「その時は、私が何とか言いくるめるわ。武田があの彼女を信じるか、私を信じるか——とにかく彼の元には、私が行くわ」

分かった、と高野は言った。無駄な拷問をし、あまつさえ彼女に逃げられたことで高野の自尊心が傷つくと思ったが、そんなことはなかった。少女——想吹綾佳《そうぶきあやか》はドアを開けて、部屋の外に出た。それに高野も続く。

すべてのドアには部屋番号を示す金属のプレートが取り付けられている。

綾佳と高野がいた部屋のドアには、次のような数字で部屋番号が示されていた。

1101

スペシャル・ワールド

7

チクタク、チクタク、チクタク、チクタク、チクタク、チクタク、チクタク、チクタク、チクタク、チクタク、チクタク、チクタク、チクタク、チクタク、チクタク、チクタク……。

＊

自分が誰だか分からない――そう女が打ち明けた時も、俺は不思議と驚かなかった。
彼女は何者かに追われていた。濱口の事件を経たからだろう。追う者は警察、追われる者は犯罪者という発想が頭に浮かぶ。だから俺は部屋に帰り着いた後、すぐにテレビをつけてニュース番組を見た。しかし、凶悪犯罪を犯した女が逃走しているなんて報道は、何一つされていなかった。

俺は怖ず怖ずと彼女の背中に問いかけた。

「警察に通報しようか？」

彼女はゆっくりと後ろを振り返った。そして潤んだ瞳で、懇願するように、こう言った。

「お願い、どこにも連絡しないで。私を匿って。ここに置いて」

「どうして？」

みるみるうちに彼女の表情が曇っていった。どうやら彼女は俺の質問を、どうして匿わなければならないんだ、というふうに捉えたようだった。俺は警察に通報できない理由を訊いたのだが。

「何故だ？　何故、警察に行かない？」

「警察は――」

そう言って、彼女は沈黙した。

警察に対する拒否反応があるのだろう。俺はそう捉えた。やはり犯罪者なのだろうか。

「どうすれば――私を匿ってもらえますか」

こんなマンションに住んでいるから、甲斐性のある男だと思われたのだろうか。しかし事実はそうではない。俺は何もできない。濱口に命を狙われた時も、警察に守ってもらった。

俺に女を守れるはずがない。

彼女はゆっくりと俺に近づいた。そしておもむろに、胸元のボタンを外し始めた。

「私——こうやってあなたにお礼をするしかない。お金も何も、持っていないから」

今日会ったばかりの見ず知らずの男に抱かれたい女は、この世界には一人もいないはずだ。

しかし彼女は、そこまでして俺に匿ってもらいたいのだ。

「やめろ」

俺は、彼女を制した。

「そんなことをしなくても、俺が匿ってやる」

彼女は顔を上げた。自分のした行動を恥じているのか、顔を赤らめ、そして瞳は僅かに涙に濡れていた。

「——ありがとう」

服の胸元から、今にも零れそうな彼女の乳房が見えて、俺は思わず視線を逸らした。女の匂いがした。性器の奥が微《かす》かに熱くなり反応を示しそうになったが、勃起するまでには至らなかった。

「俺を、騙しているんじゃないよな」

「え——？」

何故そんなことを言うのか理解できない、といったふうな顔を、彼女はした。

「俺は――」

俺は彼女にすべてを話した。名前も、顔も知らない父親からの送金で暮らしていること。母親が謎の4桁の数字を言い残して死んだこと。二回の心臓手術を受けたこと。二度目に病院で知り合った濱口という看護師が、俺と、俺と同室だった患者を殺して回ったこと。殺されたのは一人だけだったが、その被害者から心臓が失われていたこと。そして濱口は車で轢き殺され、死ぬ間際にやはり4桁の数字を言い残したこと。担当医の諸星に呼び出されてあのホテルに向かったが、諸星は現れなかったこと。

「諸星――？」

「知っているのか？」

彼女は答えなかった。ただ必死に思い出そうとする素振りを見せていた。諸星のことを知っているのなら、彼に会えば彼女の正体は分かると思った。諸星に呼び出されたホテルで、俺は彼女と出会ったのだ。面識がある可能性はなくはない。

「バンを運転していたツナギの服の男を、俺は以前から目撃していた。諸星の様子も尋常じゃなかったし、看護師が患者を殺して回るというのも異常だ。立て続けにいろんな事件が起こっていて、君が無関係だとは思えないんだ」

俺は彼女の表情を観察しながら話していた。ツナギの服、という単語で少し顔を強ばらせたような気がしたが、それで彼女があの男と繋がりがある証拠にはならない。しかし、鎌を掛けてみることにした。

「君も、あのバンを運転していた男の仲間じゃないのか？」

「――え？」

「記憶喪失を装って俺に近づいた。記憶喪失だ。現実にはそんなことは起こりえない、とは言わない。実際にそういう症例もきっとあるだろう。でも、道を歩いていていきなり記憶喪失の女に助けを求められるなんてことは、現実にはまずない。記憶喪失というのは君が勝手にそう言っているだけだ。俺にはそれが本当なのか嘘なのか判断できない」

しばらく、沈黙が続いた。

「ごめんなさい。いきなり会った人に助けてもらおうなんて、それも自分の身体で誘って――そんな都合のいい話、ある訳ないよね――」

彼女は泣いていた。

ゆっくりと彼女は、俺の横を通り過ぎて玄関に向かった。

「どこに行くんだ？」

分からない、そう彼女は答えた。肩が震えていた。これから彼女は、すがる者も、頼るべき場所も、何一つ持たない砂漠に向かおうとしているのだ。彼女の話が真実とするならば。

「待つんだ」

彼女は立ち止まらない。

「待てったら！」

彼女は壁に手をつき、こちらを振り返った。涙で瞳を濡らした、他人も、自分も、何も持たない、限りなく脆弱な人間が、そこにいた。

「さっきも言っただろ――ここに、いて、いいよ」

俺は呟くようにそう言った。

彼女を助ける義理などこれっぽっちもない。何故、見ず知らずの女を助けなければならないのだろう。俺にできるのはただ、警察を呼ぶことだけだ。記憶に障害がある女がいる。公的な機関によって保護しなければならないのは自明の理だ。

でも、もし彼女が、俺を陥れるために送り込まれたスパイだとしたら。尚更彼女をここから追い出す訳にはいかないのだ。

この記憶のない女は、パズルのピースであるとは考えられないだろうか。母を殺した犯人も、濱口が何故患者達を襲ったのかも、何一つ分かっていない。彼女の存在は、その謎を解く鍵の一部なのかもしれない。

「私——本当に、自分が誰だか分からないの」

嘘をついているようには思えなかった。もちろんこの世の中には、平気な顔で嘘をつく者も、演技の上手い役者がいることも知っている。でも、そんなことを言っていたら、一歩も前に進めない。

二人でコーヒーを飲みながら、彼女の正体を探る作業が始まった。彼女の唯一の持ち物と言えば、ズボンのポケットに入っていた、一つの小さな鍵だけだった。しかしどこの鍵か分からない以上、何の手がかりにもならない。安っぽくはなかったので、マンションだかアパートだかの鍵だろう。

「君の住んでいる部屋の鍵かもしれないな」

「——ええ」

「残っている記憶は、どこから？」

「——黄色い花が沢山植えられていた花壇。私は、そこに横たわっていた」

あのマリーゴールドの花壇だろうか。

「そこに入っていって、倒れたのか？　それともそんな所に入るとは思えないから、誰かにそこに運ばれたのか？」

だが彼女は首を横に振った。

「いいえ。花壇には足跡がなかった。私はいきなりあの場所に横たわっていたのよ」

ホテルのどこかの窓から落ちたのだろうか。そのショックで記憶を失った。

「そして、君は追われていた」

「ええ――」

彼女は俯いて、一層暗い顔になって言った。

「私、警察には行きたくないと思った。あまりいい印象を抱いていないのかもしれない」

先ほどの俺の疑問と同じ理由で、彼女も自分が犯罪者かもしれないと思っているのだ。

「他には何かないのか？　殆ど覚えていないのは仕方がないかもしれない。でも、何かしらの違和感はないのか？　たとえば今言った、警察にいい印象を抱いていないといった――」

漠然とした問いかけだった。彼女はしばらく考え込んでいたが、やがておもむろに顔を上げた。

「さっきのあなたの話。バンを運転していたツナギの男っていう――」

俺はコーヒーカップを持つ指先を強ばらせた。

「はっきりとは分からないわ。ただ、ツナギの服を着た男の人を覚えているような気がする。あくまでも、気がするだけだけど――」

その時、俺は至極当然な可能性に思い当たった。確かに彼女は、本当に記憶を失ったのかもしれない。でも記憶を失う前の彼女は、俺を陥れるために策略を練っている連中の仲間だったとしたら。

ツナギの男は一人でバンを運転していたのではない。同乗者がいた。それはメガネをかけた短い髪の女だ。彼女の顔はよく覚えていない。ツナギの男はスーパーでも目撃したが、女の方は、走っているバンの助手席にいる姿しか目にしていないからだ。

俺は目の前の、記憶を失った――と言っている――女を見つめた。

「どうしたの？」

「前に、どこかで君と会ったことがあるかもしれない」

「本当？」

俺は彼女に、バンの助手席に座っていた短い髪の女の話をした。

「私はメガネをかけてないわ」

「伊達メガネだったのかもしれない」

「私が、あなたを襲いに来た濱口という看護師を轢き殺したの？」

濱口を轢いたのは助手席の女じゃなく、運転していたツナギの男だ、と言おうと思ったが、あのバンに乗っていた以上、女とツナギの男との間には何らかの関係があるのは間違いなかった。

「今の時点では、まだ何も分からない。とにかく君の名前を考えなくちゃ。本当の名前は思い出せないだろうけど、名前がなくちゃ呼ぶ時に面倒だ」

「――そうね」

「何かないのか？」

彼女はしばらく考えるような素振りを見せたが、やがて小さく首を振った。

「名前なんて、見当もつかないわ。武田さんが決めて」

誠でいいよ、と俺は言った。彼女は小さく頷いた。女の名前など一つしか思い浮かばず、俺はおもむろにこう言った。

「理穂だ」

「理穂――？」

「――ああ」

彼女は小さく微笑んで、素敵な名前、と呟いた。その時から、彼女は理穂になった。

「どこからその名前が出てきたの？」

と理穂が訊いた。

「別に。今、適当に考えたんだ」

嘘だった。

母さんの、名前だった。

翌日、俺は理穂と新宿に買い物に出かけた。理穂の服と言えば、出会った時に着ていたものだけだった。一張羅では生活していく上で不便すぎる。俺は記憶を失った理穂がちゃんと買い物できるのか心配だったが、日常生活はちゃんとできるようだった。

理穂はどこか楽しそうに服を選んでいた。こういうところはやはり女なのだろう。その無邪気さが、やはり記憶を失った振りをしているのではないか、と俺に思わせた。しかし俺はそんな考えを頭から振り払った。いくら考えても結論が出ないことを、ウジウジと悩んでも無駄だ。

理穂の服をあらかた買い終わった後、タワーレコードに向かった。今度は俺の買い物だ。前から欲しかった高橋幸宏のアルバムを買った。邦楽のCDはあまり買わないが、ビートルズの『Tomorrow Never Knows』がカバーされているので、一度聴いてみたいと思っていたのだ。

お互いの買い物が終わった後、パスタ屋でスパゲッティを食べた。高校時代を思い出し、俺にもこういうふうに恋人と店に入って飯を食った時代があったな、と感慨深くなった。周りから見れば、俺達はきっと恋人同士に見えるだろう。しかし事実は、彼女は俺の部屋に転がりこんで来た居候なのだ。

「——ごめんなさい」

「何が？」

「こうしてご飯をご馳走してもらって、服まで買ってもらって」

「いいんだ」

そう俺は自嘲めいた笑みと共に言った。彼女も記憶を失った暗い絶望の表情の中から、俺に微笑みを返してきた。彼女の笑顔をもっと見たいと思った。理穂と街を歩き、買い物をし、その笑顔を見つめるだけで、俺はあの頃、恋人といて楽しかった季節を思い出せる。

「武田さん——阿部総合病院に通っているんですってね」

「ああ」

「何だか、私——その病院の名前に心当たりがあるような気がするの」

「本当か？」

俺は思わず言ったが、大きな病院だ。患者じゃなくても、名前ぐらい知っていても決して不思議じゃない。

「病院に心当たりがあるのか、それとも阿部っていう名前に覚えがあるのかもしれない」

俺は思わず、小声になった。

たかもしれない。


「君の名前か？」

理穂は考えるような素振りを見せたが、結局黙り込んだ。

阿部。ありふれた名前だ。俺だって学生時代の同級生に、阿部という奴の一人や二人、いたかもしれない。


部屋に戻ると、早速理穂は買ってきた服に着替えた。思わず俺は理穂を見つめた。俺は初めて、彼女を愛しいと思い、手放したくないという気持ちになった。俺はずっと孤独だった。その孤独を埋めるように、彼女が現れた。記憶を失くした彼女は、俺しかすがるものがないと思う。しかし同時に、俺も彼女にすがっているのかもしれない。

理穂は頬を赤らめ、俯き、上目遣いに言った。

「そんなに、見ないでください。恥ずかしいから――」

その時、インターホンが鳴った。俺は思わず、理穂と顔を見合わせた。

モニターを見ると、部屋の前の廊下にポニーテールの女が立っていた。

「――誰？」

不安そうに理穂が訊いた。

「分からない。でも多分このマンションの住人だろう。心配はないと思う」

そうは言ったが、追っ手が居場所を突き止めて、この部屋にやってきた可能性も捨てきれない。部屋に直接来られるということは、少なくともこのマンションと関係ない第三者とは思えないが、安心はできない。

「向こうに隠れていて、念のため」

不安そうな表情を崩さない理穂に、俺は言った。理穂はすぐ隣の部屋に姿を隠した。

俺は玄関に向かい、呼吸を整えてドアを開けた。

黒いタートルネックを着た女がそこにいた。見たことがない女だった。だが均整が取れた身体に、まるで芸能人のような美貌。理穂も整った顔立ちをしていたが、女も違う類の美人だった。

理穂は素朴な娘という感じだが、女は自信に満ちあふれていた。都会的、と言っていいのだろうか。多分それは、内面に起因しているのだろう。記憶を失った人間に、自信を持てと言っても無理な話だ。

少し訝しげに接しているのが、向こうにも伝わったのだろう。こちらの警戒心を解くように微笑み、こう言った。

「初めまして、想吹綾佳と言います。今日、隣の部屋に引っ越して来ました」

何だ。引っ越しの挨拶か。

急速に警戒心が薄れてゆく。しかし引っ越しの挨拶のために隣人が訪れるなんて、一体何年ぶりだろう。最近はマンションに引っ越しても、挨拶をしないケースが増えているという。もちろん防犯上のためだ。そんなご時世にこんな美人が一人で引っ越しの挨拶に来るなんて珍しいなと思ったが、多分男の同居人がいるのだろう。

「そうなんですか。静かだったから気付かなかった」

「荷物が少ないんです。でももしかしたらこれから少しお騒がせするかもしれません。これ――つまらないものですが」

想吹は小袋が沢山入っている籠をくれた。小袋にはピーターラビットのイラストが一つずつ描かれている。俺は適当に頭を下げてそれを受け取った。以前の俺だったら、友達になれるかな、と少し期待もしただろうが、理穂がいる今となってはそんなこともなかった。

想吹との会話を早々に切り上げ、俺は部屋に戻った。引っ越しの挨拶だったと告げると、理穂は心底ホッとしたような素振りを見せた。

「こんなのをくれたよ。何かな」

俺は想吹がくれた籠を理穂に手渡した。理穂はすぐにピンときたようだ。

「お砂糖ね」

「お洒落な砂糖だな！」

理穂は籠に入った砂糖を手で弄びながらも、不安な気持ちを消せないようだった。

「どんな人だったの？」

「女の人が一人で来た。奥さんかな。一人暮らしとは考えられないし」

このフロアは最上階で、どの部屋もそれなりの価格のはずだ。若い女の子が一人で住むにはあまりにも分不相応だ。偏見かもしれないが、しかし世間の一般的な認識でもある。

「――もしかしたら様子を探りに来たのかもしれない」

不安げに理穂は言った。悩んだ末、俺は想吹にもらった砂糖を、キッチンの食器棚の中にしまった。まさかとは思うが、想吹が理穂を追っている手の者であったとしたら、砂糖の中に毒が仕込まれていても、何ら不思議ではない。

それから理穂と一緒に、買ってきたＣＤを聴いた。

すべては偶然だった。彼女を助けてやる義理も、一緒にいる義理もない。俺が普通の人間のように働いて金を稼ぎ、彼女がサポートしてくれるのなら、そこに愛情が生まれてもおかしくはない。夫婦の愛とはそういうものだ。

だが俺は働かずとも生きられる。男と女がいて、何の理由も無しに引かれ合うのは愛情じゃない。ただの動物としての劣情だ。

だが今更理穂を追い出すことはできないし、彼女と一緒にいるだけで、安らぎを覚えることもまた事実なのだ。

　俺達は何もすることがなかったので、毎日過ぎていく時間をどうやりくりするかに頭を使わなければならなかった。車で一緒にいつものスーパーに買い出しに行き、そのまま当てもなくドライブした。知らない喫茶店を見つけると、そこに入って時間を潰した。食事はできるだけ自炊した。それくらいの共同作業がなければ、俺と理穂が一緒にいる理由が失われてしまうような気がした。

　彼女は大っぴらに声を上げて笑うことはないが、出会った当初よりも大分笑顔が戻ってきたようにも思えた。俺も朝目覚めた時に理穂が部屋にいることが段々と当たり前のように思えてきて、柄にもなくおどけたり、冗談を言ったりして、理穂を笑わせるのが日課になった。

　不安要素は、警察の存在だった。彼らは今も濱口を轢き逃げした犯人の捜査をしているのだろう。事情聴取や事件の事後報告のためにこの部屋に現れないとも限らない。理穂は警察を恐れている。俺だって、近藤や松前に、理穂との馴《な》れ初《そ》めを聞かれても、一体どう答えればいいのだろう。理穂との毎日が、やっと手に入れた安らぎのように思える。そこに第三者が土足で踏み込むことを、俺は恐れた。

　誘っても理穂は拒まないだろう。それはこの部屋に住み続けるために、いやいや俺に抱かれるということを意味してはいない。今や理穂も俺に心を許している。俺が望むのであれば、いつだって理穂と結ばれるだろう。

だが俺は相変わらずだった。夜はいつも二人別々の部屋で寝た。指一本触れないことを、彼女がどう思っているのかは分からない。もしかしたら、決して一線を越えないという俺の気持ちの表明だと、彼女は捉えているのかもしれなかった。

違った。俺は理穂を抱きたかった。繋がりたくて、愛したくて、たまらなかった。でも高校時代の、恋人を愛せなかった記憶がちくちくと胸をつつく。あんな思いはもう二度としたくない。

「私のこと、好きですか?」

ある日、いつものスーパーに買い物に行く途中の車内で、理穂は訊いた。思えば理穂と、好きとか嫌いとか、そういう話をしたことは一度もなかった。

「君は、どうだ?」

「私は、あなたのことが好きです。あの夜、初めてあなたを見つけた時、私、あなたしか頼る人はいないと思った。あなたが私を助けてくれると思った——」

「君は俺しか知らないから、だから俺が好きなように感じるんだ」

生まれたばかりのヒヨコは、初めて見たものを親だと思うものだ。

「──私のこと嫌いですか？　やっぱり、邪魔だと思っているんですか？」

俺は答えられなかった。

偶然出会った、記憶を失くした女。何故そんな、いわば不審な女を、俺は好きになったのだろう。

それは共同生活をしているからだ。

こうして一緒に車で買い物に行き、部屋の掃除をしたり料理を作ったりする。生活のパートナーを自然と好きになるのは、情欲とは違う、まったく別の感情だ。

「俺は──君のことが、好きだけど──」

それ以上の言葉が出てこなかった。俺にとって未だに女は未知の存在だった。そんなデリケートな話をするには、一週間という期間はいかにも短すぎた。

俺を慮《おもんぱか》ったのか、理穂は口をつぐんだ。

お互い一言も言葉を発しないまま、スーパーに到着した。この駐車場から目撃した、道路に飛び出した濱口がバンに轢かれた光景は、今でも目に焼き付いて離れない。

店内で理穂と二人でカートを押していると、見知った人間の顔を認め、俺は思わず身構えた。俺が一人でいたのなら何でもないのだが、生憎今は理穂がいるのだ。

と得心したように笑顔になった。

俺はぺこりと頭を下げた。怯えた顔をしている理穂に、砂糖をいただいた人だよ、と言うと想吹綾佳は言った。

「あら、こんにちは」

と想吹綾佳は言った。

俺はぺこりと頭を下げた。怯えた顔をしている理穂に、砂糖をいただいた人だよ、と言うと得心したように笑顔になった。

「奥さんと、買い物？」

と想吹は訊いてきた。どう答えようか迷ったが、そうです、とその場は頷いておくことにした。理穂のことをあれこれ詮索されたくはなかった。

俺は愛想笑いを浮かべながら、綾佳のいるフロアから立ち去ろうとした。しかし綾佳も俺達の方に足を向ける。悪気はないだろうが、何となく後をつけられているような気分になる。

「あのマンション、空いている部屋が多いのね。簡単にいい部屋が買えたわ」

空き部屋が多いというのは語弊があるだろう。確かに上の方の階は埋まっていない部屋があると聞くが、それは単に一番高い部屋だからだ。この不景気に、あんな高層マンションの最上階の部屋を買えるような人間はそうそういないだろう。

できるだけ想吹とかかわらないように買い物をしていたが、ふと気付くと理穂の姿が見えない。辺りを見回すと、向こうで理穂が想吹と楽しそうに話をしていた。何だ、と思わず拍子抜けした。だが女同士、気が合うのかもしれない。そして俺は、あんなにも屈託のない理穂の笑顔を見たのは今が初めてだと気付き、どうしようもない切なさに襲われた。

俺は人生経験が乏しいし、たまに思い立って車でプラプラ街をドライブする以外は、遠くに旅行もしない。俺は女を楽しませる術を知らない。もっともっと理穂を楽しませたいと思う。だが知り合ったばかりの想吹が、簡単に理穂の笑顔を引き出していることに、俺は驚きを禁じ得なかった。

カレーの材料を買って、マンションに戻った。今まで二人でいろんな料理を作ってきたから、一周してオーソドックスなメニューに戻ったという感じだった。理穂は包丁さばきも中々さまになり、エプロンをして料理を作っている姿は正に家庭の主婦だった。俺は母のことを思い出した。男は恋人に母の面影をみるという。だからこそ、俺は理穂のことが好きになったのかもしれない。

「さっきね」

と理穂は切り出した。

「想吹さんを夕食に呼んだの。ごめんなさいね、勝手なことして」

俺は思わず理穂を見やった。

「どうしてだ？」

「あの人、いい人だもの。多分、私を追ってた連中の仲間じゃないと思う。それに——私を捕まえようとしているんだったら、もうとっくにそうしているわ」

それはそうだろう。しかし何となく気が進まなかった。

「人見知りするタイプ？」

俺の様子を窺ったのか、そう理穂は言った。

「ああ」

と俺は素直に頷いた。すると理穂は、

「嘘ね」

と言った。

「嘘なんかじゃないさ」

「いいえ。嘘よ」

「どうしてそう思うんだ」

「人見知りだったら、見ず知らずの女を家に上げて泊まらせたりしないもの。それも無償の善意で」

俺は理穂を助ける見返りを、何も求めなかった。彼女を抱こうとすらしない。きっと理穂の眼には、俺の態度が聖人のように映っているのではないか。

「無償の善意なんかじゃないさ。濱口に命を狙われた時も、実は俺はわくわくしていたんだ。

刑事の近藤や梶原がこの部屋にやってきて、それなりに楽しかったもんな。心臓の再手術をした時だってそうだ。手術は辛かったけど、医者や看護師は患者の俺をかまってくれた。今、俺は健康で、命を狙ってくる奴もいないけど、その代わりに理穂がいる。それだけで十分だ。理穂は知り合いが俺だけで、不安なのか？　もっと友達を作りたいのか？」

「ううん。私はあなたがいてくれさえすればいいわ」

「じゃあ、どうして――」

「もし、私がいなくなったら、あなたはまた独りぼっちになってしまうでしょう？」

俺は何も言えなかった。

理穂がいなくなる未来なんて想像できなかった。しかし、それは確実にやってくるのだ。このまま一生理穂の記憶が戻らないとは考えられない。第一、理穂は結婚していて、夫も子供もいるのかもしれない。もしそうだとしたら、彼らは必死で理穂を捜しているだろう。

「私――あなたが好きよ。ここにずっといたい。でも、私は急にあのホテルの花壇に現れた。急に現れたのなら、急に消えてしまっても不思議じゃないわ。そうなったら、あなたはまた孤独になってしまう。だからいろんな人と知り合うのは悪いことじゃないって思うのよ」

そんなことまで考えている理穂に、俺はいじらしいものを感じた。好きな男に女友達ができることを喜ぶ女など、一人もいないはずなのに。

「想吹さん、独身だって言ってた。一人暮らしだって」

意外だった。それでこんなマンションに引っ越してくるなんて、一体どんな仕事をしているのだろう。

「もし私がこの部屋に転がり込むことがなかったら、あなたは想吹さんと仲良くなって、もしかしたらそのまま結婚したかもしれない」

俺は思わず笑った。

「何を言ってるんだ？　考えすぎだよ」

「もちろん、あなたが他の女の人と仲良くなるなんて耐えられない。でも、あの人は気さくな人だから、その気があるのなら、きっとあなたと仲良くなろうとするでしょう。それは私にはどうすることもできないことだわ」

「――理穂」

一緒に暮らしているのに、俺は理穂を抱こうともしない。だから理穂は独身の想吹をこの部屋に呼んだ。俺の愛を試すために。俺が想吹に靡《なび》かなければ御の字だし、仮に俺が理穂ではなく想吹を選んだとしたら、それまでだ。このままごとのような同棲生活は終わり、理穂はきっと、あれほど恐れていた警察に行くに違いない。そして過去と直面するのだ。

「でも大丈夫。想吹さんは私があなたの奥さんだと思っているから、迂闊にあなたに手を出すこともないわ」

　そう言って、理穂はいたずらっ子のように笑った。強がりの笑顔だと思った。

　隣人が来ることになったので、急遽《きゅうきょ》味噌汁も作ることにした。カレーと味噌汁は意外と合うのだ。

　七時過ぎに想吹綾佳がワインの瓶を持ってやってきた。

「いい部屋ですね」

　と部屋を見回し、実に月並みなことを彼女は言った。理穂はリビングに鎮座しているシステムオーディオを指さし、

「何か音楽かけましょうか？　この人のコレクションは凄いんですよ」

　と言った。別にコレクションと言うほどCDを持っている訳ではない。せいぜい五百枚程度だ。だが理穂に言わせると十分立派なコレクションらしい。

「へえ。そうなの。私もそのコレクションを拝見していいかしら」

「別に大したもんじゃないです。俺、有名なアルバムしか聴かないですから」

　想吹が理穂と二人して俺のコレクションを物色している間、俺は食事の準備を進めていた。

　想吹が選んだのは10 ccの『The Original Soundtrack』だった。

「名曲の定義って、誰がカバーしても、絶対に原曲を超えられないってことだと思うの。これはその見本みたいな曲ね」

もちろん『I'm Not in Love』のことだった。俺達は、美しく幽玄だが、どこか物憂げなコーラスをバックに歌われる別れの曲を聴きながら、素朴な夕食を摂った。

想吹は俺の作った味噌汁を美味しい美味しいと飲んでいた。お世辞ではなさそうだった。

「タマネギの皮を出汁《だし》に使ってるんですよ。これが一番美味い」

「へえ。私もやってみようかしら」

理穂はどこか言葉少なげだった。ああは言ったものの、やはり俺と綾佳が仲良くなることを恐れているのだろうか。

「お父さんの遺産を相続して暮らしているんですってね」

と想吹が言った。俺は思わず理穂を見やった。恐らくさっきスーパーで俺の仕事を訊かれたから適当に答えたのだろう。何故、いちいちそういうことを言うのか、と理穂を恨んだ。しかし隣人なのだから、俺が毎日働かずにプラプラと暮らしていることは、遅かれ早かれ分かってしまうことだった。

「想吹さんは株をやってるんですって」

理穂が言った。

「株、ですか」

「そうよ。パソコンの画面で株を売ったり買ったりするのが、私の仕事」

「デイトレーダーですか。話には聞いていたけど、そんなに儲《もう》かるとは知らなかった」

普通の会社員じゃないのか。ならばこんなマンションに住めるのも頷ける。

「皆が皆儲かる訳じゃないわ。大抵皆損しているから、私みたいに儲かる人間もいる。ギャンブルっていうのは、そういうものでしょう？　前に住んでいた街には友達が沢山いたけど、私が株で一財産築いたと知ったら、皆見る目が変わったわ。運がいいから金持ちになったんだと陰口を叩く人までいた。だから私を知る人間が一人もいないこの街に越してきたのよ。おかしいと思わない？　人生は、運と、チャンスよ。この10ccの曲だって、その時代の、その場所に、そのミュージシャン達が集まったから、偶然生まれたものだわ。偶然の結果素晴らしい作品が生まれたから、帰納法的に作者に才能があると評価されるようになったに過ぎない。人生だって、この国の、この時代に生まれたことが、すでに運なのよ。それは努力ではどうにもならないこと。それを分かっていない輩が、パソコンの画面でちょちょいと数字を動かすことより、汗水垂らして働くことの方が尊いと言う。滑稽だわ。尊さなんて関係ない。彼らはただ嫉妬しているだけ」

ワインを傾けながら、想吹は長々とそう語った。酔っているな、と俺は思った。

もしかしたら親の金で暮らしている俺を、想吹は同類と見なしているのかもしれない。

夜、ベッドの上で、俺は毛布にくるまって、子宮の中の胎児のように身体を丸めていた。

想吹のことを考えていた。

確かに彼女の話は筋が通っている。しかし想吹はきちんと引っ越しの挨拶をし、まあそれは普通かもしれないが、偶然スーパーで出会ったその日に理穂と仲良くなり、家に上がって一緒に食事をした。そして自分が何をして収入を得ているのか、訊いてもいないのにベラベラと喋る。俺を同類と見込んでの行動かもしれないが、いささか軽率ではないのか。

彼女の話からは、人間関係に疲れて生活を変えた、というニュアンスが窺えた。ならば余計に友人作りには慎重になるはずだ。それにしては慣れ慣れしい。デイトレーダーというのもとってつけたような職業のような気がする。収入源はどこか別にあって、それを他人に悟られたくないのではないだろうか。

彼女が、理穂を追う者のスパイだとしたら――?

その時、ゆっくりとドアが開いた。暗闇の寝室に一筋の光が差し込んだ。

パジャマ姿で、枕を胸に抱いた理穂が、そこにいた。

「起こしちゃった――？」

　そう理穂は訊いた。

「いや——何だか寝付かれなかったから」

　理穂が夜中に俺の寝室に来たことなど、今まで一度もなかった。その意味を、俺は十分理解していた。

「一緒に、寝てもいい？」

　俺は無言で毛布をはだけた。それを是《イエス》の意味だと受け取った理穂は、俺の隣に潜り込んできた。理穂は俺の胸に顔を埋めた。俺は理穂をぎゅっと抱きしめた。どうしていいのか分からず、しばらくそのままでいた。俺は自分の身体の異変に気付いていた。俺の心臓は、強く、激しく、高鳴りを迎えた。


　チクタク、チクタク、チクタク、チクタク、チクタク、チクタク、チクタク、チクタク、チクタク、チクタク、チクタク、チクタク、チクタク、チクタク、チクタク、チクタク……。

「——あなたの心臓の音がする」

「ああ——」

「もっと、ずっと聴いていたい」

柔らかな理穂の匂いがした。高校の時の恋人とは違う感触。一人一人、女の感覚は違うんだな、という当たり前の事実に気付かされる。

理穂の手が、ゆっくりと俺の下腹部に伸びてきた。俺の鼓動は、より一層高鳴った。下着の上から理穂の手が、柔らかな俺の性器に触れた。

「俺、できないんだ」

そう呟いた。理穂には黙っていた、俺の最後の秘密だった。

「高校の時に恋人がいたけど、結局これが原因で別れた。俺は今まで一度も女の子を抱いたことがない。それが君を抱かなかった理由だ。君を好きだ。愛したいと思う。でも――」

その時、理穂が俺に口づけをし、言葉の続きを塞《ふさ》いだ。理穂の舌が、口腔内でうねって、俺の官能を刺激した。俺も夢中で理穂の舌を吸い返した。

長い口づけの後、理穂はゆっくりと唇を離した。

「今日、想吹さんが来たでしょう?」

「ああ。でも言っておくけど、俺はあんな女、何とも思わない。俺が好きなのは君だけだ」

理穂は一旦、俺から身体を離した。そしてゆっくりと、着ているパジャマのボタンを一つ一つ外していった。俺はその理穂の行動から眼が離せなかった。理穂の豊かな胸が露わになった。こんな美しい乳房を、俺は今まで見たことがなかった。今度は逆に、俺が理穂に抱きついた。理穂の豊かな胸に顔を埋め、ずっとこうしていたい、と俺は呟いた。

「想吹さんが好きだって言ってた曲、とても美しかった。でもアイム・ノット・イン・ラブって、もう愛はない、君のことを愛してないって意味でしょう？」

「それは違う。ふられた男が、恋人に、僕はもう君のことを愛してないと、強がって言ってるんだ。実際は未練たらたら、あれはそういう曲なんだ」

「でも失恋の曲に変わりはない。私はまだ自分が誰だか思い出せない。そしてあなたは無償の善意で私を匿い、愛してくれる。私達が恋人同士でいる意味は、とても脆弱だわ。どんなにお互い好き同士でも、どうしようもないことって、確かにある。私達も、あの儚《はかな》げな曲のように、終わってしまうかもしれない。その日が来るのが——私はとても怖いの」

「そんな日は来ない。絶対に来ない。あれはただの歌だ。もし君の過去に何があっても、俺は君を守る。そして君を攫《さら》ってどこまでも逃げる。君と出会って——俺は漸《ようや》く気付いたんだ。人間は一人じゃ生きていけない」

　俺はそう告げた。それは愛の言葉ではなく、自分の決意の表明だった。

　それから理穂に言われるがままに下着を取り払って、裸になった。二人の素肌と素肌が触れ合うだけで、官能が生まれた。

理穂の手が、再び俺の性器に伸びてきた。俺はされるがままになっていた。とても、とても心地よかった。

「毎晩私がこうしてあげる。そうすればきっと、あなたの中にまだある、女の子を怖れる気持ちが溶けていくと思うから。あなたはただ、女の子と触れ合うことに慣れていないだけなのよ。優しすぎるから、女の子の身体をどう扱っていいか分からないの。だから私が、あなたと私の間にある壁を少しずつ取り払ってあげる。それが終わった時に——一つになりましょう。だから焦ることなんてないわ」

俺はゆっくりと頷いた。この部屋に理穂を匿い、俺は彼女の保護者のつもりだった。しかしそれは大いなる錯覚だった。俺の方が理穂に教えられたのだ。人を愛するということを。理穂の柔らかい胸に顔を埋め感じ続ける官能。未だかつて、経験したことがなかったもの。この官能を積み重ねれば、俺はきっと理穂を愛せる——そう思った。

8

濱口を轢き殺したバンは一向に発見されなかった。

従って、彼が死ぬ間際に口走った、７２５６という数字は車のナンバープレートとは無関係だと考えざるを得ない。轢き逃げ事件は警視庁に引き継がれた。神奈川県警がバンを捜索していたのは、濱口が起こした事件との関連性を疑ったからだ。だがそれを示唆《しさ》する手がかりは何一つ出てこなかった。状況から言っても、逃走する濱口が道路に飛び出し、そこに偶然通りかかったバンに轢かれたありふれた事故に過ぎない。現場にいた松前の話を聞くと、口封じのために濱口を殺したという印象を受けたが、そんな証拠は何一つないのだった。

濱口が何故椎名光彦を殺し、梶原と武田誠の命を狙ったのかは分からない。椎名光彦から取り出した心臓の行方も未だ知れない。恐らく事件は、被疑者死亡のまま幕を閉じるだろう。しかしそれまでに、せいぜい悪あがきをしておきたい。

近藤は松前を連れて、阿部総合病院に向かった。諸星医師に事件の事後報告をするためだ。濱口が犯人であると断定された今、彼が何を思って椎名光彦を殺したのか、その手がかりぐらいは摑めるかもしれない。

車中から見える汚い海に聳えるように存在している萩原重化学工業は、相変わらず、パイプ類をうねうねと伸ばした、不気味な人体じみた姿をさらしている。

「そうそう、あの久能という家で母と子が失踪した事件ですけどね」

ハンドルを握りながら松前は言った。

「科学班がルミノール検査で調べたそうですが、あの家の居間には、べっとりと血液反応が出たそうです。やはり殺人は起きてますね」

「まあ、そうだろうな。しかし死体をどこに捨てたんだ？」

「車で山の中にでも運んだんじゃないですか？」

「だが話によると息子は友達も少なく、社交的な性格じゃなかったそうだ。死体を不法に遺棄するのは立派な犯罪だ。息子が母親を殺した。これはいいとしよう。だがその罪を一緒になって隠匿するような友人が息子にいるのだろうか。息子と一緒に母親の死体を遺棄した二人の男女は、彼が逮捕されるのを防ぎたかったとしか思えないな」

「彼は売れない小説を書いているんでしょう？　ベストセラー作家ならいざ知らず、そんな人間を庇って、どんなメリットがあります？」

さあな――と近藤は言った。

「多分、その二人にとって、久能正治はベストセラー作家なんかとは比べものにならないほどの価値があるんだろう」

阿部総合病院は以前にも訪れたことがあるので、大体の勝手は分かっていた。心臓外科の外来で、今日は諸星先生はいらっしゃるかと訊くと、どこか慌ただしい気配を感じた。まさか――と近藤は思った。濱口を裏で操っていたのは諸星であり、濱口が失敗したから雲隠れしたのではないか、そんな想像をしたからだ。

たっぷり三十分ほど待たされて、やってきたのは、渋谷という若い医師だった。諸星同様心臓外科医なのだという。

「諸星先生は、もうこの病院にはいません」

開口一番、彼はそう言った。

「いない？」

「ええ、退職なさいました」

「それはまたどうして。開業でもされるのですか？」

「いえ、私は一身上の都合としか伺っていません」

「そうですか。ちなみに渋谷先生は、この病院で働いていた濱口という看護師をご存じですね？　彼についてお尋ねしたいのですが」

「彼もここを辞めたと聞いていますし、私も殆ど面識がないので、人となりなどはまったく分かりません」

とりつく島もないという感じだ。近藤はますます疑惑を深めた。

「諸星先生の連絡先等はご存じですか？」

「看護師に訊いてください。それでは私はこれから手術があるので」

待ってくれ、と呼び止める間もなく、渋谷は去っていった。松前は小さくため息をついた。

「そりゃ、あんな反応になるでしょうね。病院の看護師が患者を殺して回っていたんだ。これは大スキャンダルだ。こんなことを報じられたら、患者が来なくなりますよ。入院して命を助けてもらったのに、退院したら看護師に殺されるなんて、洒落にもならない」

「だが諸星は何故このタイミングで病院を辞めたんだ？　まさか責任を取らされたのか？」

「あの渋谷って医師に事後処理を任せて、自分はトンズラしたんですかね。でも、そんなことしたら、濱口が起こした事件に自分も一枚噛んでいると言っているようなものなのに」

外来の受付にいた女性の看護師に、諸星の連絡先を訊いた。看護師はいささか慌てた様子でコンピュータから諸星の住所を探し出し、近藤に教えてくれた。

「あの、刑事さん。諸星先生がどうかされたんですか？」

不安そうな顔で彼女は訊いた。近藤はその質問には答えず、彼女に問い質した。

「以前、ここで看護師として働いていた、濱口という男を知ってますか？」

「ええ。優しそうな人で、まさかこんな事件を起こすなんて思ってもみませんでした。でも今から思うと、ちょっと変な人だったけど」

「変？」

「政治の話になると、すぐに熱くなって。よくいるでしょう？　周囲の人達の気持ちなんか考えないで、ただひたすら自分の言いたいことを言う人」

「政治の話、ですか？」

「保守党の藪木っていう政治家がいるでしょう？　濱口さん、あの人に夢中だったんです」

「ほう——」

藪木は幾多の政治家達の中に在《あ》って、確かに一輪の花のような瑞々《みずみず》しい美しさを誇っていた。副総裁の福岡源三が正に老獪を絵に描いたような外見なので、藪木の美しさが一層映えているのではないだろうか。近藤も、テレビのニュースや電車の中吊り広告などで彼女の名前を見ると、ついついそちらに視線を向けてしまう。

「あの人が出るテレビは必ず録画して、あの人が書いた本も、あの人が載った雑誌も、可能な限り買っていたんです。政治家に夢中になるなんて世も末だと、皆噂してました」

「いや、今はそういう人は珍しくないですよ。大変な人気ですからね」

と松前が言った。近藤は少しむず痒《がゆ》くなった。まるで自分のことを言われているような気がしたからだ。

「ところで諸星先生はどうして病院をお辞めになったんですか？」

「さあ、私には何とも。急に病院に来られなくなったんです。その日の診察は大変でした」

諸星の住所を近藤は受け取った。自由が丘の住宅地に、彼は短大生の娘と二人暮らしをしているらしい。

正に、閑静、という表現がぴったりくる街だった。広い庭付きの一戸建ての家が、どこまでもどこまでも連なっている。近藤はあの武田を思い出した。種類は違えど、こんな住宅街に住んでいる連中も、武田と同じ人種だ。高収入、高所得者。近藤は一応持ち家だが、猫の額ほどの庭しかない。ローンもまだまだ残っている。

「松前」

「はい」

「お前さん、結婚は？　家庭を持つ気はないのか？」

「僕は今、彼女募集中ですからね。まだまだ先の話です」

「先と言っても、もうすぐ三十じゃなかったか」

「男で三十なんて働き盛りじゃないですか。身を固めるには早いですよ」

瀟洒な家々の中に在って、比較的大きな家が、諸星の家だった。たとえ勤務医でも、心臓手術のエキスパートは実力に見合った賃金を得ていることを窺わせた。

インターホンを押す。しかし返事はない。

「いないようですね」

「娘もいないのか。学校なのかな」

その時、近藤はこちらを見ている何者かの視線に気付いた。顔をやると、隣家の庭から小犬を抱いた夫人が興味津々といった顔つきで近藤達を見つめていた。

「すみません。警察ですが、諸星さんはお留守ですかね」

少し声を張り上げて近藤は言った。待ってましたとばかりに、彼女は子犬を抱いたままこちらに近づいてきた。隣家の表札を見やった。井上《いのうえ》、とそこにはあった。

「まあ、やっぱり、事件？」

「やっぱり？　やっぱりって何ですか？」

「ほら私、お隣だから、普段から諸星さんと親しくさせてもらっているんです。諸星さんも奥さんを亡くされて、男手一つで娘さんを育てて大変な苦労をなさったんです。だからお隣のよしみで私が協力を――」

長くなりそうだったので、近藤は井上の話を手で制した。

「事件とは？」

「ああ、ここ何ヵ月も、娘さんの――ほのかさんの姿が見えなかったんです。それで私、諸星さんに伺ったんですよ。最近ほのかさんの姿をお見かけしませんけど、ご病気なんですかって。そしたら！　諸星さん、急に慌てふためいて、何も言わずに家の中に引っ込んでしまいました。おかしいでしょう？　何かあるとしか思えません。ほのかさんは誘拐されて、身代金を要求されているんじゃないかしら？」

「最後に諸星さんの姿を見たのは何時《いつ》ですか？」

「そうね――二、三週間ほど前かしら」

井上は身代金目的の誘拐を疑っていたが、近藤はまったく別のことを考えていた。それは諸星が娘を殺害したという可能性だ。あの久能家の事件が頭にあったのだろう。

ただ隣人の話だけで、事件性があると断定するのはあまりにも早計だ。近藤は諸星家の門扉に身を乗り出し、可能な限り鼻先を家の方に近づけた。そしてくんくんと匂いを嗅いだ。

「数ヵ月間、あの家に死体を放置していたら、腐臭が外に漏れ出てもおかしくないですね」

松前はそう言った。庭の木々の青臭い匂いが若干鼻につく他は、異様な臭いなど感じることはできなかった。

「久能の事件のように、親族の誰かが捜索願を出してくれたら、おおっぴらに捜査できるんだがな」

近藤は井上に、ほのかとはどういう少女なのかを訊いた。

「とっても綺麗な人ですよ。髪の毛はショートで、スタイルがよくって。通り過ぎる男の人は、必ず一度は振り返るような、そんな娘さんです」

井上に礼を言って、二人は車に戻った。

「事件性があると思いますか？」

「何とも言えん。だが阿部総合病院で手術を受けた患者が、看護師に命を狙われ、彼らの心臓手術をした外科医は行方不明だ。あの病院に何かあるのは間違いないだろう」

それから二人は、同じ自由が丘にある諸星ほのかが通っているという短大に向かった。短大の校舎は、建ってからまだ年月を経ていないようだった。

「――短大か」

松前はぽつりと呟いた。

「どうした？　女に見とれてるのか？」

「いえ、何となく、医者の娘には相応しくないような気がして。諸星はほのかを医大に行かせようとは思わなかったんでしょうか？」

「あんな家を持てるほど稼いでいても、子供を医大に行かせるとなったら、また別の話かもしれないな。まあ娘だから、医者の卵と結婚させるつもりだったんだろう」

そこらの女の子に場所を訊いて、二人は事務課に向かった。刑事と名乗ると職員は目を丸くした。

「うちの学生が、何か――？」

「いえ、まだそうと決まった訳ではないんです。諸星ほのかという学生のことを伺いたいのですが」

ほのかのことはすぐに分かった。彼女は看護学科に在籍していた。なるほど、父親の職業とまるで無関係ではない。しかし数ヵ月前にほのかの休学届が、父親の手によって出されているという。

「休学届？　理由は？」

「さあ、何でも病気療養と仰ってました」

「何の病気ですか？」

後ろから松前が訊いた。

「いえ、詳しいことはお聞きしませんでした」

「父親が医者だからって、何の病気か分からないのに簡単に休学届を受理するんですか？」

「そう言われても、最近は多いんですよ。怪我とか、手術で入院とか、そういう誰の目にも明らかな客観的な理由ではなく、その——精神的なことで学校を休む学生は。こちらとしても、ちゃんと規定に沿っていれば、休学するしないは本人の自由意思ですから」

「はあ、そうですか」

大きな収穫もなく、二人は事務室を後にした。

「病気療養の場合でも、診断書は必要ないってことか」

近藤は呟いた。仮に必要でも、諸星ならいくらでも偽造できるだろう。

「何かありますよ、これは。諸星ほのかが病気療養している可能性は低いでしょう。もし本当に病気だったら、何故諸星は素直にあの隣家の夫人に病気だと伝えなかったんです？」

「偏見の目で見られると思ったんじゃないか？　それこそ娘は精神的に問題を抱えていたのかもしれない」

「ですが知識のない一般人ならともかく、諸星は医者です。そういった周囲の心ない目に惑わされるとは思えない。むしろそういう偏見は積極的に正そうと考えるはずです」

「それじゃあ何か？　お前はやっぱり、諸星ほのかが殺されたというのか？」

松前は肩をすくめた。

「あの久能家の事件に比べれば、殺人が起こったという可能性は低いかもしれませんね。今の段階では家の中に入って、ルミノール反応を調べることもできませんし」

「もしかしたら――阿部総合病院に入院しているんじゃないか？」

「ほのかがですか？」

「ああ」

「ないと思いますよ。もしそうだったら、さっき阿部総合病院で諸星のことを問い質した時、渋谷医師や看護師がほのかの存在を我々に教えたんじゃないでしょうか」

松前の言うことはもっともだった。だが、近藤は少し違ったことを考えていたのだ。単純な入院ではなく、阿部総合病院が諸星父娘《おやこ》の失踪にかかわっている可能性である。あの化け物の内臓のような萩原重化学工業を見渡せる、海辺の病院。あそこに二人が監禁されていたとしたら。

署に戻ると、神奈川県警本部から連絡が来ていた。神奈川県の110番通報はすべて県警の通信指令室に繋がり、それから所轄の警察署や、現場近くを走っているパトカーに指令が行く。その匿名の通報は緊急性が薄いことから悪戯の可能性もあったが、万が一のことも考え所轄に回ってきたのだ。

通報の内容は、萩原重化学工業の近く、埋め立て工事をしている現場に、冷蔵庫にコンクリート詰めにされた死体を遺棄したというものだった。被害者の名前は、久能今日子《きょうこ》。あの姿を消した母子の、母親の方だった。通報者は若い男とみられる。そっちが息子だと考えると辻褄が合うな、と近藤は思った。

＊

今日、スーパーであの女を見かけた。

短い髪で、メガネをかけて、そして例の白いバンの助手席に座っていた女。彼女は買い物カゴも持たず、商品を物色する素振りも見せず、ただ俺のことを見つめていた。まるで人形のような女だった。作り物のように、極端に整った美貌。似た雰囲気の女に最近会った気がするが、誰だか思い出せなかった。

「誠さん。今日はお魚が安いわよ」

その時、背後から理穂が話しかけてきた。

俺はその声に驚いて振り返った。そして再び前を向くと、女は煙のように消えていた。ほんの一瞬の間に――。

「どうしたの？」

怪訝《けげん》そうな顔で理穂が訊く。

「前に話しただろ。看護師の濱口を轢き殺したバンに乗っていた女が、今そこにいたんだ」

「え――」

しばらく、二人とも黙りこくった。言葉に出さずとも、理穂も俺と同じ可能性を考えているはずだった。しかしそれを確かめるのが怖くて、俺は貝のように口を閉ざしていた。

結局、口にしたのは理穂の方だった。

「じゃあ私は、その彼女じゃなかったのね」

「――ああ、そういうことになるな」

もしかしたら理穂は、濱口を轢き殺したバンに乗っていた女かもしれない――そんな疑惑はずっと俺の中で燻《くすぶ》っていた。だがその可能性は、たった今消えた。同じ人間は二人といない以上、そう考えるしかない。

「じゃあ、私は誰なの？」

諸星に呼び出されたホテルで俺は理穂と出会い、そして彼女も諸星の名前を知っているような素振りを見せた。無関係とは思えない。次の診察で諸星に会えば理穂の過去を知ることができる――そんな予感がした。だが俺がそれを望んでいるかどうかは、別の問題だった。

マンションに戻って、理穂と一緒に夕食の準備をした。手を動かしていれば、余計なことを考えずに済む。ＢＧＭ代わりにつけたテレビでは、丁度ニュース番組をやっていた。

『神奈川県川崎市の京浜工業地帯の建設現場で、今日、冷蔵庫に遺棄された女性の遺体が発見されました。警察の捜査の結果、被害者は久能今日子さん（52）と判明し、警察は久能さんが何らかのトラブルに巻き込まれたものとみて、捜査を進めています。では次のニュースです――』

「阿部総合病院の近くだ――」

画面には病院の窓から見える、あのうねうねとしたパイプが這っている重化学工場の姿が映し出されていた。

「怖いわね――」

理穂がぽつりと言った。

彼女が記憶を失ったのも『何らかのトラブルに巻き込まれた』せいかもしれない。理穂を追っていたあの男達はヤクザで、理穂は彼らに暴行されて記憶を失くしたとは考えられないだろうか。下手したら理穂がニュースを飾っていたかもしれない。

「どうしたの？」

口数が少なくなったからだろう。理穂が俺に訊いた。

「いや――今、久能今日子って言っただろう。俺の高校時代の友達にも久能って奴がいて、そいつのことを思い出したんだ。それだけ」

「へえ――」

そういえば病院の本棚にも、久能某という作家が書いたつまらなそうな本が置いてあった記憶がある。意外とメジャーな姓なのかもしれない。

夕食後、風呂に浸《つ》かりながら、今日までのことを考えた。

理穂といつまで一緒にいられるのだろう。できる限り、ずっと一緒にいたい。だが記憶を失う前の理穂に家族がいないという保証はない。

俺は父を知らない。お父さんはどんな人なんですか？　と訊かれたことは一度や二度ではないだろう。その度に俺は上手く答えられず歯がゆい思いをした。自分の片方の親が誰だか分からない。実感はおろか、知識としてすらない。それはまるで自分の半分を置き去りにしてしまったかのような、耐え難い空虚感へと変わる。

だが、理穂は父親どころではない。自分が誰かすらも分からないのだ。

その時、脱衣所に物音がして、俺は思わず身構えた。

磨りガラスの向こうに理穂の姿が見えた。

うっすらとドアが開き、理穂が顔を覗かせた。

「——どうした？」

「一緒に——入ってもいいですか？」

「——ああ」

俺は頷いた。自分の声が少し震えていることを自覚した。

やがて全裸の理穂が入ってきた。湯煙の中の理穂は、えも言われぬ美しさだった。

理穂はゆっくりと湯船に身体を沈めた。理穂のショートの髪が、俺の肩に触れた。俺はゆっくりと理穂の胸を触った。理穂の吐息が漏れた。性器は反応しないのに、女の身体に対する欲望があることが、どこか滑稽で、おかしかった。

「君のことを考えてたよ」

「——本当？」

「俺達、いつまで一緒いられるのかなって——」

あなたと別れるぐらいだったら、そう理穂は言った。私、もう記憶なんて戻らなくていい。

「——出ましょう。のぼせちゃう」

「ああ——」

俺は理穂に言われるままに湯船を出た。静かな声で彼女が言った。

「私が、洗ってあげるわ。あなたは何もしなくていいから」

最初こそ理穂はボディソープをたっぷりタオルで泡立て、それで俺の身体を洗っていたが、やがて背中に自分の大きな胸を押しつけてきた。ゆっくりと理穂が身体を上下させる。今まで感じたことのない官能が身体中を走った。

「——ずっとこうしてもらいたいよ」

俺が言うと理穂は、ほんと？　と弾んだ声を上げた。

しばらくその行為を続けた後、理穂は俺を仰向けにさせた。冷たいタイルが背中に滲みた。理穂の柔らかな身体が俺の上に覆い被さる。背中のタイルとは正反対に、理穂はどこまでも温かく、そして柔らかかった。

理穂はたっぷりと俺にキスをしてから、俺の身体をくまなく愛撫した。四肢が理穂の身体すべてで洗われた。理穂の舌が身体を這った。理穂が乳首を咥えると、俺は女のような声を上げた。理穂の手が下腹部に伸び、ゆっくりと俺の性器を揉みしだく。理穂の舌も徐々に下腹部の方に向かって這ってゆく。

理穂は口だけではなく、両手も使って俺の性器を愛撫した。一旦理穂の右手が性器から離れ、俺の太股を散々撫で回した後、また股間に戻ってきた。だが理穂の右手の指先は性器を素通りし、更に下の方に伸びてゆく。

「駄目——駄目だ、理穂——そこは」

「力を抜いて——怖くないから」

理穂は俺の制止の声には耳を貸さず、いや、俺が抵抗すれば抵抗するほど、深く指を埋めてきた。

「動かないで——誠さん。きっと素敵な気分になれるから」

その言葉で、俺の中の何かが弾けた。それはまるで、俺がこういうことをされるのを実は心の中で望んでいるといわんばかりの口調だった。できない男は、こんなプレイがお似合いだと——。

「やめろぉ！」

俺の怒声が浴室中に響き渡った。理穂の前で、こんな声を出したのは初めてだった。理穂は慌てて俺から身体を離した。

「誰がそんなことをしろって言った！　そんな——まるで商売女みたいなことを！」

商売女という言葉で、理穂の口から、ううっ、という小さな空気のような声が漏れた。そしてそのままタイルに両手をつき、殆ど土下座の格好をして、啜り泣きながら、ごめんなさい、と言った。

しかし、それでも俺の怒りは収まらなかった。女を愛せない男。女に与えることができない男。だから理穂は逆に俺に与えようとした。理穂のした行為は、俺に自分が男ではないということをまざまざと思い知らしめた。

「自分が誰だか分からないのに！　そんなことは知ってるのか！」

理穂は唇を嚙み締めて、深く深く頭《こうべ》を垂れた。

「——許してください。もうしません——だからお願い、私を捨てないで——」

「もういい！」

捨て台詞を吐いて浴室から出た。バスローブを羽織って、ろくに身体も拭かないままキッチンに向かい、冷蔵庫から缶ビールを取り出して一気に呷《あお》った。髪の毛からぽたぽたと垂れた水滴が、フローリングの床を濡らした。

「――畜生」

苦し紛れにそんな言葉を吐き出した。しばらく何も考えることもできず、缶ビールを持ったまま冷蔵庫に寄りかかっていた。

理穂はきっと俺としたかったのだ。理穂と暮らし初めてもう一ヵ月が経っている。それなのに、俺は一度も理穂に手を出していない。

理穂に手を出さない自分を――理由があるとはいえ――俺は聖人のように考えて気取っていた。それはもしかしたら、性に対する異常な関心の裏返しだったのかもしれない。そんな俺は理穂の目にどう映っただろう。俺にはできない理由がある。ならばその障害を取り去れば愛し合えるはずだ。きっと理穂はそう考えたのだろう。

だから理穂は俺と一緒に寝てくれた。あの大きな胸で抱きしめてくれた。自分の身体で俺を洗ってくれた。俺の性器を口にふくんでくれた。そして、あんなことまで――。

そうすれば俺に愛してもらえると思ったから、理穂は――。

俺は缶ビールを流しに置き、再び風呂場に向かった。

激しいシャワーの音が聞こえてきた。俺にぶつけられた酷い言葉の数々を、きっと洗い流しているのだろう。

シャワーの音にも掻き消されない理穂の嗚咽《おえつ》。

──俺は。

俺は！

浴室のドアを勢いよく開けた。崩れ落ちるような体勢でシャワーを浴びていた理穂が、驚いたようにこちらを見た。

俺は無言で浴室に足を踏み入れ、シャワーの下の理穂を強く抱きしめた。その瞬間、理穂は号泣し、俺に抱きついてきた。たちまちバスローブが濡れて身体に重くまとわりつく。俺は必死にそれを脱いで抛《ほう》り、理穂をさらに強く抱きしめる。

「──ごめん。ごめんよ、理穂」

理穂に許しを請いながらも、俺は懸命に理穂の唇を吸った。理穂は泣きじゃくりながら何かを言っていた。しかし、それはほとんど言葉にならず、辛うじて聞こえたのは、誠さん、好き、という僅かなフレーズのみだった。

「俺も、俺も──好きだよ──理穂」

シャワーの雨に打たれながら俺達は愛し合った。お互いの指先が、お互いの身体をまさぐった。もう離さない、絶対に。理穂を繋ぎ止めるためなら、俺は何でもやる——。

その時、理穂がゆっくりと俺から身体を離した。

「誠、さん——」

信じられないような口調だった。

理穂はゆっくりと下の方を向いた。その瞬間、俺も理穂が何に驚いたのか、はっきりと分かったのだ。

今まで、どんなことをされても反応しなかった俺の性器が、今は、熱く、硬く、そそり立っていた。すかさず理穂は俺の身体の上に乗りかかった。逆手で理穂が俺の性器を持ち、そのまま自分の身体に導いた。まるで吸い込まれるようだった。その瞬間理穂は、ああっ、と声を上げた。理穂は身体を上下させ、声を上げ続ける。今まで一度も聞いたことがない理穂の声。俺は理穂を持ち上げ、そのままタイルに押し倒した。そして無我夢中で理穂を突いた。理穂の名を呼びながら、理穂を抱きしめながら、必死に理穂を愛した。次第に、身体の中から未知の反応が湧き上がる。逃れようとしても、官能はまるでガソリンに引火した炎のように瞬く間に全身を包み込み、俺は訳が分からなくなり大声を上げた。

気がつくと、俺はぐったりとして理穂を抱きしめていた。理穂も、肩で息をし、聞こえるのはシャワーの水滴がタイルを弾く音だけだった。

「──幸せ」

歓喜の涙を流しながら、理穂が呟いた。

「──ずっとこうしていたい」

俺は残った体力を振り絞り、ぎゅっと理穂を抱きしめた。

「いられるさ。いつまでも、二人一緒に──」

俺はその自分の言葉を何一つ疑わなかった。俺は理穂を愛し、そして理穂も自分を好いてくれている。二人が望んでいるのに、一緒にいられない理由はない。俺はいつまでも理穂と一緒だ。そう心の底から思った。

＊

発見されたコンクリート詰めの死体は、久能今日子のものであると正式に断定された。

行方不明の彼の息子、正治が事件に何らかの関与をしていると考えざるを得なかった。現在、正治と共に目撃された男女の似顔絵を作成しているが、今井は彼らの顔をちらりとしか見なかったし、何よりも時間が経ちすぎているので、芳しい結果は出そうにない。

解剖の結果、死因は失血死だった。体中に無数の刺し傷があったという。あの久能家の居間の惨状とも合致する。だが問題は被害者の久能今日子が、コンクリート詰めにされて海に捨てられるような被害者像と、あまりにもかけ離れているという点だ。何故そんなことを？そこまでする必要があったのか？

二人の男女が久能正治の罪を隠匿するために、久能今日子の死体を消した。それほど男女にとって久能正治は特別な男なのだ。一体何故？

久能今日子の死体遺棄場所を密告した者こそ、久能正治ではないかと近藤は考えている。わざわざコンクリート詰めにするぐらいだ。二人の男女の意向は、永久に久能今日子の死体が見つからないことだったろう。にもかかわらず、久能正治は警察に死体の遺棄場所を通報した。男女と久能正治の間に、意見の対立があるのかもしれない。突破口はそこだな、と近藤は思った。


葬儀会場は久能家の近くの公民館だった。

沢山の鯨幕が並んでいる。申し訳程度の花輪も。泣いている者は少ない。みなひそひそと噂話をしている。故人の異様な死について、自分なりの推測をしない参列者は一人もいないようだった。

近藤や松前だけではなく、一般参列者に紛れて他の捜査員達も一通り公民館を囲んでいる。遺体を遺棄した場所を通報してきたのが久能正治だったとしたら、この通夜の席に現れるかもしれないと踏んだからだ。母親を殺し、あろうことか死体をコンクリート詰めにした。良心の呵責《かしやく》に苦しみ、あのような電話をかけてきたのかもしれない。

「やっぱり久能正治が犯人《ほし》ですかね」

「間違いなく事件に関与しているだろうな。殺意なんて気まぐれと一緒だ。少し我慢すりゃ抑えられる。だが今の子供は我慢を知らない」

「僕も若い世代ですけど、そりゃ毎日我慢してますからね」

「おい、まさか横暴な上司に我慢してるっていうんじゃないだろうな？」

「いえいえ、誰もそんなことは言ってませんよ」

近藤と松前がそんな無駄口を叩いていると、被害者の兄、寺沢健造《けんぞう》がつかつかとこちらに歩み寄ってきた。

「何ですか？」

「あんたらのせいだ。あんたらのせいで妹は死んだんだ！　それなのに暢気にこんなところでだべりやがって！」

「だべってる訳じゃありません。いつ甥っ子さんが現れるか分からないから、こうやって警備をしてるんです」

「それ！　そのふてぶてしい態度！　あんたは何様のつもりだ！」

こういう輩は山ほどいるから、近藤はまともに相手をする気にもなれなかった。ただ税金を払っているというだけで、公務員より立場が上だと思い込んででかい顔をする。警察は社会の秩序を守るために動いている。決してサービス業ではないのだ。

「元はと言えば、あんたらのせいだろ！　あんたらが今井さんの訴えに真摯《しんし》に耳を傾けていたら、もしかしたら妹は助かったかもしれない！」

「それは、おかしな理屈ですね。今井さんが目撃したのは、妹さんの遺体を運ぶ甥御さんと二人の男女の姿です。つまりその時すでに妹さんは亡くなっていた」

「どうして死んでいたと分かる⁉　殺さずに生かしておいたかもしれないだろ！」

近藤は、うんざりした、というパフォーマンスのつもりで頭をポリポリと掻いた。

「そんな根拠はどこにもありません。遺体の状況からして正確な死亡推定時刻を割り出すのは無理ですが、今井さんが二人の男女を目撃したその日に妹さんが殺されたと考えるのが妥当ですよ」

「それでも、あんたらがもっと迅速に捜査をしていれば、少なくとも犯人と甥っ子は今頃見つかっていたかもしれないじゃないか！」

「百歩譲って我々の初動捜査に不備があったとしても、一番悪いのはあなたの妹さんを殺した甥御さんでしょう？　文句なら身内に言ってくださいよ」

その近藤の言葉が寺沢の逆鱗《げきりん》に触れたようで、彼は顔を真っ赤にして怒鳴った。

「まだ甥っ子が犯人だとは決まってない！　その二人に脅されて協力しただけかもしれないじゃないか！」

久能今日子はただの主婦である。そんな平凡な女が、死体をコンクリート詰めにして海に遺棄するような連中に命を狙われる理由がまるで分からない。少なくとも動機は久能正治の方が濃い。彼らは、親であり、子だ。今の時代、それだけで殺人の動機が成立する。とにかく、隣家の今井によって正治が目撃されているのは、如何《いかん》ともしがたい。

「ちょっとぐらい謝ったっていいじゃないか！　初動捜査にミスがあったのは事実なんだから！　一言ごめんなさいと言ってくれれば、俺だって気が晴れる！　それなのに、さっきから何だ！　あんたの態度は⁉」

これ以上騒がれて人目を引くのもよくないと思ったのか、松前が近藤と寺沢の間に入った。

「お気持ちは分かります。でも我々警察も甥御さんを全力で探しています。そのことを分かってください」

松前はまだ若く人がいいから、こういう理不尽な市民の苦情にもちゃんと対応しようとする。立派な心がけだ。これからは松前を窓口にしてやれ、と近藤は思った。

「ですから、寺沢さんもご協力を――」

その時、松前の背広が、微かに風で靡いたような気がした。

「――あれ？」

と松前が呟いた。寺沢の顔が曇った。何事か、と言いたげな顔つきだった。近藤は、今の寺沢とのやりとりで、松前が何らかの可能性に思い当たったのだろうか、と考えた。

でもそうではないことにすぐに気付く。松前の身体が背中からゆっくりと、こちらに向かって倒れてきたからだ。

「おい！　どうした！」

すかさず松前の身体を抱き留めた。立ちくらみでも起こしたのだろうか。

「――こん、どう、さ、ん」

息も絶え絶えといったふうに松前が言った。

「何だ⁉　どうした！」

「俺――。俺――。やっぱり結婚すれば、よ、かっ、た、かも、」

そこで松前の言葉が止まった。

彼のスーツの胸元から覗く白いシャツが、ゆっくりと、赤く、染まっていく。まるでスローモーションの映像のように――。

松前は、死んでいた。

遠くで絶叫が聞こえた。違った。それは目の前から発せられていた。中年の女性がもんどり打って地面に倒れる、正にその瞬間だった。女性の動きはまるで血に染まる松前のシャツのように、酷くゆっくりとしたものに感じられた。

何が起きているのかは分かっていた。だが理性と常識が現実を否定していた。日本は銃社会ではないという思い込みがあるからだろうか。寺沢は、ひぃ、と情けない声を上げながら、植え込みの中に飛び込んだ。撃たれたのか、幼女が火が付いたように泣きわめいている。母親らしき女性が必死に幼女を抱きしめ、盾になって震えている。パニックになったのだろう、若い男が一秒でも早く公民館から逃れようと向こうに走り出した。そっちへ行くな、と叫ぼうとしたが遅かった。男の姿が近藤の視界から急に消えた。撃たれて道に転倒したのだった。狙撃手からは格好の的だっただろう。

「早く！　戻れ！　建物の中に戻るんだ！」

近藤は絶叫したが、その言葉に素直に耳を傾けたのは数人だけだった。大抵の者は何が起こったのか、自分がどうすればいいのかすら分からず、屋外を右往左往していた。そして凶弾の餌食《えじき》となった。公民館の中から通夜で経を読んでいた坊さんが現れた。これから帰って明日の葬儀に備えるのだろう。

「危ない！」

近藤が叫んだ瞬間、坊さんの頭がスイカ割りのスイカのように弾けて、真っ赤な鮮血を迸《ほとばし》らせた。その血を全身に浴びた幼女の盾になっている母親は、娘と一緒に泣き出した。

阿鼻叫喚の地獄絵図だった。

走り出した男も、坊さんも、近藤の背後から発せられた銃弾の犠牲になった。後ろを振り返った。すると向こうに古い雑居ビルがあった。間違いない。あそこから撃ったんだ。そう思うやいなや、近藤はビルに向かって走り出した。撃たれるかもしれない、という恐怖は何故かなかった。走りながら無線機で他の刑事達と連絡を取った。皆、すぐにこちらに駆け付けるはずだ。

まるで細菌が体内を食い荒らした死体のようなビルだった。

テナントなども入っている様子はなく、人気はまるでない。あの銃撃は高層階からのものだ。最後の銃撃から近藤がこのビルに駆け付けるまで、十数秒も経っていない。一階に下りて逃げる余裕はない。つまり狙撃犯はまだこのビルの中にいるはずだ。

階段には申し訳程度にロープが張られていて、侵入者からビルを守っている。無視してロープを外し、近藤は上の階へと続く階段に足を踏み出した。

後に分かったことだが、その雑居ビルは建物の老巧化が問題になっていて、近いうちに市によって取り壊される予定になっていたのだという。日取りもすでに決まっていた。住む者のいない空きビルを放置しておくと、ホームレスや若者が入り込み、事件や事故の温床になるというのが市側の主張だった。

近藤は駆け付けた刑事達と共に、ビルの内部を隅から隅までくまなく捜索した。

だが不審人物は発見されなかった。ライフルの類も。そしてビルの一階から上の階のすべての窓には内側から鍵が掛けられていた。割れた窓もない。従って狙撃手が窓から逃げ出したとは考え難かった。

もちろん、一階からは逃げられない。そこにはすでに駆け付けた近藤がいたからだ。つまり屋上から逃走したと考えるほかない。しかし隣のビルまでには五メートル以上の距離があったし、また高さが違い過ぎた。仮にそれだけの距離を幅跳びの要領で飛び越えられたとしても、隣のビルの屋上に叩きつけられることになる。もちろん、ビルの屋上から屋上に飛び移る軽業師の姿など、誰も目撃してはいなかったのだ。

すると疑問が生じる。狙撃手がこのビルから久能今日子の通夜の参列者を狙ったとしたら、一体どこから逃走したのだろう？

取り壊す予定のビルだから、どこか意外な場所に穴でも開いているのかもしれない。神奈川県警は徹底的にビルを調べたが、しかし、そんな抜け穴はどこにも存在しなかった。

近藤は納得がいかなった。

あれだけの狙撃が行われ、自分も現場近くにいた。どこから発砲されたのか、おおよその場所ぐらい推測できる。狙撃手は現場から逃げ出した若者の背中を意図も容易く撃ち抜いた。犯人はすべてを見通せる場所にいたのだ。とするならば、ある程度の高い場所から撃ってきたと考えるのが妥当だろう。それだけの高さのビルなど、現場周辺には一つしかないのだ。

死傷者は九人。そのうち死んだ人間は松前を含めて五人だった。犠牲になったのは、葬儀会社から手伝いで派遣された女性や、あの坊さんなど、久能家とは直接かかわり合いのない人間が多かった。近藤に散々文句を垂れた寺沢は、あのままずっと植え込みに隠れていて無事だった。

近藤は、狙撃手が廃墟となったあのビルから五人を射殺したのはほぼ間違いないと見ていた。それこそ自分の初動捜査のミスで狙撃手を取り逃がしたというのなら、その責めはいくらでも負おう。しかしせめて、どうやって犯人があのビルから逃走したのか、その手段だけでも知りたかった。この世界では理屈に合わないことは起こり得ない。人間が逃走経路のない場所から『消失』するはずはないのだ。絶対に。

＊

「俺は『消失』したんだ。日常の世界から。ここにいる俺と、昔の俺は明らかに違う。昔の俺は、もういない存在になった」

「でもあなたは、この特別な世界で存在しています。どこの世界であろうと、存在する限りあなたは特別な、久能正治さんです」

「違う。俺は人前に出るのが嫌だった。有名になんてなりたくなかった。俺は一人の方が気楽でよかったんだ。でもそんな人間に人望は集まらない。だから小説も何もかも、皆、駄目になった。俺は所詮、そういう人間なんだ。俺は特別じゃない。普通の人間でいい。普通の人間になりたい」

「いいえ。本当はあなたも分かっているはずです。自分は特別な存在であることを。あなたはもっと自分の特別さを信じてよかった。そしてそれを誇ってよかったんです」

　正治はしばらく考え込んで、こう答えた。

「今売れている物語は、主人公が世界の中心で、主人公の選択に世界の命運がかかっているものばかりだ。俺はそんなくだらない物語が嫌だった。だってそんなことはあり得ないから。就職したことないけど、社会に出て働けば、否応《いやおう》なしに自分が特別な人間でないと気付かされるだろう。物語の作者は、社会に出る前の学生に、自分が特別であるという幻想を売って商売している。そしてそんな物語にどっぷり浸かった学生は、ただ自己を無限に肥大させ、社会に出た途端に自分が特別な主人公ではないことに気付き、無差別に人を殺すようになるんだ。俺はそんな小説は書けなかった。書きたくないと思った」

　だから正治は、市井の何の才能もない人間を主人公にした小説を書くようになった。そういうメンタリティで書いた小説の常として、作品中には匂い立つようなシニカルさが溢れていた。読者は皆、知っている。自分は特別ではないことを。だから皆、特別な主人公の特別な物語を欲する。正治が書くようなシニカルな小説が売れなくなるのは当然だった。

「私たちがどうして、あなたが殺してしまったお母さんの死体をコンクリート詰めにして海に捨てたと思います？　無償の善意で、一体誰がそんなことをしますか？　それはあなたが特別な人だからです。あなたは誰よりも掛け替えのない人です。あなたの代わりは、この世界のどこにもいません。あなたはそのことを、もうすこし分かった方がいいと思います」

　正治は出版社に利益を与えることができなかった。だから切られた。でも、渡辺カンナには利益を与えることができる。殺人の罪を隠匿してもおつりが来るほどに。

「俺でなければ、あいつは殺せないのか？」

　国民を扇動し、支持を集め、憲法九条改正を企てようとする政治家。憲法を変えれば、雪崩《なだれ》を打ってすべてが変わってしまうだろう。核武装も徴兵制も厭《いと》わない。きっと世論の流れもその方向に進んでいくだろう。

でも、それが俺に何の関係がある？

「他の人間じゃ駄目なんです。久能さんでなければ、成し遂げられないことなんです」

「――どうして？」

「あいつのせいで、あなたのお父さんの製紙会社は倒産したんです。そしてお父さんは――死んでしまった」

カンナは語った。あいつは馬場総理に、様々な会社に公的資金をばらまいていることを追及した。正治の父の会社も政府から公的資金を受けていた。野党からの追及を受けた内閣は、イメージ回復のために公的資金を大幅に縮減したのだった。そのあおりをくらって父の会社は倒産した。まさしく野党の保守党が父を殺したのだ。

もし父が生きていれば未来は変わっていた。きっと変わっていたはずだ。

「信じてください。暗殺を実行するのに相応しい人間としてあなたが選ばれた時、私、奇跡だと思いました。だって私はずっと前からあなたの小説のファンだったから」

「もし、俺が嫌だと言ったら？」

渡辺カンナは、ゆっくりと正治の手を取った。そして自分の胸にその手を導いた。服の上から触れたカンナの胸は、無限の柔らかさを誇っていた。そしてカンナは正治にキスをした。お互いの舌と舌の粘膜が絡まり合い、正治は夢心地になった。キスがこんなに気持ちのいいものだとは夢にも思わなかった。これを手に入れるために、世の男達は必死になって髪型を整え、服装をコーディネートしているんだな、と感じた。

たっぷりのキスの後、カンナは正治を抱きしめた。そして言った。

「正治さん。私、まだ、誰ともしたことないの――」

誰にも踏み荒らされていない、真っ白な雪の大地。そこに自分が空から降り立ち、一歩一歩足跡をつけていく光景を想像した。

「あいつを殺したら――一緒になりましょう」

カンナという未開の土地を開拓する権利を正治が得た瞬間だった。正治はカンナの胸に抱きついた。大きな胸の信じられない柔らかさ。そして濃厚なカンナの匂い。ずっとずっと、いつまでもいつまでもこうしていたかった。カンナは正治の頭を撫でてくれた。まるで雲の上にいるかのように、正治は夢心地になった。

「――殺すよ」

そうカンナの胸で囁いた。

「殺す。絶対に、殺してみせる」

だがしかし正治とて、無条件にカンナの言葉を信じたわけではなかった。

もちろん、彼女が言っていることは概《おおむ》ね事実なのだろう。だが彼女の本音は分からない。自分のことを愛しているのなら、作家として尊敬しているのなら、暗殺の実行犯なんていう危険な役回りを押しつけはしないはずだ。

仮に計画が成功したとしても、警察の捜査は苛烈《かれつ》を極める。どんなに緻密に事を進めても、いずれ捜査の手が回ってくると考えておいた方がいい。その時のために正治という人間が選ばれた。父親の会社を潰されたという、誰の目にも分かりやすい動機も持っている。犯人役としては打ってつけだ。自分一人に罪を擦り付けて、カンナと他の仲間はとんずらしないとも限らない。

黒川幸子を狙撃した日以来、カンナはちょくちょく正治を部屋から連れ出してくれた。よもや隙を突いて逃げ出すとは考えてもいない様子だった。もちろん正治はそんなことをするつもりはなかった。カンナは優しいし、何もしなくても飯が食える。そもそも正治には逃げる場所などないのだ。

しかし、そんな自分にもやりたいことをする権利はある。

その日のデートは、皮肉にも黒川幸子を殺した商業施設だった。

建物内は何百もの店舗がひしめいていて、地図を見なければ広場に出る前に迷ってしまうほどだった。広場に行く最短ルートを調べると見せかけて、正治はあるものを探していた。すぐに見つけた。

緊張を隠しながら、カンナと共に黒川幸子を殺した屋外広場に向かった。太陽の日差しが燦々と降り注いで、正治は開放的な気持ちになった。大きな広場だ。どこぞのデザイナーがデザインしたのか、ベンチはどれもこれも前衛的なスタイルを誇っていた。それらの芸術作品に座って、子供達ははしゃぎ、主婦達は談笑している。狙撃が起きた場所によくのこのこ来るよな、と正治などは思うのだが、人々には中年の女性が何らかの原因で死亡した、という認識しかないのかもしれない。

「見てください、正治さん。アイスクリーム屋さんですよ！」

カンナは、まるで小学生のようにはしゃいだ。広場の周囲は、ここで飲み食いする客を想定しているのだろう、殆ど飲食店で占められていた。

「久能さん？」

反応が鈍い正治を訝しんだのか、カンナが言った。

「ごめん——向こうを見てたんだ」

正治は顔を上げた。灰色のビル群が見えた。

「あそこから、誰かが俺を狙っているかもしれないなって、そう思ったんだ」

カンナはおかしそうに笑った。

「気持ちは分かりますけど、誰も狙っていませんよ」

「そうか？」

「そうです。狙うのは、久能さんの方です。あの時も、そしてこれからも」

本当は、どうやってカンナを出し抜こうかと考えていたのだ。しかしそれを悟られる訳にはいかない。

「ね？　久能さんもアイスクリーム食べたいでしょう？」

正治はできる限りの笑顔で頷いた。そして、

「買ってきてくれないか。ここで待っているから」

と言った。

「え？　どうしてですか？」

「いや――人混みが苦手なんだ」

人気の店のようで、アイスクリームを求める客が店の外まで並んでいた。

カンナは静かに笑った。子供を諭すような笑みだった。

「じゃあ、私が買ってきてあげます。カップですか？　コーンですか？」

「コーンの方がいいな。食べでがある」

「味は？」

「シャーベット系なら何でもいいよ。まかせる」

カンナはすたすたと店の方に歩いていった。列の一番後ろにつくと、振り返って手を振ってきた。正治も手を振り返した。ゆっくりと列は進み、カンナは店内に入っていった。カンナの後ろにも客が並び始めたので、彼女の姿はすぐに見えなくなった。

今だ。

正治はUターンして、今来たルートを小走りに引き返した。そして一目散に公衆電話へと向かった。今時、公衆電話を利用する者など滅多にいないらしく、電話機はトイレの奥の人気の少ない通路に追いやられていた。

金の類はカンナ達に一切与えられていなかったが、心配はなかった。正治は受話器を取り上げ、電話機の下の方についている赤いボタンを押した。それから１１０番をプッシュした。

「いいか、分かったな。必ず海をさらえよ」

そう告げて、受話器を置いた。話を手早く済ましたから、まだカンナはアイスクリームの列に並んでいるだろう。今の電話に警察が真摯に耳を傾ければ、母親の死体は近いうちに発見されるはず。すべてはそれからだ——そんなことを考えながら、正治は後ろを振り向いた。

カンナがそこにいた。

思わず、ひぃっ、と喉が鳴った。

「どいてください」

氷のような声だった。正治に優しい笑顔を振りまいていたカンナは、今はそこにはいなかった。正治は慌てて電話機から離れた。

すかさずカンナは、バッグからハンカチを出して、赤いボタンと、1と0のボタン、そして受話器を拭った。すこぶる手際がよかった。

「行きましょう」

カンナは正治の手を取り、強く引いた。その強さが、カンナの怒りの表明だと思った。

二人は慌ただしく駐車場に向かった。デートはこれでお終いなんだと思い、正治は酷く落胆した。すべて自分のせいなのだが、せめてカンナと一緒にアイスクリームを食べたかった。


二日後。

カンナが、正治が軟禁されている部屋にやってきた。いつものような明るい笑顔は、そこにはなかった。

「テレビのニュースになりました」

そうカンナは切り出した。

「私達が海に捨てた、あなたのお母さんの死体が見つかったんです」

正治は勇気を振り絞って、カンナに訊いた。

「俺を、殺すのか？」

「どうして、そんなことを言うんです？」

「俺が計画の邪魔をしたからさ。そんな奴は消さなければならない。そうだろう？」

カンナは小さく微笑んだ。

「正治さんは、私達にとって大切な人です。ちょっとやそっとのことでは、殺しません。でも、どうしてあんなことをしたんです？」

「何で俺が警察に通報したか、分かるか？　俺は母親の死体を警察に見つけてもらいたかったんだ」

「──どうして？」

「死体が見つかれば、まず最初に何が始まる？」

カンナは首を傾げ、考え込む素振りを見せた。

「警察の捜査ですか？」

「違う、葬式だ」

「お葬式？」

その時、カンナは、はっとしたような顔をした。正治の意図するところに、漸く気付いたのだろう。

「お母さんのお葬式に集まった人達を、殺すつもりなんですか？」

正治が血の滲む思いで書いた小説を、蔑《さげす》み、冷やかし、馬鹿にした輩ども。

正治は頷いた。

名前も、住所も、連絡先も分からなくても、問題なかった。母の葬式ならば、大体同じ面子《メンツ》が集まるだろう。

「黒川を殺すのと一緒だ。君に反対する理由はないはずだ」

「でも、お母さんのお葬式で狙撃をするのは、問題があると思います」

「どうしてだ？」

「電話の主があなたである可能性を、当然警察は視野に入れているでしょう。お母さんのお葬式にあなたが現れることも想定するはず」

「――ということは？」

「つまり、現場に警察がいる可能性は極めて高いということです。逮捕されるリスクが大きくなる」

「暗殺決行までに、俺が逮捕されたら拙《まず》いのか？」

「もちろん、そうです」

「じゃあ本番が終われば、俺が逮捕されようがどうしようが、まったく関係ないんだな」

「…………」

カンナは黙った。その沈黙が肯定の証《あかし》だと正治は受け取った。

「心配しないでくれ。やることはちゃんとやる。もうこんな世界に未練はない。俺は君が欲しい。それだけなんだ」

カンナはゆっくりと、正治の手を取った。

「あいつを殺すことができれば、世界は変わる。私は——あなたの——」

カンナは最後まで言い切らなかった。カンナの頬が赤く染まるのを正治は目撃した。本当に俺のことが好きなんだ！　正治は天にも昇る心地になった。思わず正治は、君さえいれば何もいらない、と言いそうになる。しかし、他人に搾取される人生はもうこりごりだ。カンナはもらう。だけど、それだけじゃまだ足りない。

「母さんの葬式に集まった親戚共を皆殺しにするから、そのお膳立てをしてくれ。それが俺の要求だ。それくらいいいだろう？　鉄砲玉になるんだから」

「あなたは鉄砲玉なんかじゃありません。この計画の、シンボルです」

父の会社が倒産したことを言っているのだろう。だが、どうでもよかった。

「それなら尚更、俺の頼みを聞いてくれ。この手であの親戚共をぶち殺さなきゃ、俺の気が晴れない」

カンナは静かに、正治を見つめた。今までの愛らしいカンナではなかった。正治は静けさの中にも激しさを隠した、彼女の視線と対峙した。

「あなたがあのライフルの引き金を引く時には、私は必ず側にいます。あの時も、これからも。私はあなたと一蓮托生《いちれんたくしょう》です。もしあなたが逮捕されたら、その時は、私も一緒です」

葬式の場で参列者を狙撃するのは、安全地帯から黒川幸子を殺すのに比べて、圧倒的なリスクが伴う行為であることは、容易に理解できた。

それでも、あなたはやるつもり？　愛する私を危険にさらしてまで——そうカンナの瞳が訴えているような気がしてならなかった。

「信じてくれ。俺が君の目を盗んで通報したのは、ただ母の葬式に親戚共を集めたかったからだ。この計画をぶち壊しにする気なんて、端からなかった」

「正治さん」

「え？」

「目を盗むんだったら、もう少し上手くやってください」

「丸わかりだった？」

「もちろんです！」

そう言ってカンナはコロコロと笑った。ああ、出会った時のカンナだと思った。こんな女の子を抱けるなら、何もかも捨てても構わない。どうせ母親を殺した時点で、人生を棒に振っているのだから。

「約束する」

そう正治は言った。

「あいつらを殺すお膳立てをしてくれたら、俺はちゃんと君の言うがままに動く。あの右翼の政治家を、暗殺してやる」

カンナは笑顔のまま、正治の言葉に応えた。

「だから私は、黒川幸子をあなたに殺させました。右翼といえども人間です。いざという時にあなたの良心が疼《うず》くかもしれない。それが怖かったんです。人を殺すのにあなたを慣れさせる必要がありました。だから今回のあなたの申し出も——悪いことではないかもしれませんね。人を殺せば殺すほど、殺人に対する罪悪感は薄れます」

それは違う、と正治は思った。最初の殺人を犯した時、正治には母親に対する罪悪感など微塵も浮かばなかったのだ。自分の本を馬鹿にした親戚共や、ましてや一面識もない政治家を殺したぐらいで、罪悪感を覚えるはずもない。

9

母の葬式に来た連中を皆殺しにすると意気込んだものの、実際のお膳立ては、すべてカンナ達がやってくれた。狙撃場所の廃ビルもカンナが選んだ。決行は告別式ではなく通夜に決まった。やはり周囲が暗い方が身を隠しやすい。狙撃者にとって一番恐れなければならないのは、自分がどこから狙っているかを相手に知られることだ。自分の居場所を悟られなければ、こちらは無敵だ。

トランクにライフルの入ったアタッシェケースを積み込み、カンナの運転で、正治は生まれ育った街に舞い戻った。カンナと二人で出かけられるだけで、たとえ目的がデートであろうが暗殺であろうが、正治の胸は弾むはずだった。

でも今回ばかりはそうはならなかった。後部座席には、あの熊谷が乗り込んでいた。折角のドライブに水を差されて面白くなかったが、熊谷の存在が、自分がこれからすることの重要性を再確認させて、正治は背筋がピンと伸びた。

車中は重苦しい沈黙が支配していた。目的地に着くまで口を開く者は一人もいなかった。

カンナは、カーナビが示すルートをあえて無視していた。葬祭場の前を通りかかるのを怖れたのだろう。

裏路地のような場所でカンナは車を停めた。三人は車を降りた。夜のせいか、余計に周囲の雰囲気が殺伐として感じられた。カンナはトランクから例のアタッシェケースを取り出す。熊谷は再び、今度は運転席に乗り込んだ。

カンナがアタッシェケースを持ち上げた。正治は慌てて、俺が持つよ、と言った。

「いいんです。ただし帰りは正治さんが持ってください。多分、私は持てませんから」

「え？　どういう意味？」

「大丈夫です。正治さんは、引き金を引けばいいんです。お膳立てと後始末は私がします」

カンナはアタッシェケースを持ちながら、ビルとビルの隙間の細い路地を、ほとんど身体を横にして進んでいった。行き止まりの道のように思えたが、どん詰まりには件の廃ビルの外壁が聳えていた。

「彼は、いいのか？」

熊谷のことだった。カンナは頷いた。

「あの人はあそこで待ってます。帰りに迷わないように、道をちゃんと覚えてください」

カンナは、ポケットから薄い手袋を取り出して正治に手渡した。

「はい。これをはめてください」

正治は慌てて手袋をはめた。指紋のことなど、今まで一度も考えたことがなかった。

「この窓を開けてくれませんか？」

カンナの頭の高さに廃ビルの窓があった。正治は手袋をはめた手で窓枠に触れた。少しきつかったが、力を込めてスライドさせると、ミシミシと音を立てて窓が開いた。

カンナが開いた窓に飛びついた。スカートから垣間見えたピンクのパンツに、正治は目が釘付けになった。

「久能さん、すみません。後ろから押してください」

正治はバレーボールをトスするようにカンナのお尻を押し上げた。カンナの腰が、すらりと伸びた長い足と共に窓の中に吸い込まれると、ガタン！　という大きな物音がした。

「大丈夫か⁉」

「痛たた。大丈夫です。久能さん、アタッシェケースを上げてください」

正治はアタッシェケースを持ち上げた。人殺しの道具がしまわれているそれは、どこか心地よい重さだった。人を殺す重さだと思った。

カンナがアタッシェケースを受け取った後、正治も窓からビル内に侵入した。カンナは窓を閉め、内側から鍵をかけた。正治は思わず、あ！　と言いそうになった。カンナは素手だったからだ。しかし彼女には彼女の考えがあるのだろうと思って、黙っていた。

勝手知ったる様子で階段を上っていく。五階ほど上ると、彼女はある一室のドアを開けた。何もなく、がらんとした部屋だった。カンナは部屋の窓を薄く開けた。

「身体を低くしましょう。大丈夫だとは思うけれど、向こうから見られるかもしれない」

座り込み、カンナはライフル銃の組み立てを始めた。いつ見ても鮮やかな手つきだった。

「もう、通夜は始まっているかな」

「ええ。終わって、出て来た時が狙い目です」

「しばらくここで待つかもしれないな。どうせ奴らはのんびり寿司でも食ってるんだろう」

「お腹がいっぱいになって、動作が鈍くなっているはずだから、殺しやすいですよ」

「そうだな。俺も寿司が食いたい」

「今度、お寿司行きますか？」

「いいね。回る寿司でも俺にとってはご馳走だ」

「計画が終わったら、何でも好きなものをご馳走します。お寿司でも、お肉でも！」

「――いや、俺はやっぱり君がいてくれれば、それでいい。君が一番のご馳走だ」

そう口走り、正治ははっとした。性的な意味で捉えられたらどうしようと思ったのだ。カンナを抱く約束を取り付けているから尚更だ。

でもカンナは、

「嬉しい――」

そう顔を赤らめ、正治の手をぎゅっと握った。

「私、あなたのためなら、何でもします」

正治もカンナの手を握り返した。彼女と一緒なら、地獄に堕ちたっていい。

しばらくすると、公民館の中からぞろぞろと喪服を着た連中が現れた。さっさと帰ればいいものを、そこら辺にたむろして何やら話している。格好の的だ。

「正治さん、今です」

「――分かっている」

手が震えた。

誰を殺してもいいのだ。

黒川の時と同じだ。天の高みから、下界の民を見下ろしている。生かすも殺すも自分次第。

――その時。

スコープの向こう側に、寺沢の姿が見えた。母の兄、正治の伯父だった。

伯父は、血相を変えて誰かに怒鳴っていた。相手はこちらに背中を向けているので顔はよく見えない。正治は取りあえず伯父から殺すことにした。ほとんど無意識のうちに照準を合わせて引き金を引く。だが次の瞬間、誰かが二人の間に割って入った。あっ！　と心の中で叫んだ。崩れ落ちるように倒れたのは伯父ではなく、割って入った見知らぬ誰かだった。

正治は、軽く舌打ちをして、

「——間違えた」

と言った。

「いいえ、間違っていません。私達は神様です。あそこにいる人達を生かすも殺すも、あなたの自由です」

正治は再びスコープを覗き、適当に引き金を引いた。誰かが倒れた。母の葬式に来るような連中だ。皆、一人残らず俺の小説を馬鹿にした連中に違いない。そんな奴らを殺して、一体何が悪いっていうんだ！

寺沢を捜したが姿が見えなかった。どこかに隠れたらしい。だが構うもんか。獲物はまだ沢山いる。正治は撃った。撃った。撃った。だが皆、ちょこまかと動き回るから狙いが定まらない。まあ、いい。突っ立っている者を撃つより、逃げ回っている者を撃った方がゲーム性が増すというものだ。何事も簡単すぎるのはつまらない。

「ほら、正治さん！　あそこ！」

こちらに背中を向けて、全速力で走っている男がいた。逃げているつもりなのだろうが、的も同然だった。引き金を引いた。その瞬間、男はもんどり打って倒れて、そのまま動かなくなった。

「やった！」

カンナが歓声を上げた。正治も思わず、よしっ！　と声を上げる。公民館に逃げ込む奴もいたが、逆に出てくる者もいた。ためらわずに引き金を引く。そいつの——どうやら坊主のようだ——頭が吹っ飛んだ。坊主を殺しても罰当たりだとは思わなかった。何しろあいつらは神に仕えているのだ。神とはつまり正治のことである。ああいう死に方ができて、きっと本望に違いない。

死ね。

死ね。

死ね。

「死ねぇ！」

正治は叫びながら人々を撃ち続けた。人殺しがこんなに楽しいものだとは知らなかった。学校では馬鹿にされ、家では母親に抑圧された。本を出してもまるで売れない。まさしく底辺のような自分。そのヒエラルキーを１８０度ひっくり返して底辺から上位に上り詰めるためには、殺人を犯すしかなかった。たったそれだけのことで自分はすべての階層を突き抜けてトップに立つことができるのだ。こんなに素晴らしいことはない。

このまま、地球上の人間すべてを殺したかった。カンナの仲間も、熊谷も殺し、カンナと二人、アダムとイブになりたかった。そして新しい地球の歴史を築くのだ。

——その時。

「そこまでです」

カンナが正治を制した。どうしてだ？　と問いかける間もなくカンナは正治からライフルを取り上げ、そして瞬く間に分解し始めた。そしてライフルの部品を、アタッシェケースに詰めた。ものの十秒もかからない早業だった。

「ここが、見つかりました」

はっ、として正治は窓の外を覗いた。こちらを見ている中年の男がいる。目が合ったように思えて、正治は思わず腰を屈めた。中年の男は、警戒しながらこちらに走り寄ってくる。

「もう、終わりよ。逃げましょう」

カンナは窓を閉めて鍵をかけた。そして小走りに部屋を出て行く。正治はカンナの後に続いた。カンナが向かったのは廊下の突き当たりにある非常口だった。カンナは扉を開けた。

そこには非常階段が地上まで続いていていた。

カンナは正治にアタッシェケースを押しつけた。そして非常階段に視線をやりながら、

「これを持って、ここを下りて、熊谷さんの車まで行ってください」

正治はアタッシュケースを受け取り、一目散に非常階段を下りようとした。だが、カンナが後に続いてこない。

「君は？」

「扉を閉めて、中から鍵をかけるわ。そうすればここからあなたが逃げたと分からない」

「君はどこから逃げるんだ⁉」

カンナは微笑んだ。

「私は魔法が使えるのよ！」

カンナはがちゃんとドアを閉めた。正治は一時《いっとき》呆然とその場に立ち尽くしたが、我に返り脇目もふらず非常階段を駆け下りた。

地上に降りると、来た時と同じ細い路地を抜けた。熊谷はちゃんとそこにいた。カンナが運転した車に乗って、正治を待っていてくれた。

トランクにアタッシェケースをしまい、正治は助手席に乗り込んだ。まさか、と思ったが熊谷はそのままアクセルを踏み込んだ。

「ちょっと待って！　カンナは！　カンナはどうするんだ！」

馴れ馴れしくファーストネームで彼女の名前を連呼してしまったことにも気付かなかった。

熊谷はカンナをあのビルに置き去りにしようというのだ！

「渡辺なら問題ない」

そう冷徹な声で、熊谷は言った。

「あいつは魔法が使えるんだ」

＊

冷蔵庫から缶ビールと冷えたグラスを持ってくると、理穂の視線はテレビのニュースに釘付けになっていた。

『――この近辺から狙撃されたのは、ほぼ間違いないと見て、警察は狙撃現場の特定を急いでいます。では次のニュースです――』

「怖いわ」

理穂がぽつりと呟いた。

「何かあったの？」

缶ビールのプルタブを引き、グラスに注ぎながら理穂に訊いた。テレビは、保守党の藪木総裁が今月末に日本武道館で集会を開くというニュースに変わっていた。一般の人間も金を払えば参加できるが、彼女はアイドル並みの人気なので、チケットは即日完売したという。

キャスターは、同日、横浜の別会場でも副総裁の集会が開かれると告げてニュースを締めくくった。

「お通夜に参列した人達が、無差別に狙撃されたんですって」

理穂は先ほどのニュースの説明をしてくれた。

「何だよそれ。葬式で人殺しって、犯人は絶対地獄行きだな」

「まだ犯人は捕まっていないみたい。狙撃現場らしいビルに警察が踏み込んだけど、もぬけの殻だったそうよ」

俺は、じぃーっと理穂の顔を見つめた。

「まさか、君がやったんじゃないよな」

理穂は何者かに追われている。そして警察を怖がっている。出会った当初は犯罪者でないかと疑ったものだ。

理穂は最初こそきょとんとした顔になったが、すぐにおかしそうに笑った。

「だってそれ、昨日の事件よ⁉」

「分かってる。冗談だよ」

俺はおどけながら理穂とグラスを合わせた。理穂はぐいっとビールを呷った。その脈動する白い喉から官能が溢れ出しそうで、俺はたまらない気持ちになった。

「理穂」

「何？」

「ただ呼んでみたかっただけだよ」

　理穂はけらけらと笑った。

「何よ、それ」

「いいだろ。俺の部屋で、俺が何を言ったって」

「でも、誠さん――明るくなったわね」

「そうかな？」

「うん。会った時はもっと繊細そうっていうか――ちょっとバランスを崩したら壊れてしまいそうな、そんな印象だった」

　面と向かってそんなことを言われると、気恥ずかしかった。

「失った青春が、戻ってきたからだよ。誰だって明るくなるさ。でも明るくなったのは君も同じだ」

「私――今が一番幸せよ。記憶を失くす前の私が、どこかの国のお姫様だったとしても、今より幸せとは思えないもの」

「君は今でもお姫様だよ。女の子はみんな、お姫様なんだ」

子供の頃読んだ『小公女』の一節だった。

「じゃあ、あなたは王子様ね」

理穂の短い髪に手を突っ込んで、頭を撫でた。

「俺が理穂を守るよ。いつまでも、いつまでも――」

「王子様みたいに？」

「――ああ」

理穂と唇を重ねた。舌と舌が絡まり合うえも言われぬ快感。興奮が下腹部にまで伝わって、俺は我慢できなくなった。

「理穂」

乱暴に理穂のバスローブをはだけた。

「え？　また？」

グラスを傾け、豊満な乳房にビールを注いだ。

「あっ！　嫌！　冷たい！」

すかさず口をつけ、胸の谷間に溜まっているビールを吸った。乳首を口に含んで舌で転がした。たちまち理穂はあえぎ始めた。

俺は理穂のバスローブを脱がせて、全裸のまま窓辺まで連れて行った。

度、理穂は半狂乱になっていく。


「やだ！　見られちゃう！」

「見せつけてやろうぜ」

俺は理穂の上半身を窓ガラスに押しつけた。理穂の乳房がガラスで潰れた。そして俺もバスローブを脱いで一気に理穂を貫いた。理穂は大声を上げた。豊かな臀部《でんぶ》に腰を打ち付ける度、理穂は半狂乱になっていく。


幸せだった。

あの風呂場での一件以来、俺と理穂はこの部屋にいる時は殆ど裸で過ごした。そして気の向くままに繋がった。こんなにも人生が楽しいものだとは俺は夢にも思わなかった。理穂の胸も、腰も、臀部も、絶対的な美しさを誇り、これ以上完璧な女は下界の何処にも存在しないと思われた。

理穂は髪を振り乱しながら激しく首を振る。俺は窓ガラスを突き破らんばかりの勢いで理穂を突き続ける。ガラスが二人の熱で白く曇り、俺と理穂は、夜空に昇り、下界に落ちてゆく。百メートル下の地面に激突し、二人のかけらは瞬く星になる。

すべてが終わると俺達は荒く息を吐きながらフローリングに横たわり、理穂はまたシャワー浴びなきゃね、と囁く。

理穂の記憶は一向に戻る気配はなかった。連絡するのに不都合だから、携帯電話を持たせたかったが、自分が誰だか分からない以上契約は不可能だった。この問題はプリペイド型の携帯を買うことで解決したが、やはり記憶喪失の人間が社会で生きる不便さを実感する。

ホテルの花壇で目覚めた以前の記憶はないという。ならば、あのホテルに何か理穂に関する手がかりがあるかもしれない。だが、理穂はホテルに舞い戻るのを頑《かたく》なに拒んだ。その気持ちは分からなくもない。理穂は、謎の男達に追われていた。あの男達が待ち構えていると考えるのは極めて自然だった。

それに俺達は理穂の記憶が戻ることを怖れていた。彼女が、俺と出会って理穂になる以前にどんな立場に置かれていたか分かってしまったら、このマンションで二人、何も知らない子供のように愛し合うことは、もうできなくなるだろう。

同じ理由で、理穂を病院に連れて行くこともなかった。治療で記憶が蘇るかもしれないし、そうでなくとも警察が介入してくるだろう。失踪事件の記録を当たり、警察は理穂の身元をすぐに洗い出すに違いない。

いつまでもこんな生活を続けていけるとは思わない。でも最後の時は、できるだけ先延ばしにしたかった。

もちろん、俺の方は病院に行かなければならない。理穂と出会って瞬く間に二ヵ月が過ぎ、また俺が阿部総合病院の心臓外科に出向く日が訪れた。

初めて理穂をこの部屋に連れてきた時、理穂は諸星という名前に反応した。諸星は理穂を紹介するために、俺をあのホテルに呼び出したのかもしれない。そんなことをしなければならない理由は皆目分からないが。

「もしかしたら、君の身元に関することが、何か分かるかもしれない」

そう告げると、瞬く間に理穂の表情が曇った。

「どうして？　誠さんは病院に行くだけなんでしょう？」

「俺の担当医は諸星といって、俺をあのホテルに呼び出した張本人だ。今日は会えるはずだから、俺を呼び出した理由を教えてもらえるだろう。君も諸星という名前に心当たりがある様子だった。もしかしたら諸星は君を知っているのかもしれない」

「諸星――」

と理穂は呟いた。

「確かに知っているような気がするの。もの凄く身近な名前だったような――でも怖い。自分が誰だか知りたいという気持ちはもちろんある。でも私は――ずっと理穂でいたい。理穂のままでいい」

俺も理穂と同じ気持ちだった。だが諸星の診察を受けない訳にはいかない。当然、諸星が俺を呼び出しておきながら姿を現さなかったことについて、素知らぬ顔をし続けることもできない。必ず、あの日の話が出るはずだ。理穂を助手席に乗せて、俺は阿部総合病院へミニを走らせた。理穂を独りぼっちにさせたくはなかった。自分の素性が発覚することを恐れている理穂は、やはりどこか情緒不安定気味だったからだ。

理穂は海の上に浮かぶ、血管のようにパイプがのたくる萩原重化学工業に、目が釘付けになっていた。

「見覚えがあるのか？」

と俺は訊いた。

「――ないわ」

「そうか」

「でも、何だか怖い――」

再診の手続きをしてポケットベルを受け取ってから、採血の検査に直接向かった。すでに大勢の患者が採血の窓口に並んでいた。俺も並んで検査の番号をもらった。血沈という血の沈むスピードを計測する検査は、結果が出るまで三十分以上かかるので、診察の一時間前には採血を済ませておかなければならない。

俺の番号がアナウンスされたので、理穂を待合室に待たせ採血室に向かった。採血の最中、俺は終始不安だった。理穂は俺の前に突然現れた。なら、突然消えても何ら不思議ではないように思った。

採血自体は数分で済み、傷口を指で固く押さえながら採血室を出た。理穂は同じ場所に座っていた。俺は少し安堵《あんど》した。

「大丈夫？」

「ここは血を採って検査するだけだから。大丈夫かどうかは諸星先生が判断する」

「そうじゃなくて、腕を押さえているから」

「ああ。俺は出血には特に注意しなくちゃいけないから」

心なしか理穂の口数は少なかった。

「緊張している？」

少し、と彼女は答えた。

「初めての場所だし——初めてだと思う——それに、あなたがその諸星って人にこれから会うと思うと、ドキドキする」

「俺——やっぱり君の記憶が戻った方がいいと思うよ」

うん、と理穂は頷いた。

「それで俺と付き合えないとなったら、やっぱり悲しいけれど、でも仕方がない」

理穂は何か言いたそうな素振りを見せたが、結局何も言わずに、黙った。

診察時間が近づいてきたので、心臓外科の待合室に移動した。ポケベルが鳴ったら診察室の前に移動して、そこで医師から名前が呼ばれるのを待つシステムだ。やはりこれから諸星と会うのだと思うと俺も緊張し、自然と口数が少なくなった。

やがてポケベルが鳴った。モノクロの液晶画面には312と表示されている。諸星の診察室のナンバーだ。

俺は理穂と共に、診察室の前に並んでいる長椅子に腰掛けた。312の診察室を見やる。あの時諸星が俺を呼び出した理由が分かる、そんな不安混じりの期待を込めて。

――でも。

「あれ？」

思わず呟いた。

「どうしたの？」

「名前が違う。諸星じゃない」

診察室のドアには、担当医の名前が書かれたプレートが貼り付けられていた。何時《いつ》もは『諸星』だったそのプレートは、今は『渋谷』に変わっていた。諸星が休診だった前回、代わりに診察してくれた若い医師だ。しかしその時も、確かプレートは『諸星』のままだったと思う。

俺は思わず立ち上がって、ずらりと並ぶ診察室のドアを一つ一つ見て回ったが『諸星』のプレートが張り出されたドアは一つもなかった。

心配そうな顔で、理穂が俺を見た。

「諸星の、診察室が、ないんだ」

「——そう」

小さな声で理穂は言った。だがその声の中に、僅かな安堵感が滲んでいるのを俺は聞き逃さなかった。やはり理穂は自分が誰だか知りたくないのだ。永久に理穂のまま、俺と暮らしたいのだ。

それもいいかもしれない、心の中で呟く自分がいた。理穂の記憶が戻れば、良かれ悪しかれ俺達の生活は激変する。だが記憶が戻らなければ今の生活を維持することができるのだ。

ふと、俺は理穂が心臓外科の外来の受付を見つめていることに気付いた。そこには看護師が常駐して、入院の手続きの説明や、診察以外で医師と連絡を取りたい場合などにその受付を通す。いってみれば心臓外科全般の相談所のような場所だ。

「どうした？」

「あの人――」

　女性の看護師が、コンピュータの端末を操作していた。

「どこかで見たことがあるのか？」

「あの格好に覚えがあるの。もしかしたら私、ああいう服を着たことがあるかもしれない」

「看護師だったのか？」

　その時、俺を呼び出すアナウンスが鳴った。

『武田さん。武田誠さん。312号室にお入りください』

　もちろん、その声は諸星のものではなく、前回俺を診《み》た、渋谷の声だった。

　俺は理穂に無言で頷いた。理穂も頷き返してきた。312号室のドアをノックした。どうぞ、お入りください、という丁寧な渋谷の声がドア越しに聞こえてきた。ぶっきらぼうな諸星の声とは似ても似つかない。

　診察室に入りドアを閉めると、

「諸星先生は病院を辞められましたので、今後は私が武田さんの担当となります」

　と、開口一番渋谷は言った。

「辞めた？　どうしてですか？」

「一身上の都合としか聞いていません」

と渋谷は素っ気なく答えた。

それから渋谷は俺の診察を始めた。聴診器で心臓の音を聞き、採血の結果を診てワーファリンの服用量を決める。担当が代わっても、診察の内容は変わらない。

「ワーファリンの量は変わりません。毎日四錠で続けてください」

「そうですか。分かりました」

退院してから、ずっとその分量だ。俺は、少なくとも自分の体調にかんしては安心した。薬の量が変わらないのは、血液の状態が安定しているということだ。また人工弁に血の塊が付くような事態はもちろん願い下げだった。

次回の予約をして、処方箋を出してもらい、診察は終わった。諸星に診てもらっていた時も、いつもそんな素っ気ない調子だった。一人の医師が大勢の患者を診るから、流れ作業のようにやらなければ追いつかないのだろう。

それでも俺は、今回ばかりはもっと何かあると思っていたので、いささか拍子抜けの感を否めなかった。

「あの――」

診察室を後にする直前、俺は渋谷に言った。

「何か？」

「諸星先生は、今、どこに――」

「さあ。私は存じません」

「諸星先生はどちらにお住まいなんですか？」

「家まで行くおつもりなんですか？」

渋谷は呆れたように言った。

「患者さんに医師の個人情報は教えかねます」

俺は落胆したが、仕方がなかった。治療が上手くいかなかった患者が、逆恨みして医師を襲うという事件を度々耳にする。余計なトラブルを避けるために、たとえ患者であっても医師の情報は漏らさないようにしているのだろう。

ありがとうございましたと機械的に頭を下げて、診察室を後にした。

「どうだった？」

すぐさま理穂が訊いてくる。俺は無言で首を振った。

「そう――」

理穂が俯き加減で言った。残念がっている様子だったが、ポーズなのだろう。きっと理穂は自分の正体に繋がる手がかりが見つからなくて、ホッとしているに違いない。

ソファーから立ち上がった理穂の手が、俺の腕に回された。その態度が、ずっと俺から離れたくないという彼女の想いを表しているような気がして、俺は理穂がいじらしくてたまらなくなる。

それから萩原重化学工業近くの商店街のイタリアンレストランで飯を食った。満席だったが、どこの食い物屋も同じような状況だったので、席が空くまでしばらく待つことにした。最近はどこの商店街もほとんどの店がシャッターを下ろしているが、この界隈《かいわい》はそれが嘘のように賑わっている。萩原重化学工業の従業員が昼休みに押し寄せて、地域に金を落としているのだろう。ナポリタンは美味かった。

その後、商店街のスーパーで食料品の買い出しをした。理穂は冷蔵庫の中身をちゃんと覚えていて、何が必要で、何が必要でないのかしっかり把握していた。その主婦っぽい理穂の態度が俺を不安にさせたが、理穂の過去のことはなるたけ考えないようにした。

ミニの後部座席に買い物袋を載せて、マンションに帰った。まだ二時だった。買ってきた食料品を冷蔵庫に入れ、コーヒーを飲んで一息ついた。

それから理穂とセックスをして、少し眠った。

目覚めると部屋には夕日が差し込んでいて、理穂の裸体を黄金色に染めていた。理穂の正体の手がかりが何も入らなかったのは残念だったけれど、しかしこうして彼女の身体を貪っていると、それでもいいのではないかという気持ちを禁じ得なかった。この部屋で二人、共に生きていくことができるのならば。

その時、インターホンが鳴った。思わずはっとした。友人知人が極めて少ない俺にとって、この部屋を訪れる者は皆無と言っていい。あの夜、ホテルで理穂を追っていた者達が、ここを嗅ぎつけているかもしれないという不安は、まるで人工弁にこびりついた血の塊のように、終始俺の頭の中から離れない。

理穂も不安そうな顔をしている。俺は恐る恐るインターホンに出た。

インターホン越しに、

『あ、どうも、梶原です』

と親しげな声が聞こえてきた。

「――ああ！」

思わず声を上げた。同じ濱口に命を狙われた者同士、彼とは気が合ったが、まさかまた会うことになるとは思わなかった。

『近くに来たので寄ったんです。報告がありまして』

濱口の事件の真相が明らかになったのだろうか。しかし、それなら梶原ではなく近藤が来るはずだ。

俺は、不安げにこちらを見つめている理穂に言った。

「大丈夫。例の事件で一緒に命を狙われた人だ。君を追っている連中とは無関係だ」

「そう――とにかく、こんな格好じゃまずいわね。早く服を着ないと」

俺達二人は素っ裸のままだった。俺はインターホンに向き直った。

「分かりました。今、そこのドアを開けます。部屋は分かりますか?」

『大丈夫です。3の階乗掛けるルート9引く5、ですよね?』

俺は思わず声を上げて笑い、そうです、と答えた。

部屋がとっちらかったままだが、今から部屋を片付ける時間はない。俺と理穂は慌てて服を着た。

「あたし、お化粧落ちてない?」

「理穂はすっぴんが一番綺麗だよ」

俺は理穂の頬にキスをした。理穂はくすぐったそうに笑った。

間もなくして、梶原が部屋に来たことを告げるインターホンが鳴った。玄関のドアを開けると、懐かしい梶原がいた。肩にショルダーバッグを掛けている。

「やあ!　ひさしぶりです。あれ?　そちらは?」

梶原は理穂を見やった。理穂は軽く頭を下げた。俺は、今一緒に暮らしているんです、と説明した。その説明に梶原が不審を抱く様子がなかったのが幸いだった。こんなマンションで気楽に一人暮らしをしているのだ。部屋に女を連れ込むぐらい当たり前だ、とでも思っているのかもしれない。

「今日はゲラを持ってきたんです。直接会ってお見せするのが筋だと思って」

ショルダーバッグから、クリップで留められた紙の束を取り出した。雑誌を出版する前の試し刷りだ。事件のことを売り込むと言っていたが、まさか本気だとは思わなかった。

「どの雑誌に載るんですか？」

「週刊クレールです。知り合いのライターがいるから、本当は週刊標榜に売り込もうとしたんです。でも銀《ぎん》ちゃんに——桑原銀次郎《くわばらぎんじろう》ってライターなんですけど、週刊標榜は保守系だから、阿部総合病院のスキャンダルは取り上げてくれないって忠告を受けたんで、ライバル誌に持っていったんです」

週刊クレールも週刊標榜も有名な週刊誌だ。

「阿部総合病院を叩くと、右翼の抗議でも来るんですか？」

「それが、あの病院、保守党に政治献金しているらしいんですよ」

「あの藪木が党首の？」

「ええ。今は野党ですけど、政権を取るのは時間の問題でしょう。今のうちにゴマをすっておけば、後々美味しい思いができるって考えですかね」

梶原が書いたという週刊クレールの記事のゲラをざっと読んだ。事件の当事者の独占インタビューはよくあるが、その本人の手記だ。病院の看護師が、退院した患者を殺し心臓を持ち去るという異常性もプラスして、読み物としてセンセーショナルなのは頷けた。肝心の俺のくだりだが、匿名だし、都内のマンションで一人暮らしをしているとだけあるので、世に出たところで特に問題があるとは思えなかった。

理穂も食い入るように記事を読んでいた。命を狙われていたことは話していたが、濱口の目的は俺達の心臓とまでは言っていなかった。あまりに猟奇的なような気がしたからだ。

俺が、特に記事の内容にクレームをつけなかったので、梶原は嬉しそうな顔をした。一方、理穂はそうではなかった。コーヒーを淹《い》れるという口実でキッチンに向かった理穂は、俺を呼び、声を潜めて言った。

「あんな記事が出たら、私を追っている奴らに目をつけられるかもしれない」

「考えすぎだよ。あれは君と出会う前の事件だ。つまり君とは無関係。それに命を狙われた当事者が書いた記事、ってことが物珍しいだけで、新しい情報なんて何もないんだ」

「でも、阿部総合病院のスキャンダルでしょう？　諸星先生も消えた。私とまったく関係ないとは思えない。いくら新しい情報がないっていっても、表立って騒がれるのを喜ばない人達がいるかもしれない」

「そりゃ、阿部総合病院の関係者は全員喜ばないと思うけど、もうあちこちのニュースで騒がれてるんだぜ。今更あの記事が出たところで、大勢に影響するとは思えないよ」

理穂は口をつぐんだ。決して納得はしていないが、その理由を言葉にできないといったふうだった。

気持ちは分かる。漠然とした不安なのだろう。だが、そんな理由で梶原の記事を差し止めることはできない。彼の仕事に協力する義理はないが、しかし俺とて、命を狙われたことに対して怒りはある。患者を殺した濱口や、もし裏に阿部総合病院のスキャンダルがあるのなら、彼らに対して社会的制裁が加えられるのは当然だと思う。

その時、またもやインターホンが鳴った。俺は理穂との話をいったん中断させて玄関に出た。訪問者が誰だかは分かっていた。彼女は、マンションのエントランスからではなく、この部屋のインターホンを直接鳴らしたからだ。俺はこのマンションの住人とは、ほとんど交流がない。最近越して来た想吹綾佳を除いては。

『美味しいお酒を貰ったんだけど、三人で一緒に飲みませんか？』

と彼女は言った。もちろん嬉しいが、やはり少し怪訝に思った。彼女は人付き合いが鬱陶しくてこのマンションに入ったと言っていた。それなのに、どうしてそんなに俺に親切にしてくれるのだろう。彼女は、人のモノが欲しくなるタイプの人間かもしれない。理穂から俺を奪おうとする気なのか――俺はそんなあり得ない妄想をする。

「お客さんですか？」

答えに窮していると、梶原が言った。

「構いませんよ。約束もしないで来た僕が悪いんです。すぐにお暇しますから」

それじゃああんまりなので、紹介ぐらいはしようと思った。想吹綾佳と梶原が上手くっついたら、俺と理穂の間に波風は立たないと考えた。

「友達が来てるんですけど、それでもよかったら」

『あらそう。じゃあみんなで飲みましょう』

俺はドアを開けて彼女を部屋に招き入れた。またワインを持ってきたのかと思ったが、想吹が抱えていたのは日本酒の瓶だった。何でも生酛《きもと》造りという昔ながらの製法で作った高い酒なのだそうだ。俺は梶原に想吹を紹介した。想吹は俺達がどんな知り合いか訊いたが、同じ病室だったとだけ説明し、事件の話は一切出さなかった。理穂も想吹を歓迎した。俺は内心、これで理穂が懸念していた梶原の記事の件がうやむやになるな、とホッとした。

適当に冷蔵庫の食材を使って、ピザやカナッペを作って皆に振る舞った。梶原はすぐにお暇するなどと言っていたが、酒が入ると想吹と打ち解けた様子で、会話が弾んだ。ＢＧＭは耳に心地よいものがいいと思ってドナルド・フェイゲンの『The Nightfly』をかけた。センスがいいのね、と想吹が言ってくれたので、俺は嬉しくなった。

「それにしても、同じ病室に入院していたってだけで、こうして退院後も会うなんて、よっぽど気が合うのね」

俺と梶原は苦笑し、ええ、まあ、などと言ってお茶を濁した。

「でも諸星先生、病院辞めちゃいましたね。一体どうしてだろう」

どうやら梶原も担当は諸星らしい。衝動的に俺は訊いた。

「諸星から電話かかってきました？　病院の外で直接会いたいとか、そんなの」

「え――何ですか。そんな電話なかったです」

「――そう。いや、俺は諸星と付き合いが長いから、病院辞めるなら一言挨拶ぐらいあってもいいと思ったんです」

そう言って俺は適当に誤魔化した。梶原が嘘を言っているようには見えなかった。沢山の患者を抱えている多忙な大病院の医師が、その患者に直接連絡をしてくるなど、よほどの事態なのだろう。

その時、想吹が唐突に言った。

「ひょっとして諸星先生って、心臓外科医の諸星秀夫《ひでお》のこと？」

思わず想吹を見た。何故彼女が諸星のことを知っているんだ?

「想吹さんも人工弁なんですか? だったら奇遇ですね」

と梶原が冗談っぽく言った。

「違うわ。以前、ある医療機器メーカーが新しいペースメーカーを開発して、株が何十倍にも跳ね上がったことがあったの。高性能なペースメーカーで、保守党の副総裁も使ってるっていう噂だわ。そのペースメーカーの技術を開発したのが、阿部総合病院勤務の諸星秀夫医師だったの」

「そんなことをよく知ってますね!」

「ええ、会って聞いたから」

「会った?」

「私の情報筋から、諸星が何か企んでいるとの情報を摑んだのよ。で、直接会って、ペースメーカーを開発してるって情報を摑んだの」

「もちろん、そのメーカーの株は買ったんですね」

「ええ。かなりの稼ぎになったわ」

さすがの梶原も驚きを隠せない様子だった。これが女手一つでマンションを買うだけの金を稼げる人間の手腕なのだろう。モデルのようにしなやかな想吹の身体。彼女は女の武器を使ったのかもしれない。だとしたら諸星も男という訳か。

しかし本当に想吹が諸星を懐柔して株取引に有利な情報を手に入れたなら、これは完全なインサイダー取引ではないのか。もちろん、想吹がどんな違法な手段を使って金儲けしようとも、俺には関係のない話だ。もしかしたら想吹は、その程度のことはインサイダーには当たらないと考えているのかもしれない。ただ、このまま想吹と近所付き合いを続けていったら、株取引を持ちかけられないとも限らない。巻き添えを食うのは嫌だから、その時はどうやって断ろうと、俺はぼんやり考える。


梶原が帰ってから、俺は思い切って想吹の部屋を訪ねた。

「あら、どうしたの？」

「諸星先生の住所を知りませんか？　突然病院を辞められてしまったから、せめて今まで診ていただいたお礼をしたいんです」

「住所？　分かると思うわ。上がる？」

俺は部屋で待っている理穂のことを考えた。疑われるようなことはしたくない。

「いえ、悪いですから、ここで」

「あらそう。じゃあ、ちょっと待っててね」

いったん、ドアは閉じられた。暫く待っていると、想吹が住所を書いたメモ用紙を持って、再び顔を出した。

「これで大丈夫？」

メモには、目黒区自由が丘とあった。

「ありがとうございます。助かります」

「諸星先生に会ったら、よろしく伝えてね」

「ええ、必ず」

俺は頭の中で、想吹と諸星の間にあったであろうあれこれを考えていた。

部屋に戻ると理穂が一人体育座りをして音楽を聴いていた。『The Nightfly』ではなかった。理穂と二人で初めて買い物に渋谷に行った時に買った、高橋幸宏のアルバムだった。

「諸星の住所を教えてもらったよ。明日、会いに行こう」

「分かった」

と理穂は小さく呟いた。少し元気がないようだった。想吹や梶原との食事の席でも、彼女は口数が少なかった。

「どうした？」

と俺は後ろから理穂を抱いた。

「帰ってくるのが意外に早かったから」

「玄関先で会っただけだ。部屋の中に入った訳じゃない」

「でも、いつか部屋の中に入るかもしれない」

「理穂！」

俺は叱責するように言った。

「彼女はただのお隣さんだ。何にもないよ」

「いいの。私が悪いのよ。最初にあの人をディナーに誘ったりしたから。そんなことをしなかったら、今日、あの人がここに来ることもなかったでしょうね」

「——理穂」

俺は理穂を抱く腕に力を込めた。

「あんな女に心を動かされたりしない。誓うよ、君だけだ——」

「本当？」

ちょっと前だったら、想吹は自分を見張るためにこのマンションに越してきたのかも、と言い出しかねなかった。諸星は高名な心臓外科医かもしれないが、それにしても想吹が諸星を知っているなんて、でき過ぎた話だ。しかし、そんな陰謀論よりも、女の嫉妬を優先させている理穂がいじらしく、俺はその夜、理穂を、強く、深く、愛した。

翌日。

助手席に理穂を乗せ、俺はミニを走らせた。自由が丘には初めて来た。洒落た美容室や、民家の中に見え隠れするように存在する隠れ家的なレストランが目に付く。こういうところに住んでみたい？　と理穂に訊くと、理穂は表情を変えずに、あなたのいるところならどこでもいいわ、と呟いた。

これから向かう場所が、もしかしたら二人の破局の始まりになるかもしれない。それを考えると、とても笑顔にはなれないのだろう。

モデルハウスのような瀟洒な住宅が道沿いに綺麗に並んでいる。諸星の住まいはすぐに分かった。決して豪邸ではないが、いかにも金を稼いでいる医者の住居といったセンスのいい家だった。だがどこかしらうら寂れた感じもする。荒れ果てている、というのではないが、何となく生活感がないのだ。プランターの花々も、ほとんど枯れてしまっている。もう諸星はこの家に住んでいないのかもしれない。

家の前に車を停めて、理穂と二人道路に降り立った。門の脇に備え付けられているインターホンを押した。しばらく待った。返事はなかった。

「――いないのか」

失望と安堵が入り混じった声を、俺は発した。

「この家――」

「ん？」

「初めてじゃないような気がする」

そう言って理穂は門扉を押して、庭の中に入り込んだ。

「おい、勝手に入っちゃまずいって」

だが理穂は俺の制止の声に耳を貸さず、石畳を歩いて玄関の方に歩いていく。俺は慌てて理穂の後を追った。

理穂はドアノブをガチャガチャと動かした。だがドアはびくともしない。

「――鍵がかかってる」

そう理穂は、ぽつりと呟いた。

俺は理穂の肩に手をやった。

「諸星はいないよ。残念だけど――帰ろう」

「待って」

理穂が短く、しかし鋭い声で言った。

「ど、どうした？」

理穂はズボンのポケットからある物を取り出した。

息を呑んだ。

それは、記憶を失った理穂の、唯一の手がかりだった。

「――持ってきたのか？」

「肌身離さず持ってたわ」

「でも、まさかこの家の鍵じゃないだろう」

理穂が諸星の家の鍵を持っているなんて、信じられなかった。

――でも。

鍵は、スムーズに諸星家のドアに吸い込まれた。

理穂は鍵を回した。解錠の音を、俺はどこか信じられない思いで聞いていた。

ゆっくりと、ドアは開かれた。まるで別世界への入り口のように思われた。

家の中は薄暗かった。微かに饐《す》えたような、異様な臭いがした。

理穂は家の中に足を踏み入れた。

「理穂！」

大丈夫よ、と理穂が言った。

「この家、知ってる。ここに来たことがあるような気がする」

諸星は一体今、どこにいるだろう。庭の花の枯れ方を見れば、しばらく家に戻っていないことは明らかだった。勝手に諸星の家に上がり込むのも、成り行き上仕方がないと言える。

――しかし。

「やっぱり気が進まない。俺はここで待っているよ。何かあったら、呼んでくれ」

「――そう」

理穂は俺など見向きもしない様子で、家の中に上がり込んだ。理穂はやはりこの家に、自分の正体の手がかりがあると思っているのだろう。理穂と過ごした毎日は楽しかった。だからこそ忘れてしまうのだ。自分が誰だか分からない、記憶がないことが、理穂にとってどれほどの辛さであるのかを。

俺はまるで妻の化粧が終わるのを待つ夫のように、玄関先で理穂を待っていた。しばらくして理穂が戻ってきた。手に何かカードのようなものを持っている。

「――誰もいなかったわ」

「死体もなかったのか？」

ほんの軽口のつもりだったが、理穂は俺の冗談ににこりともしなかった。

「書斎があったわ。住所録みたいなものを探してて――そしてこれを見つけた」

理穂は俺に、手に持っていたものを差し出した。

それはカードなどではなかった。

今年の年賀状だった。差出人の名前を見て、俺は思わず声を上げそうになった。

阿部康博《やすひろ》

以前、理穂が、阿部という名前に心当たりがあると言っていたことを思い出した。俺はそれが、理穂が諸星と面識がある証拠だと思った。諸星は阿部総合病院に勤めていたからだ。

「年賀状やはがきの類は全部綺麗にファイルされていたから、簡単に見つかったわ——私は阿部って名前に心当たりがあるように思った。でもそれは病院のことじゃなかった」

裏面には家族全員の名前がプリントされている。理穂の指はその一点を指していた。

眞美《まみ》

並び順から言って、おそらく阿部康博の娘ではないだろうか。

「これが——君の名前なのか？　君は——」

この家の人間じゃないのか？　と言葉を続ける前に、理穂は首を横に振った。

「阿部眞美は私じゃないわ。私はこの子に会ったことがある。会って――DVDを」

友達なのだろうか？　DVDを貸し借りするような仲なのか？

理穂は恐らく諸星家の人間だろう。鍵を持っていたし、家の間取りも勝手知ったる様子だった。だがまだ自分が誰だか思い出せない。阿部眞美は理穂の知人らしい。きっと理穂の正体を知っているはずだ。

理穂はドアに鍵をかけた。そしてその鍵をポケットにしまった。無言のまま、諸星家を後にし、俺達はミニに乗り込んだ。

「――お茶でも飲もうか？」

「――そうね」

来る前に通りかかった喫茶店の一つに俺達は入った。近所の主婦だろう、上品な感じの女性達が談笑している他、客はいなかった。彼女らの会話が漏れ聞こえてくる。

「――ねえ井上さん。お隣に警察が来たんですってね」

「そうなの。何かあったんじゃないかしら――」

井上と呼ばれた女性はこちらに背を向けて、楽しげに近所の醜聞を語っていた。警察、という言葉が引っかかったが、俺達は彼女らを素通りして店の奥に向かった。どうせ俺達には何の関係もない話だろう。

先ほどの主婦達と同年輩の女性がオーダーを取りに来た。愛想はよかったが、見た目だけでは客だか店員だかまったく分からない。甘ったるいデザートなど食べる気にならず、一番さっぱりしてそうな紅茶を適当に頼んだ。

口数は少なかった。ただ二人して阿部康博という人物から諸星家に届いた年賀状を見つめていた。本当にここに行くのか？　という質問は野暮だった。行かない訳にはいかない。恐らく阿部康博の娘の眞美という人物が理穂の正体を知っているのだから。

楽しかった理穂との生活も、これでお終いになるんだなと思うと、俺は無性に寂しい気持ちになった。もちろん、理穂に夫や子供がいると決まった訳ではない。だが理穂が俺を愛するようになったのは、記憶を失い、俺しか頼れる者がいなかったからだ。もしその前提がなくなったら？　理穂は俺を愛する必要性を保持できるだろうか？

このまま阿部家に行くという選択肢もあったが、今日はもう疲れたから行動するのは明日以降にしようということになった。部屋に戻って、食事もそこそこに理穂を激しく愛した。理穂の美しい四肢は、今まででもっとも激しい官能のダンスを踊った。

過去も未来も関係ない。

今だけが、ここにあった。

テレビの天気予報で、明日は夜に雨が降ると言っていた。雨に下界の民をすべて洗い流して欲しい。ノアの方舟《はこぶね》たるこの部屋で、下界の汚れた世界が押し流されるのを眺めるのはどれほど気分がいいだろう。夜の闇の、空のてっぺんで、俺達は二人きりだった。地球上で永遠に、たった二人だけだった。

10

翌朝、部屋中に鳴り響くインターホンで目が覚めた。

訪問者は熊谷明《あきら》と言い、弁護士と名乗った。突然の法曹者の訪問に、俺は不審感を隠せなかった。司法に抵触した覚えはない。強いて言えば昨日諸星の家に不法侵入したぐらいだ。もし俺達を目撃した近所の住人が通報したとしても、警察より先に弁護士が来るのは、いささか拙速ではないのか。

だが熊谷がやってきたのは、昨日の諸星家とは何ら関係のない件でだった。では、濱口の事件に関してのことだろうか、と思ったが、それも違った。

熊谷は父の使いだった。

「私はあなたのお父上の顧問弁護士です。早速ですが、武田さんの銀行口座に、お父上の口座から、毎月――万円が振り込まれているのはご存じですね？」

俺はゆっくりと頷いた。

「あなたのお父上は床に臥《ふ》せられています」

「病気なんですか？」

熊谷は頷いた。

「もって後一ヵ月でしょう」

死ぬのか。

そんな単純な感想しか、俺は抱かなかった。物心ついた時から、父の記憶はないのだ。生きようが死のうが、俺には関係ないというのが正直なところだった。

「率直に申し上げます。あなたのお父上は――」

熊谷はある男の名前を告げた。

その瞬間を俺は生涯忘れられないだろう。テレビに映し出された彼の姿。俺は彼を毎日のように観ていたのだ。それなのに俺は彼が父だと知らず、あまつさえ梶原と一緒に、こんな見た目じゃ保守党の藪木に敵わない、などと嘲笑《あざわら》っていたのだ。

「──まさかガンだったなんて」

熊谷は頷いた。

「お父上のことを今まであなたにお教えしなかった理由を、察してもらえますか？」

「──はい」

父にとって自分の隠し子など、可能な限り世間から隠しておきたかったはずだ。現実問題、もし俺が彼の子供であることが公になっていたら、色々な連中がひっきりなしに訪れて、俺を懐柔しようと策略を練ったに違いない。俺はたとえ隠し子でも、社会党の総裁──つまり総理大臣の息子なのだ。手元に置いておけば、ありとあらゆる切り札に使えるジョーカーだ。

今日俺は初めて、思い知った。母が殺された理由。そして濱口が俺を殺そうとした理由。恐らく濱口は、あの443号室に入院した患者の中に、馬場総理の息子がいることを知っていたのではないか。しかし誰だか分からなかった。だから手当たり次第に殺そうとした。

濱口が轢き殺されたのも説明が付く。あのバンを運転していたツナギの男は、俺のガードマンだったのだ。大っぴらに動くことはできないからこそ、陰日向《かげひなた》に徹して俺を守った。

「今日伺ったのは、書類上の手続きです」

父の正体を知った俺の衝撃など歯牙《しが》にもかけない様子で、熊谷は事務的に話を進めていた。

「お父上が亡くなられたら、あなたにも相続権が生じる。ただ──こう言っては何ですが、あなたは私生児だ。お父上は本妻との間にも息子さんがいて、地盤を彼に継がせることを望んでいる」

「そうでしょうね」

と俺はまるで人ごとのように言った。実際、まるで現実感がなかった。

「あなたにお願いがあるのです。どうか今後一切、出馬などは考えないでいただきたい」

「ええ、いいですよ」

俺があっさりそう答えたので、熊谷は些《いささ》か面食らった様子だった。

社会党と対立する政党、保守党などは俺を出馬させるために動くかもしれない。俺が父の本妻の息子の選挙区で立候補したら、世襲議員を快く思わない有権者が俺の方に票を投じてくれるのは想像に難くない。俺は父に虐げられた私生児で、何の地盤も受け継がないで選挙に出馬するのだ。別に虐げられた覚えはないのだが、世間のイメージなど、そんなものなのだろう。

だが俺は国会議員になる気などない。政争に利用されるのはゴメンだ。

「お父上は遺言書に相続人の一人としてあなたの名前も明記しています。もちろんそれとは別に、毎月のお振り込みは今まで通りさせていただきます。ただし、条件があります」

「条件？　出馬のこと以外にもですか？」

「はい。お父上は、あなたとの面会を希望しています」

ふん、と俺は思わず鼻で笑った。

「父は、俺に一度でも会いに来ましたか？」

「あなたが乳幼児の頃、一度面会に来られたと聞いていますが」

俺は呆れて物も言えなかった。そんな昔のことを言われても覚えているはずがない。それなのに彼らは、その一回きりで父親の義務を果たしたと主張するのだ。

「――死にそうになると会いたいってか」

俺は一人呟くようにそう言った。

「お気持ちは十分分かります」

嘘つけ、と思った。薄っぺらい、口先だけの声だった。

「では、対面されないということで結構ですか？」

「――え？」

「お父上の要求には何ら法的な拘束力はありません。お父上に会わなければ、遺産を相続する権利がなくなるといった性質のものではないのです。仮にあなたがお父上に会われないことで、お父上があなたにびた一文遺さないとの遺言に書き換えられたとしても、最低限、あなたには遺留分の遺産を相続する権利があるのです」

たとえ隠し子であろうと、俺は現総理の子供だ。遺留分しか相続できなくても、俺の元に入ってくる金は膨大なものになる。父に会おうが、会うまいが、その金は必ず俺のものになるのだ。ならば余計に会う理由などない。

でも――。

「どうされます？」

心の内を彼に感じ取られたのだろう。熊谷はまるで俺の顔を覗き込むような目で見ながら、そう問うた。

正直、そんな選択を自分に課されるなどとは思ってもみなかった。

俺の人生はすべて偶然が決めてきた。この国で私生児として生まれてきたこと。それは運命であり、決して変えることも、なかったことにもできない。もちろんそれは皆そうなのだ。だから人々は、強制的にこの世界に生み落とされた以上、せめて自分の人生だけは自分で選択しようと躍起になる。

だが俺はそれをしてこなかった。

父が振り込んでくれる金だけで十分生きていけたから。

俺は自分で何も決めなかった。決めることを放棄した。それどころか理穂と暮らし始めたのも行きがかり上なのだ。つまり彼女を愛することになったのも、成り行きに過ぎないのだ。

俺は滑稽になった。一体何が選択だ！

「行ってあげれば」

背後で理穂が言った。

「これがお父さんと会う最後のチャンスでしょう？　会いに行って後悔するかもしれない。でも会いに行かなくて後悔するより、よっぽどマシよ」

理穂の言う通りだった。

「会います」

と俺は熊谷に言った。そして俺は結局自分では何も決められないんだな、と思って空しくなった。だが迷いがあったということは、やはり俺は心の何処かで父に会いたかったのだろう。自分で決めようが、理穂が決めようが、これでよかったのだ。

「父に――紹介します」

俺は理穂を見やって、熊谷に言った。

「僕の婚約者を」

理穂は驚いたような顔をした。もちろん俺たちは愛し合っている。だが二人は多分、いつか離れることになるのではないか。そんな予感が俺と理穂の間には流れて、しかしそれを決して口にしないようにしていた。俺達は将来を語ることを、まるで腫れ物のように避けていたのだ。幸せな未来が待っているとはとても思えなかったから。

しかし、すべてを人任せにしてきたからこそ、俺は自分で選択しなければならないと思った。自分にとって一番大切な理穂という人間のことを。

——だが。

「それはご遠慮願います」

「え?」

まさか断られるとは思わず、俺は訊き返した。

「お父上は、言うまでもありませんが、大変な有名人です。そのお立場を利用しようと企む輩も大勢いる。お父上はそんな連中との戦いに疲れ果てて命を縮められたようなものです」

「理穂は、輩なんかじゃない。俺の、恋人です」

しかし熊谷は、ゆっくり首を横に振った。

「身分と立場を明らかにしてもらわなければ、面会を許すことはできません」

記憶を失くした理穂に、そんなものはなかった。本当のことを言っても、余計に熊谷の不審を煽《あお》るだけだろう。

「——仕方がないわね」

と理穂が言った。

「私、この部屋で待っているわ」

「――理穂」

「あなたとお父さんとの面会を邪魔することはできないもの」

俺は立ち上がった。そして理穂を連れ、熊谷に話を聞かれないよう寝室に向かった。

「やっぱり俺、父親には会わないよ。息子の婚約者にも会おうとしない奴だ。それに、今日は雨が降るっていうし」

理穂は寂しそうに笑った。

「私はあなたの生活に突然入り込んでしまった、エイリアンみたいなものよ。あなたの人生の障害になってしまったら、私も辛いもの。よく考えて。このチャンスを逃したら、あなたはもう一生お父さんに会えないのよ」

「――でも君を一人にしていいのか？」

理穂は笑った。

「私、子供じゃないのよ？　留守番ぐらいできるわ」

俺は理穂を、強く、きつく、力の限り抱きしめた。

「戻ってきたら、君がいなくなってしまっているような気がする」

「記憶を取り戻して？」

「ああ、君は自分の記憶を取り戻しつつある。俺はそれが凄く怖かった。嫌だったんだ。記憶が戻らないままでいて欲しい。今のままの関係がずっと続けばいい。俺はずっと、ずっとそう思っていたんだ」

　理穂は微笑んだ。

「——知ってたわ。ずっと一緒に暮らしていれば、それくらい分かるもの」

　理穂は、俺の胸に顔を埋めながら言った。

「でも——きっと、それは無理よ。私の記憶がどうであれ、あなたは莫大な遺産を相続する。そして他の女のところに行ってしまうかもしれない」

「馬鹿な」

　俺は吐き捨てた。

「どこにも行かない。どこにも行かないよ。理穂、君とずっと一緒だ」

「誠さん。人の気持ちっていうものは——変わるものなのよ。永久に続く気持ちなんて、どこにもないもの」

「そうかもしれない。でも、せめて俺が戻ってくるまで待ってろ。それで二人で阿部眞美に会いに行こう、な？」

　理穂は俺から身体を離し、首を横に振った。

「私の記憶が戻った時、あなたが隣にいて、気まずくなったら嫌だもの。もし――私が結婚していたら？　子供がいたら？　あなたがお父さんのところから戻ってきて、この部屋が空っぽだったら、私は元の世界に帰ったと思って。そして、他にいい女性《ひと》を見つけて」

考えたくない。

そんなことは考えたくない！　絶対に！

「でも、もし記憶を取り戻しても、この部屋に私がいたら。その時は――私をお嫁に貰ってください」

一人で阿部眞美に会いに行くつもりなんだ、と俺は思った。

「誓うよ」

俺は自分に言い聞かせるように言った。

「君と一緒になる。君と結婚する。そして、死ぬまで――一緒だ」

理穂の腕が俺の背中に回った。そして理穂は、嬉しい、と囁いて一筋の涙を零した。

「俺がいない間、もし何か困ったことがあったら、隣の想吹に――いや、それはまずいな」

想吹は何となく心を許せないところがあった。株でインサイダー取引をしているという疑惑は、未だ俺の心に澱のように残っていた。

「梶原だ。あいつに連絡しろ。調子のいい奴だが、きっと助けてくれるはずだ」

＊

阿部眞美は、都内の私立中学に通う一年生だった。

彼女は決して暗いという訳ではなかったが、しかし大人しい性格だった。彼女の父親は阿部総合病院という川崎市の湾岸地域にある病院の院長だった。そのことは周知の事実だったので、皆、眞美のことを物珍しいものを見るような目で眺めた。眞美が大人しくなったのはそのせいだった。黙っていても人目を引くのだから、自分から騒ぎ立てて余計に目立つことはないと思った。

父は忙しく、一週間に一度夕食を共にすればいい方だった。しかしそれで寂しいなどとは思わなかった。他の多くの年頃の女子のように、眞美も父親を避けていた。中年の匂いがするし、たまにしか顔を見せないくせに勉強しろと説教をするからだ。

ある日、眞美は不思議な女性と出会った。下校の途中、後ろから声をかけられたのだ。

「――阿部、眞美さんね」

眞美は振り返った。ショートヘアーの綺麗な女性だった。見覚えはなかった。だが女は眞美の名前を知っていた。事前に調べて近づいてきたのだ。眞美は怖くなった。しかしすぐに逃げ出さなかったのは、好奇心もあったからだ。

「あなたのお父さんについて、話があるの」

　阿部総合病院がらみの話なんだな、と思った。娘に話を持ちかけるなんて正規のルートとは言えない。彼女は父の醜聞を眞美に打ち明ける気ではないだろうか。

　学校近くの喫茶店に入った。下校時にこんな店に入るのは禁止されているが、大人がいるから、万が一見つかっても大目に見てもらえるだろう。女性は名前を名乗ったが、名刺は出さなかった。

「私は、ある筋から、あなたのお父さんが不正を働いている証拠を入手したの」

　衝撃は少なくなかった。院長の娘として周囲からちやほやされて育ってきた。そんな自分の立場が突然失墜する光景が脳裏に浮かんだ。父親が逮捕されたら、今まで眞美に嫉妬してきた女達が、ここぞとばかり眞美を責め苛むだろう。あの学校にももう通えなくなるかもしれない。

「その証拠を皆が欲しがっている。お父さんの仲間達は、きっと揉み消そうと躍起になるだろうし、また私達以外に不正を追っている人もいる。週刊誌に売ればお金になるから。だから私は証拠を一先ず安全な場所に隠さなければならないの。時が来るまでね」

　眞美は怖ず怖ずと訊いた。

「それが私と、どう関係あるんですか？」

するとＣ女性は、一枚のＣＤケースを取り出した。表面には何も書かれていない。

「また私があなたに会いに来るまで、これを預かっていて欲しいの。灯台下暗《もとくら》しって言うでしょう。院長先生の娘さんが不正を証明する証拠を持っているだなんて、誰も思わないわ」

眞美はケースを開けた。ＣＤかと思ったが、どうやらＤＶＤのようだった。

「――これ、何ですか？」

「観ない方がいいわ。多分、気分が悪くなると思うから」

彼女はそう言って、伝票を持って立ち上がった。

「長居は無用よ。あなたはのんびりしていってね。さよなら」

「あ――」

呼び止める間もなく、彼女は会計を済ませて店を後にした。

彼女の姿が見えなくなってから、眞美はディスクを裏返し、七色の虹に自分の顔を反射させてみた。この中に父の秘密があると思うと、背筋が震えるほどの背徳感に襲われた。

観ない方がいいと言われれば観たくなってしまうのが人情だ。何しろＤＶＤはずっと手元にある。いつまで預かるのかも分からない。

散々悩んだ末、眞美は父にそのディスクのことを打ち明けようとした。ある日の深夜、帰宅した父の康博に、眞美は駆け寄った。

「ねえ、お父さん――」

そう言うやいなや、

「何だ！　こんな遅くまで起きていて！　明日は学校じゃないのか！」

怒鳴られた。今日は父が帰ってくると聞いていたので、遅くまで待っていたのだ。それなのに、事情も聞かずに一方的に娘を怒鳴るだけ。

眞美はむくれて、きびすを返して自分の部屋に戻った。乱暴にドアを閉め、そして勢いに任せてデッキにDVDのディスクをセットした。映像が再生されるまで数秒の時間がかかった。やっぱり観ない方がいいかも、と思った時には遅かった。

最初、眞美はその映像の意味がまったく分からなかったが、しばらくの後、多分こういうものだろうという考えに達した。あの女が観ない方がいいかもと言ったのも頷けた。

これが父の不正の証明なのだ。眞美は食い入るようにその映像を観続けていた。


しかし日が経つにつれて、眞美にとってそんなDVDの印象は少しずつ薄れ、三ヵ月も経つと、完全に意識の埒外《らちがい》に追い払われていた。勉強や部活で忙しかったこともあるが、眞美にDVDを手渡した女から何の連絡もなかったことも、興味を風化させる一因だった。

その日も眞美は、一人で下校していた。そして突然後ろから声をかけられた。

「眞美さん！」

彼女は振り返った。そこには、二人の男女が立っていた。女の方は、忘れもしない、眞美にあのＤＶＤを押しつけた、彼女だ。男の方は知らない。

「理穂さん。その子かい？」

と男性の方が訊いた。彼女はゆっくりと頷いた。

理穂？

前回会った時は、確か彼女の名前は理穂ではなかったはずだ。だが突然やってこられたから、名前のことを問い質す余裕もなかった。

「今日まで、あのディスクを預かってくれて、どうもありがとう」

と理穂は眞美に言った。

「今、持っていません。家にあります」

「じゃあ、今から一緒に、あなたの家に行くわ。玄関先で返してもらえばいいから」

「あれは一体何なんですか？　手術の映像のようなものが映っていましたけど」

観たのね、と理穂は言った。観ない方がいいと言われたが、観るなとは言われなかった。

「だって父の不正の証拠が記録されているって言うから。あなたにそれを返したら、あなたは父を告発するんでしょう？」

　いきなりあんなものを押しつけて、三ヵ月もほっぽらかしだ。父に対する反発はもちろんあった。だが冷静に考えれば、こんな赤の他人に義理などないのだ。少しの反抗心で、親を陥れるなんて間違っている。

　眞美が何を考えているか悟った様子で、理穂はゆっくりと言い諭すように眞美に言った。

「あのＤＶＤを持っていることが知れたら、きっとあなたの身も危険にさらされるわ。ましてやあなたは中身を観たんでしょう？」

＊

　その光景を、公園のベンチから想吹綾佳は目撃していた。少し距離があったが、そんなことは関係なかった。彼女は三人の会話を逐一知ることができたのである。

　携帯電話で、高野にかけた。

「私よ。ディスクは阿部眞美の部屋の本棚よ。文庫本と一緒に置いてあるわ」

『眞美にディスクを家の外に持ち出させるか？　家を直接襲撃するよりも、その方が目立たないし危険も少ない』

「ディスクの場所さえ分かれば、後はどうとでもなるわ。取りあえず、祥子をよこして。眞美はディスクの意味を分かっていないようだけど、仕方がないわ」

『殺すのか？』

綾佳は、高野の問いに微塵も迷わずに答えた。

「皆殺しよ」

高野の返事を待たずに、綾佳は電話を切った。そしてベンチから立ち上がり、独りごちた。

「次は武田誠のところに行かないと――」

＊

「DVDを返して欲しいの。まだ中学生のあなたには荷が重すぎるわ」

眞美は不愉快になった。子供が一番嫌うことは子供扱いされることだ。

「あなたに返して、どうするんですか？」

「この梶原さんに預けて、マスコミに告発するわ」

梶原と呼ばれた男が頷いた。

「そんなことを聞いて、はいそうですか、って、あなたにDVDを返すと思います？　私の父がマスコミに糾弾されるんですよ？」

理穂は少し背を屈めて、眞美と同じ目線になった。ますます子供扱いされているような気がした。

「よく聞いて。あいつらは、あなたみたいな女の子一人殺すぐらい、何とも思っていないのよ。確かにお父さんは糾弾されるかもしれない。でもあなたは自分の命を犠牲にしてまで、お父さんを守るの？」

じわっと涙が溢れてきた。父の身や家族の行く末を案じたからではない。突然、そんな二者択一を突きつけられたからだ。

「何よ――あなたがいきなり現れて、あんなＤＶＤを私に押しつけたくせに――」

「ごめんなさい。でももう状況は違ってきているのよ」

「ＤＶＤを三枚焼いて君と諸星、そして万が一のためにこの子に預けたってことかい？」

梶原が理穂に訊いていた。

「多分――そうだと思う。まだ頭がぼんやりして――まるで霧がかかったみたいだけど」

「とにかく諸星は捕まり、逃げ出した君は記憶を失った。そしてこの子は何も知らない。だから今日まで事態が動かなかったのか」

まったく意味が分からなかった。

理穂はもう一度、眞美に言った。

「お願い。このままだと大変なことになるのよ」

暫く逡巡してから、眞美はこくりと頷いた。こちらが主導権を握ることは叶いそうになかった。理穂は必死の形相だったたし、何が起こっているのかもまるで分からなかった。そんな大事なものなら、どうして私に預けたのだろう。そして、どうして彼女は理穂なのだろう。初めて出会った時に名乗った名前は一体何だったのだろう。眞美は不思議でならなかった。

梶原という男の車で家まで送ってくれると言うが、眞美はそれを拒否した。こんな胡散臭《うさんくさ》い人達の車に乗るほど、彼女はお人好しではなかった。

二人を伴って、できるだけ人通りの多い道を歩いて田園調布の駅まで行った。駅の構内は、学生達でごったがえしていた。眞美と同じような中学生や高校生達。学生達は皆、友達同士でお喋りに夢中で、構内はまるで鳥の巣の様相を呈していた。

理穂は口数少なに改札口の方を見つめていた。

「理穂さん？」

梶原が訊いた。その言葉で、理穂は我に返ったようだった。

「ああ——いえ、何だか、見たことのあるような人が向こうにいたような気がして——気のせいかも」

「見たことのある人？　それって記憶にあるの？」

その梶原の問いかけに、理穂は首を横に振って、

「ううん。本当に、何となくそう思っただけだから」

と答えた。記憶にある？　何故そんな言い方をするのだろう。

眞美達がいるホームに電車が来るというアナウンスが流れた。

「家には、富沢《とみざわ》さんがいます」

「誰？」

「通いの家政婦さん。あなたみたいなオジサンを連れて帰ったら、きっと驚かれる」

「オジサンってのは酷いな！　僕はまだ二十四だぞ！」

「でも、確かに私達は眞美さんの友達には見えないかも」

「家の前で待っているさ。何なら部屋の窓からＤＶＤを投げ捨ててくれてもいい。それを回収して、君とはさよならだ。もう現れることはない」

「でも、それでお父さんが捕まるようなことになったら、私は一生あなた達を恨むわ」

「それは――」

――その時。

「あ、嫌！　何⁉」

理穂が絶叫した。何が起きたのか、まったく分からなかった。ボブヘアーでメガネをかけた女性が、理穂を後ろから羽交い締めにしている。シンプルなブラウスに、スカートを穿いている。いつからここにいたのだろう。まるで眞美にはそのメガネの女性が、突然ホームに出現したように見えた。

そして彼女は、表情一つ変えることなく、理穂を線路の方に引きずっていく。

「何だ、お前！　やめろ！」

その梶原の声で、ホームにいる学生達もこちらに気付いた様子だった。梶原の制止も意に介さず、女性はひたすら理穂を引きずっていく。物凄い力なのだろう。理穂はバタバタと暴れているが、まったく意味を成さなかった。

「こいつ――」

梶原は片手で理穂の身体を引っ張り、もう片方の手でメガネの女性の顔面を押して、何とか理穂を引き離そうとしている。梶原が女性の顔からメガネを弾き落とす。争っている三人の足下に落ち、メガネはたちまち粉々に砕けた。周囲にいる学生達は、三角関係か何かだと思っているのだろう。不安そうに遠巻きに見つめている。嘲笑っている者もいる。だが――。

遂に、女と理穂はもつれ合いながら線路に転落した。ホーム中から絶叫があがった。眞美は卒倒しそうになった。もうすぐ電車が来るのだ！

「畜生！　何だ！」

梶原はホームに跪いて、必死に線路の方に手を伸ばした。でも、そんなことではどうにもならない。女は理穂を線路に押しつけて、身体の上に馬乗りになっている。

「嫌っ！　離してっ」

理穂は両手両足をばたつかせて必死に女の拘束から逃れようとしているが、叶わない。理穂を押さえつけている女は顔色一つ変えていない。彼女は理穂を殺すつもりなのだろうか。だがこのままでは間違いなく彼女も死ぬのだ。

梶原が線路に飛び降りた。喧噪《けんそう》がいっそう激しくなった。電車がもうすぐホームに入ってくる！

女が顔を上げて梶原を見やった。その瞬間、梶原は足で思いっきり女の顔面を蹴飛ばした。流石に女も呻いて後ろによろめいた。そのまま女を突き飛ばし、梶原は理穂を引っ張って立たせた。

「さあ早く！」

梶原は理穂を急かす。理穂はホームに上がろうとした。だが焦っているのか上手くいかない。眞美は慌てて理穂の腕を引いた。他の乗客達も理穂を助けようと駆け寄ってきた。梶原もホームに上がろうとしている。だが——。

「くそ！　離せ！」

線路にいる女が、梶原の足を持って強く引っ張った。理穂を殺せないのなら、代わりに梶原を殺そうという気なのだろうか。梶原は引っ張られている足で女をメチャクチャに蹴ったが、女はまるで動じなかった。

乗客達に助けられた理穂が梶原に駆け寄り、梶原の身体を必死に引っ張り始める。眞美や乗客達も協力する。梶原の身体はずるずるとホームに引きずられた。だが女は梶原の足首をしっかりと握って離さない。眞美は思わず梶原の足首に駆け寄った。そして足首を握っている女の指先を、一本ずつ引き剝がしてゆく。理穂も眞美と同じようにする。だがたかる虫のように、引き剝がしても引き剝がしても、再び指は足首に戻ってゆく——だが遂に五本の指すべてが梶原の足首から引き剝がされた瞬間、梶原は思いっきり女の顔面を蹴飛ばした。衝撃で女は後ろに吹っ飛んだ。

梶原はホームに立ち上がる。眞美と理穂も線路の方に向き直った。

女はすぐさま体勢を立て直し、おもむろにこちらに近づいてくる。

ホームに手をつき、上がってこようとする。

その瞬間、電車がホームに入ってきた。

車輪の轟音《ごうおん》と、今までで一番の絶叫と、そして大量の血がホームに飛び散った。

眞美の口からも絶叫が迸った。気付くと、ブラウスの胸元あたりが赤く汚れている。女の血だ。肉片のようなものもついている。

「来るのよ！」

理穂が、絶叫し続ける眞美の腕を摑んで改札口の方に引っ張っていった。梶原は人混みを押しのけるようにして二人の道を作った。

「もう電車は使えないわ。車であなたのうちまで行くの」

その理穂の言葉を、眞美は朧気《おぼろげ》ながらに聞いていた。周囲の人々の視線が三人に突き刺さる。皆、線路の上で争っていた彼らを見ているのだ。あからさまに指をさす者もいる。

「ちょっと！　ちょっとあなた達、待って！」

駅員の呼び止める声も無視して、三人は改札を通り過ぎた。

だが駅員は駅の外まで彼らを追いかけてきた。

「誰か！　そこの人達捕まえて！」

その時、向こうから空車のタクシーが走ってきた。梶原はタクシーの前に立ち塞がるようにして車を停めた。そして三人はタクシーの後部座席に乗り込んだ。

「取りあえず、走って！」

梶原は運転手に命じた。こちらに走ってくる駅員がどんどん小さくなっていく。

「――どうしたんですか？」

その様子を見てドライバーが訊いた。

「とにかく走れ！」

梶原が叫ぶ。ドライバーは、は、はい、と声を上ずらせ、それからずっと喋らなかった。

「何で――何で――」

眞美は譫言のように呟いていた。あのボブヘアーの女の姿だけが、いつまでもいつまでも脳裏に焼き付いて離れなかった。その光景を振り払うように、眞美は訊いた。

「どうして逃げるの？　私のお父さんの不正を糾弾しようとしているんでしょう？　なら警察に行けばいいじゃない！　さっきの状況は皆が見ている。私達があの女の人を殺したって証言する人は誰もいないはずでしょ⁉」

「警察は信用できないの」

「どうして？」

「何となく――敵のスパイがいるような気がして」

何となく？　そんなあやふやな理由で逃げなければならないのだろうか。

「――さっきの女の人。誰なんですか？」

眞美は訊いた。理穂は答えた。

「分からないわ——でも、多分」

「多分？」

「暗殺者だと思う」

眞美は黙った。

それから車中、三人はずっと無言だった。


十五分ほどで、車は眞美の自宅に到着した。タクシーは一目散に——少なくとも眞美にはそんなふうに見えた——走り去っていった。もしかしたら今頃無線で警察に連絡しているかもしれない。

「私達はここで待っているわ」

と理穂が言った。梶原は頷いた。

眞美も頷いた。先ほどの駅での出来事は、眞美からすべての判断能力を奪っていた。あのDVDがすべての災厄の元であるならば、すぐさまそれを手放したい。その結果、父がどうなるかなんて、まるで意識の埒外だった。

眞美は玄関のドアを開け、ゆっくりと家の中に足を踏み入れる。自分以外誰もいないような静寂が全身を包み込んだ。思わず唾を飲み込んだ。家の中が一番安全なはずなのに、なぜこんなに緊張しているのか分からなかった。

早くＤＶＤを彼らに返して、こんな悪い夢とはおさらばしなきゃ――そう思った。その時、居間のテーブルの上に新聞の夕刊が置いてあるが見えた。これは誰がポストから取ったのだろう、と考えた。

次の瞬間、鋭い包丁を手に持った何者かがぬっと眞美の前に現れた。

「きゃっ！」

眞美は思わず声を上げた。尻餅を突きそうになった。

「眞美さん、お帰りなさい」

眞美は肝を冷やした。その人物は家政婦の富沢だった。包丁を持ってキッチンから出てきたのだった。

「びっくりさせないでよ！」

富沢は、何故そんなに驚くんだ、といわんばかりの様子で目をしばたかせた。

「眞美さん、今日はビーフストロガノフですよ。お好きでしょう？」

「そう、よかったわね」

眞美はぶっきらぼうにそう言って、二階の自分の部屋に向かうために、階段を上った。

「お母さんは今日帰りが遅れるそうです。ですから先にお夕食を摂ってとのことです」

「はいはい」

眞美は背中にかけられた富沢の声に、苛立ちを隠さずに返事をした。

部屋に入ってドアを閉めた。すぐさま本棚に向かって、文庫本の隣にしまってあるＤＶＤディスクを手に取った。眞美はその場でしばらくＤＶＤを見つめていた。このＤＶＤを彼らに返したら、もしかしたら父の病院が大変なことになってしまうかもしれない。だが、あの駅で繰り広げられた惨劇を考えると、ＤＶＤを返さないという選択肢はなかった。

その時、部屋のドアを誰かがノックした。富沢だろうと思い、

「はい？」

と言った。だが返事はなかった。眞美は訝しみながらドアに近づいた。ノブを握ろうとした瞬間、もの凄い勢いでドアが開いた。眞美は弾き飛ばされて、今度こそ尻餅をついた。

「ちょっと、何するの――！」

文句を言いながら眞美は顔を上げた。富沢がドアを開けたのだと信じて疑わず。

だが、違った。

そこに立っていたのは富沢ではなかったのだ。

ボブヘアーにメガネ。

白いブラウスにスカート。

駅で電車に轢かれた女と瓜二つの人物が、能面のような顔で眞美を見下ろしていた。右手に血の滴る包丁を握りしめて。

「いや――いや――」

譫言のように呟きながら、眞美は必死に後ずさった。女はそんな眞美を見下ろしたまま、ゆっくりと包丁を振り上げた。

咄嗟《とっさ》に、眞美はその場でごろりと回転した。その瞬間、フローリングの床が刃先を弾き飛ばして、女が包丁を取り落とした。その隙に、すかさず女の脇をすり抜けて部屋から出る。階段を駆け下りようとするが、焦って足がもつれる。ああ、まずい！　と思った瞬間、眞美は激しく階段を転がり落ちた。

眞美は一階の床に強《したた》か頭をぶつけた。視界の片隅に、ディスクのケースが砕けてＤＶＤがむき出しのまま飛んでいくのが見えた。

気配を感じて顔を上げた瞬間、階上にいる女が包丁をナイフのように投げつけてきた。間一髪のところで避ける。眞美は泣き出した。嫌だ、こんな怖い思いはもう嫌だ！

それでも勇気を振り絞り、這いずるようにして、傍らに転がった包丁に手を伸ばす。しかし階段を降りてきた女が、すかさず包丁の柄を蹴飛ばした。包丁はくるくると回転しながら向こうへと滑ってゆく。その軌跡を目で追った眞美は――見た。

富沢の死体を。

かっと目を見開き、服を真っ赤な血で染め、富沢は死んでいた。

だが彼女の死を悼む暇などなかった。女の手が眞美の喉笛に伸びてきたからだ。たとえ片手であっても、女は眞美の気道を塞ぐには十分過ぎる力を持っていた。

「私——私——」

閉まった喉の器官の隙間から、眞美は必死で命乞いの言葉を吐き出した。

「あんなDVD、知らない——観てない。だから——」

もちろん嘘だったが、観たって意味など分からない。だから観ていないのと一緒だ。

しかし、

「だから？」

と女は言った。初めて聞いた女の声は、とても平静な声だった。まるで感情を持たない、機械のような声だった。

「あなたがあのディスクの中身を観ようが観まいが、私の知ったことじゃないわ」

と女は冷徹に告げた。そしてそのまま、一気に眞美の首を絞め上げた。意識がまるで霧の中にいるかのように薄ぼんやりし始めた。朦朧《もうろう》とした思考の中、首を絞められて殺される自分はまだ幸せなのかもしれないと考えた。少なくとも電車に轢かれてバラバラになったり、包丁で胸を突き刺されたりするよりマシだ。

意識が途切れていく。真っ暗になっていく。

私は、死

その瞬間、喉の息苦しさが一気に消えていった。機能を失っていた器官に急速に酸素が送り込まれてゆく苦痛に、眞美はむせ返った。

「眞美さん！　大丈夫⁉」

理穂に手を貸してもらい、眞美は必死に立ち上がった。

眞美を殺そうとした女は、仰向けになって階段の上に倒れている。女はまるで動かない。事切れたように見える。そしてその顔には、富沢の命を奪った包丁が、メガネのレンズを貫通して右目に突き刺さっている。破壊されたメガネは辛うじて床には落ちず、耳につるが引っかかって、儚げに揺れている。

梶原は荒い息を吐きながら後ずさった。彼がやったのだ。

「――どうしよう」

と理穂が言った。

「構うもんか、正当防衛だ！」

梶原が叫んだ。

「――あの人、誰？　さっき駅で死んだ人は？」

眞美はそう言った。駅で死んだ女。今、眞美を殺そうとした女、二人はまるで瓜二つだった。そう――まるで双子のように。

「双子なんだろう」

と梶原が言った。

「殺し屋が双子であっても、不思議じゃない」

梶原はゆっくりと床に転がったＤＶＤのディスクを拾った。そしてまじまじと見つめ、

「こんなものが――」

と呟いた。

眞美は、事切れている富沢を見下ろした。くわっ、と目を見開いて、正直怖い。これがドラマなら、手で瞼《まぶた》を閉じてあげるんだろうけど、眞美は放心したように何もできなかった。

富沢のことを、眞美は別に好きでも嫌いでもなかった。だがこうして死んでしまうと、富沢との思い出が脳裏を過ってては消えてゆく。死んでしまえば皆いい人と言うけれど、あれは本当なんだな、と思った。

「理穂さん？」

梶原が理穂に声をかけている。眞美はゆっくりと後ろを振り返った。

理穂は呆然とした様子で、テーブルの上に無造作に置かれた夕刊を見つめていた。

「何だ？　どうした？」

理穂は梶原に新聞の一面を見せた。

「ここよ。ここに行って」

「え――今からか？　一体どうして⁉」

「計画を円滑に行うために、あの女は私達を殺そうとしたのよ。多分――そしてその計画は、これに係わっている」

「ここで、何が起きるんだ？」

「――分からない。思い出せない――でも、多分、大変なことが起きる」

「大変なことが起きると分かっているのに、ここに向かうのか？」

梶原は憤った様子で、新聞の記事を手で叩いた。眞美も近づいて、二人が話題にしている記事を見つめた。

一面の下の方にはこんな記事が掲載されていた。

『保守党藪木総裁、本日、日本武道館で国民大集会決行』

保守党の総裁のことは知っていた。若くて綺麗な女性だった。政策を支持する者や、単純に見た目のファンは多いものの、タカ派的な主張が批判の対象になることもあった。しかし、保守党の総裁なんて人種は、眞美とはまるで別世界の人間だった。一体自分とどう係わり合いがあるのかまるで分からない。

「まさか、この政治家が暗殺されるとでも言うのか？」

でも、どうして私達まで殺されなければならないのだろう。あのＤＶＤのせいだろうか。でもあれは父の不正の証拠なのだ。実際に映っていたのも、暗殺なんて物騒なものとはおよそ遠い、グロテスクだけど淡々とした映像だった。

「ごめんなさい――まるで関係のないあなた達まで巻き込んで」

理穂は、眞美と梶原に言った。

「本当に、今から、武道館に行くのか」

理穂はこくりと頷いた。

「行かなきゃいけない。そこに行けば――私が誰だか分かるような気がする」

二人は深刻そうに話をしている。もう武道館に行くと決めてしまったような面持ちだ。

「私は？」

理穂と梶原がこちらを見やった。

「私はどうするの⁉　ここに残るの？　死体と一緒に？」

一人っきりにはなりたくない。また襲われるかもしれない。

「そうだな——」

梶原が考え込むような素振りを見せた。

「死体が二つもある。これを置いて出かけたら、後々、どうして警察に通報しなかったと問題になるだろう。通報した方が——」

「それは、駄目！　絶対に！」

理穂が叫んだ。

「あいつらに私らの居場所を教えるようなものよ。眞美さん。あなたも一緒に逃げた方がいい。きっとまた襲ってくる」

梶原は小さく笑った。

「これで僕も刑務所行きかもな。人一人殺した。正当防衛が証明できなければ、間違いなく実刑が下るだろう。それだけでなく、そこの家政婦さんの罪も被せられるかもしれない。冤《えん》罪《ざい》ってのはそうやって起こるもんだ」

「——本当に、ごめんなさい」

理穂はそう呟いて、俯いた。泣いているようだった。

「いいんだ。武田君から君を預かってるからな。君は最後まで守り抜かなきゃいけない」

「――梶原さん」

二人の会話に割って入るように、眞美は、

「お父さんの車があるわ」

と言った。

「出かけていたとしても、どれか一台余っているはず」

「車を貸してくれるのか？」

眞美は怖ず怖ずと頷いた。命を狙われた原因を作ったのは父の病院なのだ。彼らの言っていることが真実であるのなら、車を借りるぐらい何だ。もし眞美に車が運転できたら躊躇わないだろう。

「しかし、勝手に借りたら問題になるだろう」

「お父さんが死んだら、私のものになる約束だから」

「そういう問題じゃない」

梶原は渋っていた。眞美は歯がゆかった。ここに眞美たちがいることは知られてしまっているのだ。早く立ち去らないと！

「梶原さん。もちろん勝手に使わせてもらうのは悪いことだけど、ぐずぐずしてるとまた命を狙われるわ」

理穂も眞美に追従した。眞美は車のキーを持って外に出た。二人も眞美の後についてくる。ガレージに入り、眞美の言っている車がスポーツカータイプのベンツだったと知ると、また梶原が駄々を捏《こ》ね出した。

「いや、ちょっと待ってくれ。やっぱり運転できない」

「どうして？」

「そんなもん勝手に乗り回せないだろう！」

埒が明かないと思い、理穂は眞美に、

「あなたは運転できないんですか？」

と訊いた。すると、

「――分からない」

という返事だった。どういう意味だろう。

「でも、運転できたとしても、免許証がないから駄目よ。やっぱり梶原さん、あなたじゃないと――」

そう言いかけた理穂の言葉が止まった。一体どうしたのだと、眞美も理穂の方を向いた。

「――何？」

梶原も呟き、ゆっくりと後ろを振り向いた。

片目に包丁を突き刺したままの女殺し屋が、ガレージの入り口に立っていた。

女殺し屋は自分の顔に刺さった包丁を引き抜いた。その瞬間、刺さっていた包丁で辛うじて支えられていたメガネがぽとりと落ちた。そのまま包丁を持ってこっちに歩み寄ってくる。

眞美は火が付いたように泣き叫んだ。

「梶原さん！」

理穂は叫びながら、車の後部座席に眞美を押し込んだ。そして自分も乗り込んでドアを閉める。

「くそっ！」

渋っていた梶原も慌てて車の運転席に乗る。眞美はすかさず持ち出したスマートキーでエンジンをかけた。

「早く行って！」

「でも、あいつが前にいるぞ！」

女殺し屋はじりじりと車に近づいてくる。どうするつもりだろうと思うと、何と車のボンネットの上に上り始めた。三人はその行動を呆気にとられて見ていた。

そして女は包丁を逆に持って、柄の部分を振り上げた。あれでフロントグラスを叩き割るつもりなのだ。

眞美は訳が分からなかった。どうしてそこまでするのだろう。顔面に包丁が突き刺さったのだ。彼女の顔の半分はぐちゃぐちゃになって原形を留めていない。にもかかわらず、女殺し屋は顔面から血の滴を垂れ流しながら、微塵も表情を変えないのだ。

彼女の片方しかない目と視線が合った瞬間、眞美は絶叫した。

「畜生！」

梶原はアクセルを目一杯踏んだ。さすがの女殺し屋もバランスを崩して、ボンネットにしがみつく。車道に出ると、梶原はいきなりブレーキを踏んだ。女殺し屋はひとたまりもなく前に吹っ飛び、車道に転がる。しかしすかさず立ち上がろうとする。

「この野郎！」

梶原はアクセルを踏んだ。女の姿は一瞬で見えなくなった。次の瞬間、車がバウンドした。人間を轢いた感覚が確かに座席にまで伝わった。

眞美は後ろを振り向いた。

血塗れになったかつて人間だったものが、両手と両足を奇妙に捻らせて、その場所に存在していた。眞美はその物体から視線を逸らすことができなかった。いつまた起き上がってこちらに駆け寄ってくるかもしれない。そう思えてならなかった。

「今度こそ殺しちまった――」

そう呟くように、梶原が言った。

暫く彼は呆然としていたが、それも数秒のことだった。意を決したように、彼はカーナビに武道館までのルートをセットした。

「俺はライター志望なんだ」

梶原は誰に言うでもなく言った。

「ちょっとぐらい警察沙汰になっても、記事に厚みが出るし、ハクもつくと思った。でも、限度ってものがある。今ので前科がつくかもしれないな」

「私たちが証人になるわ」

と理穂は言った。

「あんなの正当防衛でしょ！」

「ああ――でも説明が面倒だな。理穂さん、君は警察の介入を喜ばないかもしれないけど、ここまでの事態になったら避けられないだろう。この子にしてみれば、それが当然のことだ。何しろ、自宅で殺人事件が起こったんだから」

「うん――」

小さな声で理穂は言った。仕方がないが、しかし納得はしていない、といった口調だった。

車中では口数が少なかった。眞美は今更ながら自分の選択に後悔していた。思えばあのD

VDを預かってから、破局が始まった。あんなものは、すぐに父に渡してしまえば、こんな怖い思いをすることも、富沢が死ぬことも、ベンツに傷がつくこともなかったかもしれない。

道路はそれほど混んでいなかった。三十分ほどで御茶ノ水の駅が見えてきた。学生街だ。私も将来、この駅を利用するんだろうな、とぼんやり考えた。

——すると。

どーん、という衝撃を後ろから感じた。まるで何かの塊で車を押されたようだった。眞美は前につんのめった。

「な、何だ⁉」

梶原が叫んだ。眞美は後ろを振り向き、そして絶叫した。

「そんなことってあるか！」

ルームミラーに映った光景を見た梶原は、眞美のように叫んだ。そしてアクセルを踏み込んだ。

「三つ子だったのかよ！」

電車に轢かれて木っ端微塵になった女。梶原に顔面を刺されて、その後、轢き殺された女。彼女が三度、眞美の目の前に現れた。ぐちゃぐちゃになった顔半分は、奇麗に元通りになっていた。壊れたはずのメガネもそのままだった。つまり別人——そんな論理的な判断ができる余裕は、今の眞美にはなかった。

死んだはずの女が、白いバンのフロントガラスの向こう側にいる。能面のような顔でハンドルを握っている。バンのフロントはベンツに追突したせいで奇妙な形にひしゃげている。

「早く！　早く逃げ――」

最後まで言う前に、再びバンに追突された。ベンツはスリップし、前を走っている車に激突する。だが更に後ろから容赦なくバンに追突される。梶原は必死にハンドルを切るが、しかし後ろから次々に突き上げられ、ベンツはまるでビリヤードの玉のように道路の上を転がり回る。大勢の通行人が逃げ惑う。他の車にも次々に接触する。クラクションが飛びかう。視界がぐるぐると回る。もう声も出せない。やがて車の揺れはぴたりと止まった。助かった――？

違った。ベンツは歩道に乗り上げていた。そして目の前に見えるのは神田川だった。自分たちはいつの間にか、川の上にかかる聖橋《ひじりばし》の上にいた。

その瞬間。

後ろから再び、どーんと突き上げられた。

まさか。

その、まさかだった。バンはベンツの後ろに狙いを定めたまま、アクセルを踏み込んだ。

ベンツはコンクリートでできた橋の欄干に激突した。欄干は砕け、大きく罅《ひび》が入る。コンクリートのかけらが次から次に川に落ちてゆく。

梶原が車をバックさせるが、何しろすぐ後ろにバンがいて、連続してベンツに追突するのでどうにもならない。後ろから突き上げられる衝撃の中、気付くと視界が開け、遮るもの何一つ無く、眼下に広がる緑色の神田川が見渡せた。はっ、と思った。ベンツが、殆ど破壊された欄干に乗り上げてしまったのだ！

身体がふわっと宙に浮き、視界一杯に川の水面が迫ってくる。水面に激突し、その衝撃を全身で感じてから、ようやく眞美はベンツが神田川に落ちたことに気付いた。

車のあちこちから浸水し、眞美の身体を濡らしていく。

沈んでゆく。

「もう、嫌！」

眞美はシートベルトを外した。そしてドアを開けようとした。しかし何ということだろう！　ドアはびくともしないのだ。

後部座席の理穂は、顔面蒼白の顔で、ただ呆然としていた。

「あの女、あの女に――」

そう譫言のように呟き続けている。

「私——拷問されて——」

いったい何を言っているのだろう⁉　車がどんどん沈んでいくのに！

「開けてー！　開けてー！」

眞美はドアを激しく動かした。しかし、微塵も動く気配を見せない。

「落ち着け！」

梶原が眞美の腕をぎゅっと摑んだ。

「いいか。僕らは死なない。だからじっとしてろ。待ってるんだ」

言われた通りに、水位がどんどん上がってくる車中で、大人しくしていた。だが水はもう喉の辺りまで来ている。眞美は必死で口を閉じた。だが次第に口の方まで上がってきて、もがけばもがくほど鼻から水が身体の中に流れ込んでゆく。

目を閉じた。死への圧倒的な恐怖を前にした今、自分をこんな目に遭わせた梶原や理穂に対する恨みつらみも薄れていた。

冷たい。苦しい。

私は死ぬんだ。もうこれで、本当に死んでしまうんだ。嫌だ！　死にたくない！　死にたくない！　そう叫んだ言葉は、泡となって水中に霧散した。

私は死ぬ。

本当にもうこれで、死

＊

祥子はバンの運転席から、神田川に沈んでいくベンツを見つめていた。そして完全に見えなくなったのを確認して、再びバンのアクセルを踏んだ。近くの交番から警察官が血相を変えてこちらに走ってきたが、関係なかった。祥子は警察官達を次々に轢き殺し、武道館に向かってアクセルを踏んだ。

もう一人、殺さなければならない人間がいるのだ。

11

熊谷の運転で、俺は父の元へと向かった。てっきり永田町に行くのかと思ったが、車窓から外を眺めると見知った景色ばかりだったので嫌な予感に襲われた。これから行く場所に、俺は以前ミニで行ったことがあるのではないか。

予感は的中した。

車は、少し小高い丘のような道を上っていく。理穂と初めて出会った場所。

「俺を、騙したんですか？」

「はい？」

「総理大臣なら、首相公邸にいるはずだ」

しかし熊谷はまるで俺の質問を予期していたかのように、

「向こうに到着したら、真実をお話しします」

と言った。まだ何か俺に話していないことがあるようだった。

理穂と出会った駐車場に車を停めた。あの時理穂は何者かに追われていた。もし父がここにいるのだとしたら、あれは父の差し金によるものだと考えざるを得ない。

理穂は元々父と面識があったのか？

ホテルは、あの時と同じように、小高い丘に、緑に包まれながら建っていた。庭園の沢山の花々、特にマリーゴールドの黄色が目に眩しかった。

歩きながら俺は熊谷に訊いた。

「諸星秀夫という心臓外科医を知りませんか」

「さあ、私は存じませんが」

と素っ気ない返事が返ってきた。

「僕の担当医なんです」

「そうですか」

それっきり熊谷は黙った。

自分の担当医を知りませんか？　などといきなり質問されたら誰だって面食らうだろう。知るはずがないのだ。何も関係ないのだから。普通の人間は、何故そんな質問をするんだ、という不審の表情を浮かべるはずだ。

だが熊谷にはそれがなかった。

熊谷はきっと諸星を知っているのだ。そして何らかの理由でそのことを黙っている。

足取りが重くなった。本当にこんなホテルに総理大臣がいるのだろうか。何だか冗談に付き合わされているような気分だ。

あの時、二時間以上も諸星を待っていたロビーを抜けて、熊谷は真っ直ぐエレベーターに向かった。昇りのボタンを押してしばらく待つ。彼が俺を陥れようとしているのであれば、早々に逃げ出すのが得策なのではないか——そう思ったが、足が動かなかった。

騙されているにしろ、そうでないにせよ、熊谷が何らかの目的で俺をこの因縁浅からぬホテルに呼び出したのは厳然たる事実だ。このホテルで、何かが俺を待っているのはほぼ間違いないだろう。

真実なのか、それとも絶望なのか。

「俺、以前、このホテルに来たことがあります」

「そうですか」

鎌をかけてみたが、無駄だった。

エレベーターに乗り込んで11階のボタンを押した。到着すると、熊谷は細長い廊下をどんどん歩いてゆく。俺は熊谷の後を、少し離れてついていった。何故そうしたのか自分でも分からなかった。いつでも逃げ出せるように構えていたのかもしれない。

ある部屋の前で立ち止まり、熊谷はチャイムを押した。するとゆっくりとドアが開けられた。ドアは向こう側に開かれたので、部屋番号は確認できなかった。

熊谷はこちらを見た。

「武田さん。どうぞ」

と僅かに恭しい態度で、熊谷は俺を招いた。俺はゆっくりと部屋の中に足を踏み入れた。熊谷が後に続き、ドアが閉められた。

部屋の向こうに女性が消えるのが見えた。姿形は分からなかった。多分、彼女が部屋のドアを開けたのだろう。

部屋を見回した。高そうな部屋だった。ホテルの部屋とはとても思えず、俺が暮らしているような高級マンションの一室と表現した方がしっくりくるのではないか。間取りをたっぷりと取っているからか、長い間住んでいる生活感が部屋全体から滲み出て、それが没個性的になりがちなホテルの部屋を、住人の色に染めていた。

「都内の有名なホテルより、こういった郊外のホテルの方が、騒ぎ立てられる心配はありませんからね」

と熊谷は言った。そして隣の部屋のドアを開けた。どうやらそこは寝室のようだった。

「さあ、こちらです」

俺は恐る恐る寝室の中へ足を踏み入れた。大きなベッドに、一人の老人が寝ていた。ぱっと見た感じでは、誰だかまるで分からなかった。まるで水分をすべて失ってしまったかのように、顔は皺だらけだった。顔中に染みができている。状態はかなり悪そうだった。

「――これが、馬場総理？」

熊谷は頷いた。

彼は、テレビで観る馬場総理とはまるで別人だった。いや、よく見れば確かに同じ顔なのだ。だが病魔が彼の外見を蝕《むしば》み、傍目《はため》には似ても似つかぬ人間に変えていた。

「いつから、こんなに悪くなったんです？」

「もう、ずっと前からです」

「ずっと前って――最近までずっとテレビで記者会見をやっていたでしょう！」

最後に彼をテレビで観たのはいつだろう。せいぜい数日前だと思う。たった数日でここまで病状が悪化するとは思えない。第一、熊谷は今、ずっと前から、と言ったではないか——。

「今国会に出ている馬場総理、あれは彼の影武者です」

「——え」

あまりのことに、俺は声も出なかった。

俺は衝撃に震えながら、ベッドに近づいた。そして、父さん、と呼びかけた。だが返事はなかった。俺は思わず死んでいるのではないかと思ったが、ゆっくりと上下する毛布で、少なくとも呼吸をしていることは確認できた。

「——こんな酷い状態とは思わなかった」

「だからこそ、あなたを呼んだのです」

「こんな状態じゃ、遺言状なんか書けないでしょう」

「こんな状態になる前に、書いたのです」

「——本当に、俺に会いたいって言ったんですか？　こんな状態の父が」

その質問に、熊谷は答えなかった。

「お父上は、長らく政治の場に出ることができない状態でした。でもご本人がどうであろうと、その名前だけで、国は動くものです」

「じゃあ父が死んでも、公表しないつもりなんですか？」

熊谷は笑った。

「まさか。影武者は所詮、影武者です。武田さん。我々があなたをここに呼んだ理由は、実は他にもあるのです。ご覧の通り、お父上はあなたと会話できる状態ではありません。ご心配されなくても、あなたには遺産を相続する権利があります。もし武田さんの部屋ですべてを済ませていたとしても、それは変わりません。我々が武田さんにご相談したいことは——あなたのお母さんのことなのです」

「母のこと？」

その時、向こうから、

「いいわ。熊谷さん、後は私が話すから」

聞き覚えのある声がした。熊谷は軽く俺に会釈をして部屋から出て行った。

その代わりに部屋に入ってきたのは、長い髪をポニーテールにした女だった。

俺の隣人——想吹綾佳だった。

想吹は手に持った新聞紙をサイドテーブルの上に置き、俺を見やった。

「あのマンションの、あなたの隣の部屋が空いていたから、部屋を借りたの。悪く思わないでね。私はあなたの監視役だったの」

「デイトレーダーというのは？」

「もちろん真っ赤な嘘よ」

驚きは少なかった。むしろそう考えると色々なことが腑に落ちた。

「俺を殺し屋から守るためか？」

「あなたを襲った看護師のことね。何故彼があなたの命を狙ったのかは想像するしかないわ。多分、あなたのご両親――いえ、お母さんに対する脅迫じゃないかしら。お母さんを暗殺したいのは山々だけど、しかしそれはあまりにも困難。だからあなたを狙った。あなたは私生児だから、警護なども薄く、比較的容易《たやす》く殺すことができると彼は考えた。あなたが惨殺されれば、十分お母さんに対する警告になるもの」

母を暗殺？　脅迫？　想吹は何を言っているのだろう。

「多分、濱口はターゲットの情報を、ある期間ある病室に入院していた人間、としか知らなかったんじゃないかしら。だから梶原さんも狙い、椎名光彦という患者も殺した」

「俺の母は――母は――」

１１０１。その数字が脳裏を過る。たとえ血が繋がっていなくとも、俺の母親は、あの日、夜道で殺されてしまった、あの女性だ。俺はずっと彼女に育てられてきた。血の繋がりがなくとも、情がなかったことにはできない。

だがそんな俺のセンチメンタルな感情など、想吹にとっては何の意味もなさないのだろう。

「武田理穂さんは、あなたの本当のお母さんが誰だって言ってた？」

彼女は、理穂と俺の母が同じ名前であることをどう思っているのだろう、と考えた。しかし、そんな些事に気を取られる心の余裕は今はなく、俺は想吹に、あの夜、母が告げた名前を言った。俺の本当の母親の名前を。

「──ああ」

と得心したように想吹は頷いた。

「俺の産みの母は、そんなに有名なのか。俺はまったく知らなかった」

「その名前はね」

「──え？」

「それはあなたの実のお母さんの本名よ。彼女は芸名でモデルの活動をしていて、本名よりもそちらの方が名前を知られていたから、芸名で立候補したのよ」

そして想吹は、先ほどサイドテーブルに置いた新聞紙を取り上げた。一面を俺に見えるように掲げ、ある記事の見出しを指差した。

「これがあなたの産みのお母さんよ」

俺は想吹の指先に目をやった。

そこには――。

『保守党藪木総裁、本日、日本武道館で国民大集会決行』

俺は息を呑んだ。

「保守党が次の選挙で大勝するのはほぼ確実と見られているわ。そうなった場合、次の総理大臣は、当然この女ということになるわ」

衝撃だった。それ以外の言葉では言い表せない。

父が総理大臣というだけで最大の驚きだったのだ。それ以上の驚きが待ち受けているなんて、想像できるはずもなかった。

そうだ――。

俺は学生の頃から女の子にモテた。その理由は、あの美しい母の血を受け継いだからと思っていた。だが母と俺の間に血の繋がりはなかった。ではどうして？

答えは、ここにあった。

「どうして、父さんが、この女性と――政敵のはずなのに――いや、いい」

そもそも、俺は今日突然、父と母の正体を知らされた。彼らは有名人とはいえ、自分とは何の係わり合いもないと思っていた二人だった。そんな二人がどこでどう知り合おうが、俺が関与する問題ではない。

原因が存在し、結果がある。それだけのこと。

「それを知らせるために、俺をここに呼んだのか？」

「それは半分正しくて、半分間違っている。強いていえば、濱口があなたを狙ったのと同じ理由ね。あなたは、あの女の子供なのよ。あの女が死んだ後に、誰かが唾をつける可能性がある。だから私達が先に、あなたに手をつけたという訳」

「死んだ後？　何年先の話だ？　彼女はまだ若いだろう」

想吹は無言で俺を見つめた。

「――まさか」

「そうよ。彼女は死ぬ。今日、集会でね。暗殺されるのよ」

恐ろしいほどの沈黙が、川に沈殿する汚物のように空気中をどんよりと漂っていた。俺は何か言葉を発しなければならないと思い、必死に沈黙の中から言葉を探し出した。

「以前から、彼女を狙おうとしている連中がいることは知っている。ほとんど冗談だろうけど。でも本気でやろうにも、暗殺なんて簡単にできるはずがない」

「心配してくれてありがとう。でも大丈夫よ。計画は万全だから。ライフル銃を持ったスナイパーがすでに会場入りしている。あの女は、確実に、殺されるのよ」

「どうしてだ？　どうして、そんなことを」

「どうして？　分からない？　あの女は憲法改正を堂々と公約に掲げているわ。そしてそれを多くの日本人が支持している。それが間違ったこととどうして思わないの？　あの女が総理になったら、坂を転がるように日本は右傾化の道をまっしぐらに突き進むわ。核武装。徴兵制。あなたのお父さんが死んでしまったら、完膚無きまでに社会党は叩き潰される。それを回避するためには、あの女に死んでもらう他ない」

　俺は耳を塞ぎたくなった。そんなこととは無関係に、俺は今まで生きてきたのだ。政治や社会、ましてや国のことなんて考えたくない。

「知らないよ。どうして俺に、そんなことを話すんだ？　俺には関係ない」

「私達は単なる犯罪者ではないわ。理念があるもの。だからこそ、あなたにすべてを話す必要がある。よく聞いて。あの女を倒すために動いている人間は私達だけじゃないわ。あの濱口みたいな有象無象が蠢いている。あなたもいずれ命を狙われる。育てのお母さんが殺されたように」

「どうして、俺が――？」

「あなたを殺したって何にもならないわ。でもそれが分からない愚かな連中が、ただ肉親というだけで、あなたの命を狙うのよ。それで革命を起こした気になっている。でも、あなたを殺してもこの国は変わらない。私達はもっと確実な方法を取る。あなたが殺されて、それが私達の犯行だと捉えられたら、私達としても迷惑な話だから。そのために、あなたを仲間に引き入れたいのよ」

「じゃあ、父さんが死にそうだとか、遺産が相続できるとか、そんなものはみんな、嘘だったのか⁉」

「それは嘘じゃないわ。あなたを呼び出すきっかけに使わせてもらっただけよ。本当はあなたのところには、お父さんが死にそうだなんて連絡は行かないはずだった。ただ黙って、あなたの銀行口座に遺産が振り込まれる手はずになっていた。ショックだろうけど、他の親族にとってはあなたは邪魔者以外の何者でもないもの」

「——いや、いい」

私生児の扱いなんて、そんなものだ。

「あなたは、どうしたい？」

想吹が言った。

「暗殺を止めることはできないわ。でもできるだけ希望に添うようにしてあげる」

俺は、

「――母の死ぬ所が見たい」

そう呟くように言った。想吹はすぐに返事をしなかった。だから俺は顔を上げ、彼女の顔を見て、はっきりと言った。

「俺を捨てた母が、殺される瞬間を見たい」

それは流されるままに生きてきた俺が、初めて自分の意思を表明した瞬間だった。

「そう言うと思ったわ」

想吹は小さくため息をついた。

「あなたは両親から捨てられた子供。いらない子供だったのよ。せめて両親の死を看取るのが、彼らの子供である証明だと考えても不思議じゃない」

「違う」

俺は吐き出すように言った。

「復讐だ。父のこんな姿をこの目で見て、そして母が死ぬ瞬間を目撃するのが、俺ができる精一杯の復讐なんだ！」

「危険がないとは言えないわ。あなたのことを知っている人間がいるかも」

「もしそうであったとしても、何だって言うんだ。この国民集会は、保守党あげての大イベントだろう？　そこに総裁の息子が来たって何の不自然さもない」

俺は想吹を見つめた。

「俺はあんたと友達だと思っていた」

想吹は頷いた。

「友達よ。もちろん裏があって近づいたけれど、あなたは素敵な男性だった。もしあなたに恋人がいなかったら、私が――」

よせ、と俺はその言葉の続きを手で制した。理穂以外の女と恋人になる光景を想像しただけで、理穂に対する裏切りになるような気がした。

「信じて、私はあなたを守るためにあなたに近づいたのよ」

俺は黙って首肯《しゅこう》した。そのことは、もう何とも思っていないという意思表示だった。

「あなたには、少なくともあの女が暗殺されるまで、この部屋に留まっていて欲しいのよ」

「俺が自由に動くと困るのか？」

「今夜の暗殺が終わるまで、あなたは私達と一緒にいて欲しいの」

さっき話していた、彼ら以外にも藪木総理誕生を阻止する連中との兼ね合いだろうか。

「訊きたいことがある」

「何？」

「俺は理穂とこのホテルで出会った。理穂は記憶を失っていた。理穂は一体誰なんだ？」

そんなことか、と言いたげな表情を、想吹はした。

「私は知らないわ。でも多分、諸星先生と関係している人間だと思う。さっきの熊谷が彼女がこの部屋にいることを知らずに、計画のことをべらべら話してしまった。だから後を追っていたのよ」

「でも、理穂は記憶を失っていた」

「そのようね。だから私達も事態を静観することにした」

「そもそも、何で諸星は俺をこのホテルに呼び出したんだ？」

「さあ、私には分からないわ。彼には彼の考えがあったんでしょう。諸星は、あなたのお父さんの主治医だったのよ」

「え――」

「諸星はあなたが総理大臣の隠し子であると知っていた。だから私達は彼を馬場総理の主治医に選んだのよ。あなたのことも秘密だし、馬場総理に影武者がいることも秘密だった。隠し事は拡散させるよりも、一箇所に集中しておく方が安全だから」

何食わぬ顔で診察をしていながら、その実諸星はずっと俺の正体を知っていたのか。

「あなたは本当に――実のお母さんが死ぬところを見たいの？」

俺は無言で頷いた。

想吹がドアを開け、向こうの部屋に待機している熊谷を呼んだ。

「熊谷君。出かけるわよ。藪木総裁の集会まで」

「俺達はこの部屋で大人しくしているんじゃなかったのか？」

「予定変更よ」

俺は想吹達の後を追い、父の病室を後にした。

部屋を出る直前、後ろをちらりと振り返る。

父はちっぽけで、まるで部屋の風景に溶け込んでしまっているかのようだった。この真実を知っているのは日本中でほんの一握りの人間だけ。そしてその中に俺もいる。マンションの自分の部屋から下界を見下ろした時に感じた優越感を、俺は再び噛み締めていた。

しかし俺は父の正体を知れば、心が晴れると信じて疑わなかった。金を振り込んでくれる者が誰なのか、そしていつまで振り込んでくれるのか、明らかになって初めて、俺はちゃんと生きていけると思った。しかしすべてを知った今も、俺の心はどんよりとした雨雲のような靄《もや》に覆われていた。両親の正体を、そして母の暗殺計画を知ったからだろうか？　それもあるだろう。でも多分、父と話すことができず、それどころか俺のことを認識すらしていないという悲しみが耐え難いのかもしれない。そういうふうに、俺は思う。

＊

人間は何のために生きているのだろう。

その答えは明白だ。人間の種を受け継ぎ、後世に子孫を残すこと。人間も生物である以上、その理《ことわり》から逃げることはできない。江戸時代の人々の寿命は精々五十歳ほどだったという。しかし進化した人間は医療によって自分の寿命を人工的に延ばしてきた。生物は子孫を残せなくなったら死ぬしかない。だが自らの身体を改造するまで進化してしまった人間だけがこう考える——自分は何のために生まれてきたのか？　そんな人間に、それは生殖活動のためである、という答えを提示しても何の意味もない。

山を崩し、ビルを建て、インターネットの通信網を張り巡らせ、人間は自分が存在する世界を改造している。正に人間は神に等しい存在になった。寿命が延び、子孫を残せない人間も、自然の理から抜け出て、ただ生きるためだけに生きられる。にもかかわらず、人間は生きる意味を見いだせずにいる。神の倫理を見つけ出せずにいる。

では、久能正治という人間は何のために生まれたのだろう。

保守党が政権を取ったら、日本は転がるように右に傾くに違いない。正治の脳裏に、全面核戦争で地球が滅びる光景が浮かぶ。そうならないためにも、世界中に憲法九条と非核三原則を啓蒙しなければならない。戦争のない平和な世界を実現できる可能性があるとしたら、その鍵を握るのは間違いなく日本なのだ。

あいつを殺す意味を持っているのは、日本中でただ一人、自分だけだと思っていた。父の会社を倒産させ、父を自殺に追いやった憎き人間。だが今や、そんな私怨《しえん》はどうでもよかった。カンナと出会って、見いだしたのだ。自分が何のために生まれてきたのかを。

それは日本のためだ。

俺は日本を救うヒーローなのだ。

決行当日。

正治はすこぶる気分がよかった。カンナの運転で会場に向かう。あの邪魔な熊谷は、別の用事があるという。このまま一生、自分とカンナの目の前に現れなければいいのにと思う。

予想はしていたが、会場前は大変な人出だった。保守党の支持者と思しき市民に大勢のマスコミ。こいつらは今から起こる出来事を想像すらしていないだろう。それを思うと正治は、自分が特別だという自尊心を一層強くするのだった。

カンナは車を停めず会場の前を通り過ぎた。

「どこに行くんだ？」

「正面から会場に入ることはできません。必ずボディチェックがあります」

確かに、あのライフルが収められたアタッシェケースを持って、セキュリティを素通りできるとは思えない。しかし警備が厳しいのはどこでも一緒ではないか。カンナは一体どこから会場入りするつもりなのだろう。

するとカンナは意外な場所に車を回した。そこは正治にとって、いや他の多くの人々にとっても、正に盲点となる場所だった。カンナと正治はそこから会場に入った。人気はまるでなく、世界にいるのが自分とカンナだけのように錯覚した。

三階分の階段を上った先が、目的の場所だった。薄暗く、小窓から光が覗く他は光源はない。スチール製の机と、素っ気ないパイプ椅子が置いてあるだけの小部屋。

「最後までこの部屋の灯りはつけません。電気がついているのが会場から分かって怪しまれると困るから」

身を屈めて、恐る恐る小窓に近づいた。息を呑んだ。ここからなら会場のすべてを見通せる。通夜で親戚共を撃ち殺すのと何も変わらない。それにここは警備が手薄だから、仕留めた瞬間に部屋を出て階段を駆け下りれば、逃げ出すことも容易いだろう。

大丈夫だ。そう正治は自分に言い聞かせた。

俺は殺せる。あいつを殺せるんだ。

＊

熊谷の運転する車で、会場に到着した。想像していたが、ここまでの人出だとは思わなかった。雨雲が空を覆い、すでにぽつぽつと降り始めている。まるで今から起こることの予兆のように俺は思った。

「――なあ、訊いてもいいか？」

俺は想吹に声をかけた。

「どうしたの？」

「もう会場の中には、君らの仲間が――藪木総裁を暗殺する者が潜んでいるんだろう？」

「ええ、恐らくそうでしょうね」

「でも、これだけの人出だぞ？　それでなくとも彼女は以前から暗殺予告を受けている。ライフルを持って簡単に侵入できるとは思えない」

「大丈夫よ」

そう言って、想吹は不敵に笑った。

「あの子は魔法が使えるんだから」

「――冗談言うなよ」

くだらない。瞬間移動して会場内にワープしたとでも言うのだろうか。

「裏口みたいなところから忍び込んだのか？」

「まあ、そんなようなところね」

熊谷は駐車場に車を入れた。大勢の人々を見つめ、彼らは今からここで惨劇が始まることを知らないんだな、と思うと、やはり自分は特別だという今日何度目かの感慨に襲われた。

車から降りた熊谷と想吹は、どんどん会場入り口の方に向かって歩いていく。

「おい――堂々と正面から入る気か？」

想吹はこちらを振り向いて、そしておかしそうに笑った。

「面白いことを言うのね。別に私達にはやましいことなんて一つもないんだから」

確かに俺達は、藪木総裁が暗殺されるのを傍観するためにここに来ただけだ。しかしこれから起きることを知っているのだから、共犯にも等しいのだ。

会場の入り口は関係者用と、一般来客者用に区別されている。関係者用はすいているが、一般来客者用は長蛇の列を成していた。想吹と熊谷は迷わず関係者用の入り口に向かった。二人はいつの間にかスタッフ用の身分証を首から下げている。俺も想吹からゲスト用の身分証を受け取った。

俺達はスタッフにボディチェックを受けた。女の想吹も女性のスタッフに入念に身体を触られている。更に金属探知器でのチェック。俺も想吹も問題なかったが、熊谷がひっかかった。俺は気が気ではなかったが、スタッフも意外に平静な様子だ。感度がよすぎてひっきりなしに鳴っているのかもしれない。

「恐らくこれでしょう」

熊谷はスーツの内ポケットから、小さな黒い機械を取り出した。どうやら小型のタブレットのようだ。スタッフに預けてもう一度チェックを受けると、今度はブザーは鳴らなかった。

スタッフは熊谷にタブレットを差し出した。

「これはお返しします」

「どうも」

そんなやりとりを見ながら俺は思った。これは政治集会としては異例の厳戒態勢だろう。保守党がどれだけ藪木総裁の暗殺を怖れているのか窺える。これほど警護が厳しい会場に、ライフルを持ち込むなど不可能だ。本当に今日、ここで、暗殺が行われるのだろうか？

武道館の中に入り、目の前の扉を開くと、そこはすでにアリーナだった。並べられた無数の座席にはまだ空席が目立ったが、次第に人々で埋め尽くされるのだろう。見上げると、天井から巨大な日章旗が垂れ下がっている。この会場のどこかに、暗殺者がいるのだ——想吹の言葉を信用するのであれば。

「座席はあそこよ」

想吹が指差した方に俺達は向かった。何とそこは、最前列の席だった。

「いきなり来たいって言ったのに、よく席が取れたな」

「席なんて、どうにでもなるわ」

と想吹は答えた。

「もっと後ろの方がよかった？」

「どうしてそんなことを訊くんだ？」

「流れ弾に当たるのが怖いのかと思って」

俺は黙った。

「大丈夫よ——心配しないで。そんなことは起こらないわ。絶対に」

「よっぽど凄腕のスナイパーなんだな」

と俺は皮肉を言った。だが想吹には通用しなかったようだ。

「そうよ。この計画は絶対に失敗しないわ。そしてここに来た以上、あなたには証人になってもらう。この計画の一部始終をあなたに語り継いでもらいたいの」

何故そんな重大な責務を負わなければならないのか、と思うと理不尽な気持ちにもなったが、仕方がないことだった。俺は藪木総裁の子供だ。それは運命であり、泣いても叫んでも、決して変えることはできないのだ。

人間は決して自由なんかじゃない。こうなることは決まっていたのだ。

もしかしたら、俺はそのために生まれてきたのかもしれない。

*

電灯が消された暗い部屋。正治とカンナは二人並んで壁によりかかり膝を抱えていた。立って歩き回ると、万が一、窓に自分の姿が映るかもしれない。

正治は幸せだった。

カンナの匂いがした。カンナの体温を肌で感じた。カンナの髪の毛先が正治の首筋をちくちくと刺激した。正治はカンナの手をぎゅっと握った。カンナも正治の手を握り返した。

カンナは正治の肩に自分の頭を載せてきた。こんな幸せが自分に訪れるとは想像もしていなかった。神になって愚民を殺し、こんな美しいカンナと一緒にいられる。そして彼女も自分を好いていてくれる。自分こそが世界の中心で、この薄暗い、埃っぽい部屋が世界のすべて。今はそんなふうに思う。

「――何かお話はないんですか？」

そうカンナが言った。

「いや、あんまり大きな声を出すと、ここにいるのがばれるんじゃないかと思って」

カンナはおかしそうに笑った。

「大きな声を出さなければ、大丈夫です」

「――そうだな」

正治はカンナを、じっと見つめた。薄暗い中、カンナの瞳は、まるで猫の瞳のように光っていた。

「そんなに――見ないでください。恥ずかしいから」

暗いからよく分からない。でも、カンナは頬を赤らめていたように思う――それは彼女が正治を愛してくれている証拠に他ならなかった。

「カンナ」

初めて彼女をファーストネームで呼んだ。だが何の勇気もいらなかった。当たり前のようにその名が口をついて出た。

「はい？」

カンナがこちらを向いた。すかさず正治はカンナの唇を塞いだ。カンナは驚いたような素振りをしたが、すぐに彼女も正治の背中に手を伸ばしてきた。

口腔内のカンナの舌は、まるで天使の羽のようだった。正治は夢中でカンナの舌と戯れた。

カンナも正治の唇を強く吸い返した。

「これが終わったら――私を抱いてください」

「ああ――分かってる。分かってるよ」

正治は譫言のようにカンナに答える。正治とカンナは、この閉ざされた世界で唇を重ね合わせた。抱き合いながら床を転がる度、埃が宙に舞う。小窓から差し込む会場の灯りが埃を鮮やかに映し出し、二人を照らすスポットライトになる。

地球上でたった二人の、アダムとイブの。

＊

政治集会なんてものには初めて来た。俺は自分が、俗に言うノンポリだとばかり思っていた。政治やらイデオロギーなんてものには何の興味もなかったからだ。しかしテレビでよく見知った政治家や、保守系の作家、評論家が次々にステージに登壇し、まったく飽きることはなかった。そして彼らは例外なく、喋りが上手かった。アジテーションだと分かっていても、俺は彼らの言葉に魅了された。

だが驚いたことに、ヤジを飛ばす人間も少なくなかった。時折、周囲の保守党支持者と喧嘩にもなる。もちろん、サクラという可能性もある。党に従わない人間を排斥するような真似はしません、と周囲に喧伝するためのパフォーマンスかもしれない。

想吹は時折拍手をして大人しく論客達の話を聴いている。藪木総裁が演台に登場するのを、今か今かと待ち構えているのだろう。

そして、その時は訪れた。

＊

「――現れました」

床で転がり合ったせいで乱れた髪を、手櫛《てぐし》で整えながらカンナは言った。

正治は頷いた。ライフルはすでに組み立てられ、テーブルの上に固定されている。窓は薄く開かれ、その隙間からターゲットを狙えるようになっている。正治は机の上に横たわった。

そしてスコープを覗いた。

「――どんぴしゃりだ」

格好の位置にターゲットの頭があった。たとえ素人でもこれを外す人間はいないだろう。

「――大丈夫ですか？」

カンナが不安げに訊いてきた。

「ああ。まかせてくれ」

*

藪木総裁からは、今まで登場したどの政治家や評論家よりも、人を魅了するオーラが放たれていた。スタイルを強調するようにぴったりと身体に合ったスーツを着込んだ彼女は若く、そして美しかった。四十過ぎだとはとても思えない。

彼女が、俺の母親。

俺を産んだ女性。

俺は——。

俺は！

思わず立ち上がった。警備の視線が一斉に俺の方に向くと思ったが、そうはならなかった。皆、藪木総裁が登場した瞬間に歓声を上げて、俺のように立ち上がっていたのだ。

割れんばかりの拍手が起きる。藪木総裁は演台に立ったが、皆の歓声が止まらず、中々喋り出すタイミングを計れないようだった。だが彼女は慣れた様子で、軽く手を挙げる。その動作で、歓声は徐々に静まる。

皆、彼女が何を言うのか固唾《かたず》を呑んで見守り、立ち上がった人々も次々に着席する。

だが俺は着席しなかった。

藪木総裁は、俺の母は、ゆっくりと唇を動かした。母の声がマイクを通じて武道館中に響き渡った。

『皆さん――』


「母さん！」


俺は絶叫しながら演台の方に走り出した。会場がどよめき、即座に大勢のＳＰが俺に走り寄ってくる。

「逃げろー！　今すぐそこから降りるんだ！」

俺は演台の母に向かって叫んだ。母は俺を冷たい目で見下ろしていた。実の子供に向ける目ではなかった。俺のことが分からないのだ、と思った。

俺は絶叫しながら演台の前をネズミのように駆け回ったが、ＳＰから逃げられるわけもなく、たちまち取り押さえられた。床に押し倒され、身体の上に乗られ、すぐさま拘束された。

それでも俺は、口を閉ざすことはなかった。

「今すぐ集会を中止させろ！　藪木総裁が、母さんが、殺される！」

——そうだ。

父の傍らですべての真実を聞かされた時、俺は思ったのだ。母を殺させはすまいと。だからこそわがままを言って、想吹と熊谷にこの会場に俺を連れてこさせたのだ。俺を捨てた母が殺される瞬間を見たいだなんて、とんだ大嘘だ。

俺は育ての母親を殺された。あの時、どれほどの絶望に打ち震えたことか！　そんな思いはもうしたくない！　母親を二度も殺されるなんてごめんだ！

＊

「——あれ？」

正治はスコープから顔を外した。

「どうしたの？」

不安げにカンナが訊く。

「何かトラブってるみたいだ」

カンナも小窓を覗き込んだ。

「本当だ——どうしたのかしら」

「でも、大丈夫だ。照準は合ってる。向こうがトラブろうが、関係ない。あいつの額を打ち抜けば、それでお終いだ」

カンナは不安そうに言った。

「でも急いでください。まかせておけ」会場の外に出てしまったら、お終いです」

「分かってる。まかせておけ」

カンナにそんな自信たっぷりの言葉を吐ける自分が信じられなかった。

カンナと出会った頃の自分は、自信がなく、いつもおどおどしていた。それがどうだ？今の俺は！

すべてカンナのお蔭だ。カンナが自分を変えてくれた。カンナと出会い、最強になった俺は、カンナと対等に話せるようになり、人だって殺せるのだ。きっとまた小説も書けるようになるに違いない。

すべてが終わって、外国に逃げたら、一生をかけて大作を書こう。そして自分は歴史に名を刻むのだ。

再びスコープを覗き込み、引き金に指をかけた瞬間、正治の脳裏に真っ白なカンナの裸体が浮かびあがった。未だ見たことがない、カンナの白い肌、豊かな乳房、濡れそぼった場所。

あいつを殺せば、カンナと一つになれるのだ。本当の意味でアダムとイブになれるのだ。

カンナ。

カンナ、カンナ、カンナ、カンナ、カ

＊

「離せぇー！　離せぇぇぇー！」

俺は絶叫し続けた。母さんが！　母さんが殺される！

＊

会場に銃声が轟いた。

＊

「おら、暴れるな！」

「何で俺の話を聞いてくれないんだ！　藪木総裁が――母さんが殺されるんだ！」

押さえつけられているから、人々の足下しか見えない。想吹は、熊谷は、今どこにいるのだろう。俺が彼らの計画を邪魔してやったから、今頃ほぞを噛《か》んでいるのだろうか。しかし敵は彼らだけではない。今この瞬間にも、暗殺者が母を狙っている！

「ライフルを持った奴が会場のどこかにいるんだ！」

「黙れ！」

ＳＰの一人が一喝した。

「そんな奴はいない！　天井裏から何から全部調べたんだ！　会場の出入り口は裏口含めすべてチェックしてる！　ライフルなんか持ち込める訳がない！」

「でも、でも――」

想吹は言った。犯人はライフル銃で藪木総裁を狙撃すると。

『あの子は魔法が使えるんだから』

何かのトリックを使って、この会場にライフル銃を持ち込んだに違いない。そして今も母を亡きものにしようとしている！

その時、周辺が慌ただしくなった。沢山の人々が俺の目の前を右往左往している。身体を押さえているＳＰが他の連中と一言二言言葉を交わした後、俺に告げた。

「お前も関与しているのか？」

「――え？」

言っている意味が分からなかった。

「たった今、横浜で暗殺未遂事件が起こった。狙われたのは福岡源三副総裁だ！」

＊

銃声がした小部屋に向かって、SP達は階段を駆け上った。階段の向こうにあるのは事務員の詰め所だった。今日はすべて人が出払っているので、誰もいないはずだった。

ドアを激しく蹴り上げた。最初から鍵がかかっていなかったので、金属製のドアは音を立てて呆気なく開いた。

薄暗い部屋に一人の男が倒れていた。

奇妙なことに男はスチール製の机の上に横たわっていた。だが傍らにあるライフル銃の存在ですべて納得がいった。彼はライフルで小窓から福岡源三の暗殺を試みていたのだ。

だが銃声はそのライフル銃から発せられたものではなかった。

男の頭を中心にして、机の上に真っ赤な血だまりが広がっている。かっと目を見開いた男は、事切れているのが一目瞭然だった。

「動くな！　動くんじゃない！」

SP達の意識は、机の上の死体から、壁際の一人の女に移っていた。

女は手に持っていた拳銃を逆向きに持ち替えて、ゆっくりと机に置いた。電光石火の素早さで、SPがその拳銃を回収する。

「何だお前！　誰だ！　この男はどうした⁉」

「見回っていた時にこの男を見つけたの。危ないところだったわ」

両手を上げた女は淀みなく答えた。

「見回る⁉　何でお前がそんなことを！」

「スーツの内ポケットを見て。私の身分証が入っているから」

SPは恐る恐る、言われた通りに女の内ポケットをまさぐった。何か堅い感触がしたのでそれを引き抜き、まじまじと見つめた。

それは渡辺カンナの警察手帳だった。

＊

俺は立ち上がらされ、演台の方に連れて行かれた。ふと自分がさっきまで座っていた席の方を見やると、想吹も熊谷もいなくなっていた。俺が騒ぎ出したから逃げたのだろうか。

突然集会が中断され、観衆のざわめきが四方八方から俺を包み込んだ。きっと彼らは俺を、さっきまでヤジを飛ばしていた連中の同類として見ているに違いない。

だが観客席のどよめきはともかく、スタッフ達の異変が俺には手に取るように分かった。

さっきSPが言っていた、副総裁の暗殺未遂事件が影響しているのだろう。もしかしたらこのまま集会は中止されるのかもしれない。

しかし俺は合点がいかなかった。確かに横浜で暗殺未遂事件が起きたのだろう。だがそれとこれとは別問題だ。この会場にスナイパーが潜んでいて、俺の母を——藪木総裁を狙っているのは厳然たる事実なのだから。

想吹がそう言っていたのだ。俺に嘘をついても、想吹には何のメリットもないはずだ。

その時、向こうからやってくる人物に気付き、俺は息を呑んだ。

藪木総裁、その人だった。彼女は俺の前で立ち止まり、腕組みをしてこちらを見つめたまま、何の言葉も発さなかった。まるで軽蔑しきったような、冷たい目をしていた。

彼女は知らないのだ。俺の正体を。俺が、自分の腹を痛めて産んだ実の子供であることを。

「恐らく横浜の会場は、まさか暗殺者が訪れるとは思わず警備が手薄になっていたんでしょう。会場裏の非常口から中に入り込んだんです」

「盲点を突かれたということね」

「はい。でもここは大丈夫です。絶対に、拳銃の類を持ち込むことはできません」

SPは俺を顎でしゃくって、

「こいつが現れて集会が中断されたことを、横浜の会場の方にも伝えました。恐らくその時、向こうも一旦集会が中断されたと思いますが、まさかライフルまで持ち込んだ人間がいたとは想像できなかったと思います」

「福岡さんは無事なの？」

「ええ、巡回中の警察官が偶然、潜んでいた暗殺者を発見したんです。暗殺者はその場で射殺されました」

彼女は会場を見回しながら、

「ここが安全って保証はあるの？」

と言った。

「絶対に安全です。少なくともライフルなど持ち込める訳がありません」

「——でも、でも」

俺は譫言のように呟いた。想吹がはっきりと言ったのだ。藪木総裁を暗殺すると。

「どこかに不審者が忍び込んでいるんだ。きっとそうに違いない！」

「なあ、お前——」

「おかしいだろ！　何で、総裁じゃなくて副総裁を狙うんだ！　そんな馬鹿な話はない！」

「黙れ！」

ＳＰが一喝した。

「いいか！　不審者なんかいない！　この厳重態勢でどうやって総裁を暗殺する⁉　あ⁉」

そして彼は止めの一言を言った。

「今日、この会場に不審者がいるとすれば、それはお前だけだ！」

その瞬間、俺は周りの世界が認識できなかった。目の前に母がいる。ＳＰはまだ何か言っている。聴衆は騒然とし続けている。だがその光景の、言葉の、意味が分からない。何一つ理解できない。ただ俺の意識はひたすら内へ内へと向かっていく。

何故、俺はここにいるのだろう。

何のために、ここにいるのだろう。

その答えを理解した時、俺は絶叫した。

＊

錯乱する武田誠を、想吹綾佳は演台から距離を置いて見ていた。これで自分の仕事は終わった。もうここに用はない。

想吹は熊谷の肩を軽く叩き、言った。

「後はよろしくね」

「分かってる」

熊谷を後に残し、彼女は会場の出口に向かって、振り返ることなく歩き出した。聴衆は、ステージで武田が繰り広げた狼藉《ろうぜき》に釘付けになり、会場から出て行こうとする想吹を見やる者など一人もいなかった。

　想吹は向こうからやってくる一人の女とすれ違った。ボブヘアーにメガネをかけた正真正銘の暗殺者。だが想吹はその女を綺麗に無視して通り過ぎた。想吹の世界にはその女はいなかったからだ。それがこの世界の理なのだ。

　一方祥子も、想吹に声をかけることはなかった。祥子の世界には想吹は確かに存在していた。だが祥子はその事実に幾ばくかの感慨を抱くことすらなかった。祥子にとって想吹綾佳は、世界を構成するただの一要素に過ぎなかったからだ。

　一つの同じ目的を持った二人の女はすれ違い、決して後ろを振り向くこともない。同じ時間に、同じ場所にいても、二人はお互いに宇宙の果てと果てにいた。

＊

　熊谷は懐からある機械を取り出した。それは、あの金属探知機に引っかかったタブレットだった。彼はスタイラスペンをタッチパネルに滑らせ、この計画のために作成したプログラムを立ち上げる。

　この間、僅か数秒。

計画を実行させるためには4桁の暗証番号を入力しなければならなかった。

熊谷はペンを躍らせ、暗証番号を入力した。


『7』『2』『5』『6』


熊谷は演台の脇でSPと争っている武田誠を見ながら、思わず笑みを零した。すべての努力が報われる瞬間だった。

ありとあらゆるすべてのことが、この日のために動いていたのだ。

「これで、お終いだ」

熊谷が持つペンが、タッチパネルに表示された『Enter』キーに向かって伸びてゆく。

12

横浜。

保守党副総裁、福岡源三は、暗殺未遂が発覚すると即座に大会を中止し、SPが運転する車に乗り込んで滞在中のホテルに向かった。後ろからは数台の車が警護のため後を追っている。命が狙われていることが分かった以上、いつまでも会場に残っている訳にはいかない。暗殺者は一人だけとは限らないからだ。

　だが福岡は知っていた。

　彼の命を狙う二人目の暗殺者など決して現れないということを。

　すべては、あの藪木という女を保守党の総裁に担ぎ上げた時から始まった。

総裁選挙は出来レースで、派閥のトップにいる福岡源三はいかようにも選挙の結果をコントロールできた。にもかかわらず福岡が副総裁の地位に甘んじているのには理由がある。長引く不況で世論は社会主義待望論に傾いていた。人々の厭世観に後押しされ、社会党は選挙で大勝した。そしてあの馬場が総理の座に就いてしまった。だから福岡源三は、馬場総理を蹴落とすために、藪木を保守党総裁に伸《の》し上げた。馬場総理の弱点は、その見た目だ。老人で、自分の意見を人々にアピールする能力も低い。そこに藪木のような若く、美しく、弁舌も巧みで明瞭な人間が現れると、愚民は皆一斉にそちらに靡く。次の選挙で保守党が大勝するのは確実だろう。

　だが福岡は、藪木が総理になるのを指を咥えて見ているつもりは毛頭なかった。あの女は、所詮保守党を与党に返り咲かせるためのピエロに過ぎないのだ。

福岡源三の計画は、藪木を総裁に祭り上げて保守党への支持を集めてから、土壇場で藪木を排除し、自分が保守党の総裁になることだった。そして保守党が選挙で大勝すれば、そのまま福岡源三は総理大臣の地位を獲得できる。

有権者から支持されている藪木を巧みに排除し、同時に馬場総理の地位を失墜させるにはどうしたらいいか？　答えはすぐに出た。馬場総理側の人間に、藪木を暗殺させるのだ。正に一石二鳥。馬場総理は激烈なバッシングを受け、社会党政権が崩壊するのは確実だ。

そして福岡源三は、暗殺者として打ってつけの人物、武田誠に白羽の矢を立てた。

武田は確かに馬場総理の隠し子だった。しかし藪木とは何ら血縁関係はない。すべては武田を武道館に自らの意思で行かせるための虚言だった。父のために政敵を暗殺する息子、これほど分かりやすい筋書きはないだろう。

一番の問題は、暗殺方法だ。懐柔して鉄砲玉にすることも考えたが、いいアイデアとは言えない。藪木には四六時中ＳＰがついて回っている。暗殺は、確実に藪木の息の根を止める方法でなければならない。素人の武田に藪木を暗殺させるのは、あまりにも困難だった。第一、たとえ隠し子でも、馬場総理からの送金で何不自由なく暮らしていける。その身分を捨ててまで暗殺に走る理由は武田には一つもないのだ。

そこで自爆テロを考えた。

武田の体内に爆弾を埋め込んで爆発させれば、暗殺者としての素質などまったく問題ではなくなるし、本人に悟られることなく鉄砲玉に仕立てることも可能なのだ。

担当医の諸星は武田が子供の時分から付き合いがあり、彼に情が移っていた。だから計画を打ち明けられても、おいそれと賛同しようとはしなかった。それどころか秘密裏に武田の育ての母親、武田理穂との接触を図った。息子の命が危ないと警告するつもりだったのだろう。恐らく件のホテルの１１０１号室に呼び出したのではないだろうか。

福岡源三は、武田理穂が１１０１号室を訪れる前に、熊谷に命じて彼女を殺させた。もし諸星の件がなくとも、武田理穂を生かしておくのは危険過ぎる。息子が二度目の心臓手術を行うことを不審に思うかもしれない。ましてや諸星から計画を知らされたら、たとえ血が繋がっていなくとも、息子を守るために全力を尽くすだろう。武田誠は最後まで、何も知らない男として、自らの意思で武道館まで行って、藪木総裁と会う必要があるのだ。したがって武田理穂の殺害は、計画に必須だった。

また諸星に対する警告の意味もあった。諸星にはほのかという娘がおり、武田理穂の死を知った諸星は真っ先に娘のことを考えただろう。愛する娘も武田理穂のように殺されるかもしれない。駄目押しとして、武田誠の二度目の心臓手術の直前に、ほのかを誘拐させた。娘を盾にして脅迫すると、諸星はこちらの意のままに動く操り人形となった。

武田誠が二度目の心臓手術を疑う素振りはなかった。埋め込んだ人工弁が駄目になったとの理由で、いくらでも再手術はできたのである。

また諸星が勤務している阿部総合病院の体制も計画のお膳立てをしてくれた。阿部総合病院は中央手術部が存在せず、各科がそれぞれ手術部を持っている。心臓外科で行う手術においては、麻酔科医も看護師もすべて心臓外科に所属している。武田誠の心臓に爆発物を埋め込む手術は、完全に心臓外科内部で秘密裏に遂行されたのである。

だが薄氷を踏むような危険な計画であることは十分理解していた。たとえ心臓外科内部で行われた手術であるとはいえ、手術にかかわったスタッフの口をすべて塞ぐのは不可能に近い。諸星にせよ、娘を人質に取ったからこそ意のままにコントロールできたが、いつどこから計画が瓦解《がかい》するか油断はできなかった。

もちろん二重三重の策は張り巡らしていた。一つは神奈川県警の渡辺カンナだ。もし密告者が警察に駆け込んだら、渡辺カンナがすぐに連絡する手はずになっていた。また諸星と同じ心臓外科に所属している渋谷は保守党支持者であり、現社会党政権にほぞを噬む思いをしていた。従って、彼も進んで計画に協力した。

予想外だったのは、４４３号室に入院していた患者を殺して回った看護師、濱口だ。濱口は政治的にはノンポリだったが、藪木が保守党総裁として表舞台に立った途端に、彼女の熱狂的なファンになった。そして、藪木総裁の暗殺計画を知ってしまった。患者が誰かは分からなかったので、同時期に443号室に入院している患者を皆殺しにしようとしたのだ。

武田誠が入院していた期間に同室に入院していたのは他に二人、椎名光彦、そして梶原孝。濱口は椎名光彦を殺し、心臓を持ち去った。胸を割いても爆弾はなかったので、持ち帰って調べようと考えたのかもしれない。濱口は、次に梶原孝を狙った。だが失敗し、彼の犯行が明るみに出た。

武田誠が狙われていることが分かったので、高野と祥子に武田を護衛させた。計画遂行の日まで、彼には生きていてもらわねばならない。高野は役目通り濱口を殺すことに成功したが、取り除いたと思われた不安要素がまた燻り始めた。それは諸星だった。

元々望まずして計画に参加した男だったし、また武田に対して罪悪感も抱いていた。だから手術後、武田をあのホテルに呼び出したのだ。すべてを話し、密かに再手術をして心臓から爆弾を取り出すために。

だが諸星と武田誠の面会が実現することはなかった。

阿部総合病院は手術の記録を逐一録画して、希望する患者や家族にＤＶＤに焼いて手渡していた。医療行為の説明責任を果たすためだ。万が一、武田がその映像を要求した時に備えて、別の患者の人工弁置換術の映像も用意していた。結局その映像が使われることはなかったが、本来の武田誠の手術映像は心臓外科のハードディスクに残されていたのである。

武田誠の心臓に爆弾を埋め込む瞬間の映像が。

ハードディスクの映像がコピーされていることに気付いたのは渋谷医師だった。渋谷から連絡を受けた高野と祥子は１１０１号室に乗り込んだ。そこには諸星と馬場総理の看護師の女がいた。高野は諸星を拉致し、祥子はＤＶＤのありかを吐かせるために看護師の女を拷問した。だが二人は黙して語らなかった。

そこで想吹綾佳が呼び出された。綾佳も高野と祥子と共に、後から計画に加わった。彼女は特殊な力を持っていた。読心術というか、人の心を読むことができたのだ。まず綾佳は諸星と会い、彼が隠しているＤＶＤのありかを知った。それから１１０１号室に向かったが、そこで思わぬ事態が待ち受けていた。女が窓から飛び降りて自殺を図ったのだ。

綾佳は諸星がＤＶＤをコピーして女に渡したことに気付いていた。あのＤＶＤを公表されたら計画は瓦解する。だが二つの幸運が計画を救った。一つは、女を助けたのが武田誠だったことだ。武田誠はこの計画においてもっとも重要な人物であるから、四六時中監視をつけていた。女が武田誠と一緒に行動していることはすぐに発覚した。

もう一つは、彼女が記憶を失っていたことだ。拷問され、そして1101号室から飛び降りたショックで、女は一時的な記憶障害になった。これで女がDVDの内容を公表する可能性は免れた。何しろDVDのありかどころか、自分の名前すら忘れているのだから。

だが安心はできない。DVDがどこかに存在する以上、それは回収しなければならない。

そこで想吹綾佳を武田誠の隣の部屋に住まわせた。想吹ならば、女が記憶を取り戻した瞬間、即座に彼女の心を読んでDVDのありかを知ることができるはずだった。彼女はすでにその能力を生かしたある任務についていたが、両者を天秤にかけた結果、武田誠の隣に住まわせた方が有益であると判断されたのである。

そして遂に判明した。あろうことか、藪木総裁の暗殺計画当日に。女はDVDのコピーを作り、一枚は自宅に隠し、そしてもう一枚を阿部総合病院の院長の娘、眞美に預けていたのだ。正に盲点だった。誰も阿部総合病院がかかわった不正の証拠を、阿部総合病院に近しい人間に預けるとは思わない。もちろん阿部眞美自身は計画には何ら関与していないのだから、DVDを預けるにはこれは打ってつけの人材と言えるのだ。

すぐさま祥子がDVDの回収に向かった。彼女は確実にやり遂げるだろう。なにしろ祥子は不死身なのだから。

最も不安だったのが、計画が遂行された暁に、福岡源三に疑いの目が注がれる可能性だった。馬場総理の息子が自分の命を犠牲にして藪木総裁を暗殺する。世間の圧倒的な非難を受け、馬場総理は退陣せざるを得ない。そして国会の解散。次の選挙で保守党は大勝する。必然的に福岡源三が首相の座を射止める。藪木総裁の暗殺でもっとも得をする福岡源三が、暗殺計画を画策したと疑われるのは必至だった。

意図的に福岡源三の命を狙わせるために、武田誠の交友関係を洗い出し、久能正治という男に目星をつけた。武田誠は久能正治と仲が良かったという。友達が殆どいない久能正治と、女子から人気があった武田誠が親友であるという事実は、同窓生達の間で強く印象に残っていた。福岡源三を狙わせる暗殺者は武田誠と何らかの接点を持っていなければならない。武田誠と共謀して、それぞれが保守党のナンバー1とナンバー2の暗殺を試みる、という筋書きを作り上げる必要があったからだ。

もちろん、本当に暗殺される訳にはいかない。そのために渡辺カンナを久能正治につけた。正治と同じ大学に通っていると嘘をつき、ありとあらゆる手練手管を弄して、久能正治に福岡源三を暗殺させるよう仕向けること、それが渡辺カンナの役割だったのだ。

久能正治を軟禁したマンションの隣室には、想吹綾佳を住まわせた。それが『その能力を生かしたある任務』である。彼女ならば、久能正治が心変わりして警察に密告することがあっても、その兆候をいち早く察知することができる。だが久能正治は渡辺カンナに夢中だったので、武田誠が女を助けた時点で、想吹を武田の方に回しても問題はなかったのだった。

久能正治の父親が勤めていた製紙会社が、福岡源三の追及を受けた馬場総理によって公的資金を止められ倒産した、という話も完全な作り話だった。だが久能正治はその作り話に騙され、こちらの思い通りに福岡源三暗殺に向かって動き始めた。

もちろん渡辺カンナの最大の任務は、久能正治が福岡源三を暗殺する直前に彼を殺すことだった。それは渡辺カンナなら容易くできることなのだ。刑事が巡回中に発見した暗殺犯を射殺しても、どこからも問題は出ない。

こうして福岡源三も暗殺犯に命を狙われていたという前提が構築される。

武田誠は藪木と一緒に爆発する。心臓に埋め込まれた爆弾が発見されることはないだろう。何もかもが木っ端微塵になってしまうのだから。もちろん、あの厳戒態勢の中でどうやって爆発物を持ち込んだのかと誰もが疑問に思うだろうが、それは永遠の謎だ。

方法が分からなくとも、武田誠が藪木を暗殺したという事実は何ら変わらないのだ。

機械のように精緻な計画の生《い》け贄《にえ》だった。武田誠も、久能正治も。

福岡源三は一人微笑んでいた。もちろん政治家たるものパフォーマンスは心得ているから、決して顔に出さない心中での微笑みだった。能面のような冷徹な表情を保っていても、しかし彼は心の中で高笑いしていた。

その時、車載の電話が鳴った。

福岡源三は、受話器を取り上げた。想吹綾佳か、祥子か、渡辺カンナか——とにかくそれは、総理となる自分を祝福する電話だ。福岡源三は何の疑いもなく、そう思った。

「はい」

受話器の向こう側には沈黙が流れていた。何の声も聞こえてはこなかった。

「もしもし？」

『——ご無事なようね。福岡さん』


——————！


全身を戦慄《せんりつ》が突き抜けた。心臓が文字通り跳ね上がった。

聞き間違えるはずもない。それは藪木の声だった。

何故だ？　何故藪木が生きている？　失敗したのか？　こちらの渡辺カンナは計画通りことを済ませた。向こうの想吹綾佳がしくじったのか？

もちろん、今ここで藪木が生きている理由を問い質す訳にはいかない。藪木が生き延びたことを祝福しなければならないのだ。そうしなければ、テロの主導者が自分であるとばれる。

「――こっちは大丈夫だ。あなたは平気か？」

『おかしな奴が暴れたけど、それだけだったわ。厳重な警戒が、功を奏したようね』

武田誠は爆発しなかったのか？

暗証番号を入力するはずの熊谷がミスをしたのか？　それとも、爆弾の構造自体に欠点があったのか？

『祥子が私を助けてくれたわ』

福岡はその言葉の意味がまるで分からなかった。祥子が藪木を助けた？　何故？　彼女は今日まで自分の計画を遂行するために粉骨砕身していたのではなかったのか？

『福岡さん。いいことを教えてあげるわ』

突然藪木の口調が変わった。福岡は思わず唾を飲み込んだ。その声に藪木の意図を悟ったからだ。そんなはずはない。そんなはずは――。

『祥子とは彼女が子供の時からの知り合いよ。綾佳もね。あの二人は私に尽くしてくれたわ。これまでも、そしてこれからも――』

想吹綾佳と祥子は、何故自分に協力したのだろう。思えばあの諸星だって、娘に危機が及ぶと脅し、そして実際に誘拐し、やっと言う通りにさせた。渡辺カンナや渋谷は保守党のためと喜んで協力してくれたが、彼らは実は少数派なのかもしれない。大抵の市民はノンポリなのだ。口を開けけば一応政治家の文句を言うが、内心は政治などに関心は薄い。ましてや想吹綾佳や祥子のような少女が——。

二人は途中から計画に参加したのだ。もし最初から彼女たちがいたら、たとえば武田理穂は熊谷ではなく、祥子に殺させていただろう。彼女は最強の暗殺者なのだから。人の心が読める想吹綾佳もそうだ。あんな有能なスパイはいない——。

『想吹綾佳はすべてを私に教えてくれたわ。あなたから指示されたこと。そして考えていることを』

心臓が早鐘を打つ。額から汗が流れて喉元まで落ちる。

だが今の福岡は、その汗を拭うことすらできない。

『私が本当に倒したいのは誰だか分かる？　社会党の馬場なんかじゃないわ。あんな爺さんは放っておいても自滅するでしょう。私が本当に倒したかったのは、あなたよ。誰もが保守党の本当の実力者は福岡源三だと思っている。実際その通りかもしれないわね。あなたがいなければ私は総裁にはなれなかった。だから私が本当の意味で保守党を、ひいては馬場総理なき後の日本を手中に収めるためには、あなたに退場してもらうしかない』

もはや福岡源三は何も言えなかった。ただ汗がだらだらと流れて止まらない。ひたすら喉が渇いて仕方がない。

『あなたが武田誠という男を使って、私を暗殺しようと企んでいたことは、ずっと前から知っていたわ。それなのにどうして、今日の今日まで気付かないふりをしていたと思う？』

答えられない。何も言えない。藪木の言葉が右から左へと流れていく。ただ喉が渇く。水が飲みたい。水を！

『それは、あなたに最後まで計画が順調だと思わせたかったからよ。何せあなたは横浜にいる。この電話がかかってくるまで、あなたは私が爆弾で木っ端微塵になったと信じて疑わなかったでしょう？　死んでいたと思っていた、いわば幽霊からの電話を聞いて、あなたは心底驚いたはず。そう心臓が飛び上がるぐらいに——そのためだけに、私は今日まであなたの計画に付き合ってあげたのよ』

水！

『あなたは一年ほど前にペースメーカーの手術を受けたでしょう？　その時、ちょっとした保険をかけておいたわ。あなたの主治医を買収して、武田誠の心臓に埋め込んだのと同じタイプの爆弾を——』

「車を停めろ！」

福岡源三は絶叫した。

「は?」

「停めろーっ!」

SPは急ブレーキを踏んだ。そして車道の脇に車を寄せた。

『あのタイプの爆弾は危険だわ。心拍数が過度に上がると、刺激されて爆発の危険性が――』

それから先の藪木の言葉を、福岡源三は殆ど聞いていなかった。ドアを開けて車道に転がるように飛び出た。水がないのなら、せめて新鮮な空気を!

「副総裁!」

SPが駆け寄るが、福岡源三にはそのSPの言葉などまるで耳に入っていなかった。

「取ってくれ! この心臓を取ってくれ!」

胸を掻きむしった。ワイシャツのボタンが弾け飛んだ。これ以上、この心臓を身体の中に入れてはおけない!

SPは福岡源三をむりやり車に乗せた。野次馬達が集まってきたからだ。救急車を呼ぶことも考えたが、この車で直接病院まで運んだ方が早いとSPは判断した。彼は自分のこの判断を後々悔やむことになる。救命医療に関しては明るくない。取りあえず病院に電話し、医師の指示を仰いでいれば、まだよい結果になったのではないだろうか。

だが現実問題、ＳＰがどんな対応をしようが、結果は変わることはなかった。車に運び込まれた時、すでに福岡源三の心臓は停止していた。彼は、死んでいた。

＊

刑事部屋には夕日が差し込んでいた。近藤は自分のデスクに座り、呆《ほう》けていた。こんな気分は、決して短くない刑事人生でも初めてだった。

刑事は確かに危険な職業だ。リスクが大きい。だがドラマや映画のように、むやみやたらに殺されるわけではない。意外と地味な仕事だ。事件の捜査の大半は、聞き込みと書類書きに費やされる。

この署で、目の前で部下が殺された者など、近藤の他にいないだろう。

松前。

彼のデスクには花瓶が置かれている。花の種類など分からないが、辛気くさい紫色の花だった。一輪挿しなのがまたわびしさを誘う。だがそのうち花瓶は取り払われて、また新しい奴が入ってくるのだろう。世の中は動き続けている。時計の針はただ進むのみだ。決して止まったり、巻き戻ったりはしない。

松前を撃ち殺したのは久能正治であるとほぼ断定された。福岡源三を暗殺するために彼が用意したと思しきライフルと、銃弾が一致したからだ。

政治家を暗殺するのは分かる。だが、何故自分の親戚を狙うのだろう。予行演習のつもりだったのか。

「お茶くれー」

だがその近藤の茶の要求を誰も聞いてはくれない。一応、皆、上司の自分を尊敬の眼差しで見るが、もちろんそれは建前だ。心の中では自分を煙たがっているに違いない。

「お茶ー――」

どうしてもお茶が飲みたい訳ではなかった。お茶汲みは新人刑事のトレーニングという側面もあるのだ。誰も自分に構ってくれないことが、ただ寂しかった。こうやって自分は誰にも構われずに歳を取っていくのだろう。それは仕方がないのだが――。

「はい」

その時、柔らかい女性の声と共に、近藤のデスクに湯気の立つ湯飲みが置かれた。

「――渡辺」

渡辺カンナは近藤ににっこりと笑いかけた。

「今日は愛想がいいんだな」

「松前君のことがあったから――」

そう言って渡辺は松前の机の上の、わびしい一輪挿しを見つめた。

「――ああ」

傷心している上司を見かねたという訳か。

でも、それだけではないはずだ。

近藤は嫌な想像をした。

久能正治がどこから通夜の参列者、そして松前を撃ったのか、それは未だに謎だった。松前が殺されたあの日、狙撃者がいると思しき廃ビルに、近藤をはじめとして大勢の警察官が駆け付けた。その中に渡辺カンナもいた。現場に見回りに来ていた渡辺は、件のビルに近藤よりも先に駆け付けたのだという。

そう――。

久能正治を手引きしたのが渡辺ならば、謎はなくなるのだ。

「そんなことはないな」

近藤は呟き、笑った。

「え？　何です？」

「いや、何でもない。ただの思い出し笑いだ」

近藤は、渡辺カンナが淹れてくれたお茶を啜った。相変わらず薄かった。

「俺はもっと濃いお茶が好きなんだけどな」

「以後気をつけます」

渡辺はすぐに立ち去るとばかり思っていたが、彼女は暫くそこに佇んで松前のデスクを見つめていた。彼女も何か思うところがあるのかもしれない。

「警察の仕事は国家の秩序を守ることだ。そこには当然リスクがつきまとう。松前だってそのことは十分理解していたはずだ」

「国家の秩序を守る、か――」

そう渡辺は一人呟いた。そしておもむろに窓の外を見た。

「どうした？」

「何でもないんです。ただ私は、正義は力のあるものが作るんだって、そう思って」

「力？」

「人殺しが何故『悪』なのか。それは人の命が尊いからじゃない。人殺しが頻繁に起こるような世の中じゃ、国家の秩序は維持できない。だから犯罪者は我々が捕らえて厳しく処罰する。戦争だって勝った国が正義になる。外交も軍事力を持っている方が有利に進める。国境線だって不変じゃない。強い国はどんどん領土を拡大して国境線を書き換える。それが悪いだなんて倫理を語っても何にもならない。何しろ、強い者が正義なんだから」

そして渡辺は言った。

「もし、私が殺されたり失踪したりしたら、強い正義に屈したと思ってください」

「――え？」

その時、背後から、すみませーん、という女性の声が聞こえた。振り返ると、小洒落た格好をした若い女性が部屋の入り口で、居心地が悪そうに突っ立っていた。

「あの――ここに行けって言われたんですけど」

渡辺は女性の方に行った。それで近藤は、今の渡辺の言葉の意味を問い質し損ねた。

ふと、先ほど渡辺が見やっていた窓を見つめた。

署の前に白いバンが停まっていた。

ここからではっきりとは確認できないが、運転席に男、助手席に女がいるように見える。女の方はメガネをかけているようだ。

――ああ。

次の瞬間、バンは走り出し、瞬く間に近藤の視界から消えた。

一体、何故。

白いバン。男と女。濱口を轢き殺した重要参考人。

どうして警察署まで来た――？　自首するつもりだったが、思い直して逃げた――？

違う。

渡辺カンナだ。

渡辺は明らかに態度がおかしかった。ひょっとしたら渡辺は、あのバンの男女に狙われているのではないか。

もしかして。

本当に渡辺が松前を――。

思わず振り返った。渡辺の姿はもう刑事部屋にはなかった。応接室では先ほどやってきた女性が、居心地が悪そうにソファーに座っている。彼女を案内して、自分はどこかに消えたのだろう。

思わず唾を飲み込んだ。

忘れよう――そう心の中で呟いた。

国家権力が正義であるのなら、自分は犬のように権力に仕えよう。それが一番楽な生き方だから。

応接室にいる女性と目が合った。近藤は吸い込まれるように彼女に近づいた。些末な事件をこなして忙しくしていれば、余計なことを考えなくて済むかもしれない。

ソファーに座っている女の、歳の頃は三十代前半だろうか。髪を短く切った、大人しそうな女性だった。

「――どうしたんです？」

「ここに行けって言われて――私が付き合っている男性がいなくなったんです」

久能正治のことを思い出した。月に何件も出される捜索願。大きな事件に繋がることは稀だ。だが正にあれは稀な事件だった。今回もそうではないと、一体誰が断言できようか。

「最初に言っておかなきゃいけないけど、捜索願は親族でないと出せないんです。本当に事態が緊迫しているのなら、その彼氏さんの親御さんでも連れてきなさい。それで我々も正式に捜査ができる形になる」

すると女性は、

「あの人、お父さんはいないし、お母さんも勘当したって訳じゃないけど、全然息子に関心を示さないから、多分、そんな捜索願なんか出してくれないと思います」

よくある話だ。

「つまり、彼氏は普段からプラプラしていたから、いなくなっても日常茶飯事だとお母さんは思っていると？」

「彼は、そんな常日頃からプラプラしていたりしません」

「でも、いくら付き合いがなくても、実の息子ですよね？　それが捜索願を出さないってのは、やっぱりお母さんの方が事態を深刻に捉えていない、ってことじゃないかい？」

女性は黙りこくってしまった。

気まずい沈黙が流れた。近藤は訊いた。

「君、名前は？　仕事は何してるの？」

女性は、穂波留美《ほなみるみ》です、と答えた。

「仕事は派遣で美容部員をしています」

「美容部員？　ああ、デパートの一階とかで化粧品を売っている人か」

女性は頷いた。

「彼氏の名前と職業は？」

穂波留美は答えた。

「安藤《あんどう》、直樹《なおき》と言います。仕事は——知りません」

13

冷たい。苦しい。

私は死ぬんだ。もうこれで、本当に死んでしまうんだ。嫌だ！　死にたくない！　死にたくない！　そう叫んだ言葉は、泡となって水中に霧散した。

私は死ぬ。

本当にもうこれで、死

その時、梶原が車のドアを開けた。信じられなかった。あんなにびくともしなかったのに。完全に浸水した車内で、眞美も梶原にならってドアを開けた。まるで魔法のようだった。

半ば茫然としていた理穂も車から出てきた。川の中は薄ぼんやりとした緑色で、視界は極めて悪かった。眞美は無我夢中で水面に向かって泳いだ。助かるためなら、どんなこともする。お父さんの言うことだって聞くし、今よりもっと勉強する。だから死にたくない。

一心不乱に水中をかきながら上昇していくと、ぱあっと水面に顔が出た。空気が肺の中に入り込んでいく。口に入ってしまった水を吐き出した。

誰かが自分の身体を抱えた。梶原だった。

「大丈夫か⁉」

眞美は答える代わりに何度も頷いた。水を吐いたせいで上手く言葉が出なかった。

「あっちに泳いで行けるか？　僕もすぐに行くから！」

梶原が指差した方向を見やると、そこはコンクリートで埋め立てられた土手だった。眞美はそちらに泳いでいった。服が水でびっしょりと濡れているせいで全身が重かったが、何とか泳ぎ着いた。

土手に座り込んだ。はあはあ、と息をついた。溺死という絶対的な生命の危機から脱せられると、途端に些末なことが気になった。濡れた服が気持ち悪い。汚い水を飲んでしまった。ベンツが沈んだことをお父さんにどう説明しよう。

梶原と理穂も土手に泳ぎ着いて、眞美の隣に腰を下ろした。

「もう大丈夫だ」

と梶原が言った。

「浸水するまで待つしかなかった。車の中が水で一杯になれば、水圧が等しくなってドアが開く」

「大丈夫じゃないかも」

――そう言ったのは、理穂だった。

「どうしてだ？」

「あの女が――また殺しに来るかもしれない」

眞美の脳裏に、例の女の姿が浮かんだ。電車に轢かれて木っ端微塵になった女。ナイフで襲ってきた女。バンで追突してきて、ベンツを神田川に落とした女。

富沢の死体。

「どうして──どうしてよ──」

眞美は体育座りをして顔を埋めた。

「私は何も知らない。何も──あんなDVDなんか貰わなかったら、富沢さんも殺されずに済んだし、私も普段通りに生活できていたはずなのよ──それなのに──」

それからは、もう大騒ぎだった。

三人はすぐにその土手から救助されたが、もちろんそれで無罪放免、とはいかなかった。警察官が山のように集まってきて、次から次に、入れ替わり立ち替わり尋問された。おまけに雨まで降ってきて、濡れて冷えてしまった身体は一向に温まらなかった。

理穂は、謎の殺し屋に命を狙われた、と素直に答えた。殺し屋とはいかにも嘘くさいが、しかしバンに追突されて理穂達が乗るベンツが川に落ちたのは、数百人の目撃者がいる厳然たる事実だった。バンに轢かれて死んだ警官もいるという。眞美が、家に住む家政婦が殺されたと証言したら、捜査陣達は響《どよ》めいた。

「何故、その時すぐに警察に知らせない⁉」

「それは、あの人が――」

眞美は理穂の方を見やった。理穂は――。

「今日、武道館で保守党の集会があります。そこで大変なことが起きるんです」

「どうして、あんたがそれを知ってる？」

「それは――」

理穂は口をつぐんだ。分からないのだ。

その時、梶原が、

「刑事さん。彼女は記憶がないんです。理穂というのも、仮の名前です」

警官達は更に響めいた。ショックを覚えたのは眞美もそうだった。記憶がない？　だから雰囲気が違っていたの？　じゃあ、彼女の本当の名前を知っているのは、私だけ？

「僕もずっとそのことを知りませんでした。今日、理穂さんに告白されたんです。ただ眞美さんのことは思い出して、彼女に重要なものを預けたはずだから、返してもらうのに付き合ってくれって、そう言われたんです」

理穂は警察にＤＶＤを掲げた。あの混乱の中でも、ちゃんと持っていたのか。

「――これです」

「じゃあ、あのバンの女も、これを狙っていたということか？」

「多分、そうだと思います」

「とにかく、それは押収する」

だが理穂はＤＶＤを差し出そうとはしなかった。

「理穂さん。もう仕方がない、事がここまで大きくなってしまった以上、後はもう警察に任せた方がいい」

「あんた方は一体何を話してるんだ？」

梶原は言った。

「警察内部の裏切り者を、彼女は怖れてるんです」

警官は鼻で笑った。

「裏切り者なんているはずがない」

「いるわ！　神奈川県警の女性の刑事が――」

理穂は必死で訴えたが、刑事達はまるで意に介さない様子だった。

「とにかく、武道館の方に連絡して。このＤＶＤを渡すのは、それからよ」

警察は理穂の扱いに手を焼いたようで、今度は梶原を追及し始めた。

「あんたと、この記憶のない彼女との関係は？」

「彼女のボーイフレンドと、僕が知り合いなんです。ただ今日はそのボーイフレンドが出かけていていないから、僕に助けを求めてきたんです」

「で、あんたはこのＤＶＤが何なのか知ってるのか？」

梶原は首を横に振った。

「まったく分かりません」

梶原もただ巻き込まれただけの男のようだった。この惨劇を説明できるのは理穂しかいない。だが彼女は皮肉にも記憶を失っているのだ。

「とにかく、そういうことなら病院で治療を受けてもらうしかない。彼女は自分の名前も分からないんだろう？」

警官は苦々しい口調だった。百戦錬磨の警察は、理穂の言っていることなど信用していないのだ。彼らは記憶喪失なんて、取り調べから逃れるための嘘だと考えるに決まっている。

「私、その人の名前知っています」

と思わず眞美は言った。

皆が一斉に眞美を見た。

「三ヵ月前にその人が私にＤＶＤを渡した時、その人はちゃんと私に名乗ったんです。理穂という名前じゃありませんでした」

「何て名乗ったんだ？」

その刑事の問いかけに、眞美は答えた。三ヵ月前の彼女の名前を。

眞美の答えを聞いた理穂は、わなわなと唇を震わせた。身体の緊張が一気に抜けた、まるで憑《つ》き物が落ちたような反応を、彼女は示したのだ。

ああ、彼女はすべてを思い出したんだ——そう眞美は思った。

＊

熊谷はペンを躍らせ、暗証番号を入力した。

『7』『2』『5』『6』


熊谷は演台の脇でＳＰと争っている武田誠を見ながら、思わず笑みを零した。すべての努力が報われる瞬間だった。

ありとあらゆるすべてのことが、この日のために動いていたのだ。

「これで、お終いだ」

熊谷が持つペンが、タッチパネルに表示された『Ｅｎｔｅｒ』キーに向かって伸びてゆく。

その瞬間、後ろから伸びてきた何者かの手が熊谷のタブレットを弾き飛ばした。慌てて床に落ちたタブレットを拾おうとするのと、計画を邪魔した者の顔を確かめる反応が熊谷の中で同時に起こり、素早い行動ができなかった。

何者かがタブレットを蹴飛ばした。タブレットは回転しながら向こうへと滑っていった。

「この野郎――」

振り向いてその人物の顔を確かめると、衝撃が走った。

ボブヘアーにメガネの女。それは祥子だった。何故、祥子が計画の邪魔をする？　第一、祥子は、武田誠の手術を撮影したＤＶＤにかかわった人間を消すために尽力しているのではなかったのか？

何故？　と問いかけようとした。しかし声が出ない。息ができない。激痛がする。どうしたんだ？　一体今、自分の身に何が起こっている？

祥子がゆっくりと熊谷の喉元から何かを引き抜いた。熊谷の口から、ぐふぉっ、と空気が漏れるような音が発せられ、その瞬間、目の前に立っている祥子の髪が、顔が、メガネが、血で真っ赤に染まってゆく。

祥子が持っていたのは、熊谷が使っていたスタイラスペンだった。それで彼の喉を突き刺したのだ。

熊谷は喉笛から大量の血液を迸らせながら床に倒れた。七転八倒しながら床の上をのたうち回る度に、血だまりは大きく広がってゆく。

人々の絶叫が聞こえる。逃げ出す者もいる。床の上で死にかけの虫のように手足を脈動している熊谷は、意識が消える最後の瞬間まで問いかけを繰り返した。

何故祥子が裏切った？

何故？

＊

一階のアリーナ席で男が血塗れになりながら倒れていた。そしてその傍らには、やはり血だらけになった女が、手に何かを持って立ち尽くしていた。

皆、血塗れになっている二人の男女から一目散に逃げ出して、二人の周りには誰もいなかった。倒れた椅子があちこちに散乱している。ＳＰは椅子を飛び越えながら女に駆け寄り、拳銃を突きつけた。

「おい、お前！　それを捨てろ！」

女はゆっくりとこちらに顔を向けた。まだ若い、あどけない少女だった。全身に血を浴びているというのに、その顔はまるで能面のように、すべての感情が抜け落ちていた。

女はペンを持って、ゆっくりとこちらに歩み寄ってきた。

「おい、こっちに来るな！　止まれ！」

だが女はＳＰの目と鼻の先まで近づいてきた。女が手に持ったペンをＳＰの方に振り上げた瞬間、拳銃が火を噴いた。女がその場に崩れ落ちる。銃声で会場はいっそうのパニックに襲われた。もう集会どころではなくなってしまったことは、誰の目にも明らかだった。

ＳＰは半ば呆然としながら、倒れている女に近づいた。

「おい！　お前は誰だ！　何で殺した！」

女は目を見開いたまま、ゆっくりと胸を上下させている。その時初めてＳＰに、倒れている男に注意を払う余裕が生まれた。彼は一体誰だろう。保守党の議員ではない。一般人か？

もう一度女に視線を向けると、胸の上下運動はすでにやんでいた。女は、死んでいた。

＊

俺は目の前で起こっている事態が理解できなかった。殺されるのは俺の母――藪木総裁のはずだった。だが実際に殺されたのは熊谷だった。そしてＳＰに撃ち殺された女を俺はどこかで見たような気がする。一体どこで――？　しばらく考え、あの時濱口を轢き殺したバンに乗っていた女であることに気付いた。

一体どうなっている？　俺は想吹に問い質そうと、彼女の姿を探した。しかしとうに逃げ出してしまったようで、彼女の姿を見つけることはできなかった。

その時――。

ゆっくりと誰かが近づいてきた。

藪木総裁だった。

俺は彼女から目が放せなかった。この女性が母さんなんだ。俺はそう信じて疑わなかった。

彼女は真正面から俺の肩を両手で軽く摑み、耳元に顔を近づけた。母さんの匂いだと思った。

でも――。

藪木は言った。

「私はあなたの母親なんかじゃないわ。そう言えば、あなたが私に会いに来ると思ったんでしょうね。何故想吹がそんな嘘をついたのか、私には分からない。もしかしたら想吹が本当に殺したかったのは熊谷で、あなたが騒いでる隙に彼を殺す計画だったのかもしれない」

俺を言いくるめるための嘘だ、と瞬時に思った。暗殺のターゲットが本当は熊谷だったとしても、わざわざこんな場所で殺すことはない。

第一、何故想吹の話を彼女が知っているのだろう？　想吹と藪木はグルだったのか？　つまり俺ははめられた――何のために？

藪木の演説に割って入り、武道館の聴衆を前に醜態を演じた。恥をかくのは俺だけだ。そんな結果になって想吹や藪木に一体何の得があるのだろう？

「行きなさい」

そう藪木は言った。

「この騒ぎに乗じて逃げなさい。そして普通の暮らしを続けなさい」

そして藪木は俺に背を向けた。それっきり俺のことなど見向きもせずに。

殺された育ての母さんはもちろん忘れない。でも俺は、こんな有名人が、こんな美しい女性が、自分の母親だと知らされて、とても誇らしかったのだ。俺は藪木が実の母親だという想吹の話を、決して疑わなかった。彼女が実の母親であって欲しかったから。

藪木は俺に背を向けたまま、携帯電話で誰かと話していた。

「――ご無事なようね。福岡さん。おかしな奴が暴れたけど――」

俺は半ば呆然としながら藪木の元から立ち去った。やはりこの女は俺の母ではなかった。本当の母なら、たとえ間違いであっても、命を助けようと身を躍らせた息子を、おかしな奴なんて言わない。絶対に！

熊谷と、彼を殺したあのメガネの女の死体の周囲にはSP達が群がっていた。俺はできるだけそちらに近づかないように、逃げ出す人々に紛れて武道館から外に出た。会場の外も正にカオスだった。駅の方に逃げ出す者や、まだ何か起こることを期待して待っている人々を、本降りになった雨が濡らしている。遠くからパトカーのサイレンが聞こえる。もうすぐここに到着するのだろう。俺は駅の方に歩く者達に紛れた。面倒なことはごめんだった。

俺は雨に打たれながら九段下の駅に向かった。昨夜、雨で下界がすべて押し流されてしまえばいいと思った。その下界に、今、俺はいた。だから早くノアの方舟に乗らないと。

あの部屋がずっと守ってくれた。そしてこれからも守ってくれるはずだ、俺と理穂を――。


電車を乗り継いでマンションに戻った。

想吹綾佳の部屋のドアをちらりと見やったが、すでに想吹の表札は取りはずされていた。彼女は俺の生活に波乱を巻き起こして、唐突に消えてしまった。

嫌な予感がした。今日出かける前に聞いた、理穂の言葉を思い出したからだ。

『あなたがお父さんのところから戻ってきて、この部屋が空っぽだったら、私は元の世界に帰ったと思って。そして、他にいい女性《ひと》を見つけて』

考えたくない。

そんなことは考えたくない！

俺はおもむろに部屋のドアを開けた。

部屋は暗かった。電気をつけた。理穂、と呼びかけてみた。返事はなかった。

「理穂」

　答えない。

「理穂！」

　誰も、何も答えなかった。

　見慣れた部屋は、理穂がいないだけで、まるで廃墟のようだった。理穂とこの部屋で身体を重ねていた時、俺は自分達のことを、まるでアダムとイブのようだ、と思った。理穂がいなくなった今、俺は地球上で最後の男だった。

「──理穂」

　崩れ落ちた。ぽろぽろと涙を流した。理穂は元の世界に帰っていってしまったのだ。何故あの時、もし記憶が戻っても俺を捨てないでくれ、と言えなかったのだろう。愚かだった。俺と理穂は二人で一つだった。見ること、聴くこと、嗅ぐこと、味わうこと、触れて感じること。それらのすべては当たり前のように存在していた。その感覚がなくなるなんて、俺は夢にも思っていなかった。だから俺は彼女が消えたらどんなに辛いか、想像することもできず──。

　部屋の窓から、夜の都会を見下ろした。空には僅かな星々が、そして都会には目映い光が煌めいていた。あの下界に降りたい。俺は初めてそう思った。下の世界に降り、理穂を捜したい。こんなマンションなどいらない。下の世界で泥水を啜って生きたい。それで理穂と一緒に暮らせるのならば！

神様。

どうか理穂を返してください。それでこの暮らしをすべて失っても、俺は本望ですから。

＊

魔法瓶の蓋を開けると車中に香ばしい香りが広がった。高野はマグに魔法瓶の中の液体を注ぎ、助手席に座っている祥子に手渡した。マグから立った湯気が、一時祥子の視界を遮った。祥子はその茶色い液体をしばらく見つめてから、口元に運んだ。

「想吹が作ったんだ。タマネギの皮で出汁をとるのがコツだそうだ」

祥子はその高野の言葉に返事をすることはなかった。ただぐっとマグの中の液体を飲み干してから、フロントガラスから夜の並木道を見つめた。

「来たぞ」

祥子は懐にダガーナイフを忍ばせて車から降り、一組の男女の背後に近づいていった。雨足が、祥子の足音を消してくれた。男女は祥子が近づいてくることに、まるで気付いていない様子だった。

ゆっくりと歩調を合わせて近づいた。そしてある程度距離を詰めると、ダガーナイフを取り出して、一気に駆け寄った。

「な――」

男は気配に気付いて振り返った。祥子のナイフが夜の空気を切り裂いて、躍った。すると喉笛から噴き出した血の虹が、雨にかかった。差していた傘がひらひらと舞い落ちてゆく。そうして男は死んだ。

すかさず女の脇腹をえぐった。女は道に崩れ落ちた。祥子は止めを刺すために、屈んでナイフを振り上げた。

その時――。

「お願い――聞いて――」

女が譫言のように言葉を発した。

「私は――殺されても構わない――。でも、眞美ちゃんには手を出さないで――あの子は――まだ子供なのよ――」

「その約束はできないわ」

今回の件で見逃しても、彼女は萩原重化学工業にとって重要な、阿部総合病院の院長の娘なのだ。彼女が病院を意のままに操るための人質なのは、生まれた時から決まっているのだ。

「――じゃあ、せめて電話を」

「阿部眞美にかけるの？」

「違う――彼に――」

祥子は女のバッグから、彼女の携帯電話を取り出して持たせてやった。あえて止めを刺す必要もない。あと数分で彼女は息絶えるのだから。彼女が誰に電話をかけようと、大勢には影響しない。

そして祥子はそのまま立ち去った。それにあと二人、殺さなければならない人間が残っている。渡辺カンナ、そして阿部総合病院の渋谷医師。

バンに戻るために祥子は歩き出した。背後から、女の話し声が聞こえてくる。

「――襲われたの――突然――刺されて――」

＊

部屋に鳴り響く電子音を、俺はどこか遠くで聞いていた。それが携帯電話の呼び出し音であることに気付いた瞬間、俺は携帯に飛びついた。

息が止まった。呼吸することすら忘れた。神様が俺の願いを聞いてくれたんだと思った。

携帯電話のディスプレイにあったのは、理穂の名前だった。

「理穂！」

俺は半ば絶叫しながら、彼女の名前を呼んだ。

『――誠、さん』

その声を、口調を、俺はどこかで聞いた覚えがあった。

母さんだ。

育ての母だったけれど、優しかった母さん。

今の理穂の口調は、あの時の母のそれとまるで同じものだった。痛みを堪《こら》えて、朦朧とした意識の中で、必死に俺に何かを伝えようとしている。

そういえば、あの時も、母との最後の会話は携帯電話越しでだった。

まさか、理穂は。

『――襲われたの――突然――刺されて――』

ああ！

絶叫したかった。駄目だ！　そんなことは絶対に駄目だ！

『メガネをかけた、あの女に、刺されたの――梶原さんも一緒に――』

バンに乗っていた女のことか？　俺の脳裏に、血塗れで倒れている熊谷とあの女の姿が浮かんだ。そんなはずはない！　あの女は武道館でＳＰに撃ち殺されたんだ！

『あの女は不死身よ――殺しても殺しても、何度でも蘇る――絶対に死なない――』

「どこだ！　今どこにいるんだ！　理穂！」

だが理穂は、俺の質問にはまるで答えず――。

『聞いて――誠さん。あなたもきっと命を狙われるわ。だから今すぐに逃げて――』

逃げる⁉　そんなことができるはずがない。刺されて苦しんでいる理穂を放って逃げ出すなんてことは！

『皆、あの女の掌の上で踊っていたの。藪木の――』

藪木。

保守党の総裁。母だと思っていた、いや思い込まされていた女。

『私、自分の記憶が戻ったけど――あなたと一緒にいたいから――あなたのお嫁さんになりたいから、戻って来たの――』

「ああ、結婚しよう！　俺が君をもらってやる！　だから死ぬな！　死なないでくれ！」

その俺の声が理穂に届いているかどうかは、分からなかった。

『誠さん。大丈夫――何も感じないわ――痛くない――』

母の時の、これは再現だった。嫌だ。そんなことは耐えられない！　あの悲劇をもう一度繰り返すなど！　しかも今度は心から愛した女を失うなど！

『私、やっと自分が誰だか思い出した——それで十分よ。誠さんに愛されて、自分の名前も取り戻した。もう悔いはないわ。自分が誰だか分からないまま死ぬなんて、耐えられないもの——』

「そんなこと言うな！　理穂！　理穂——！」

理穂は、まるで血反吐を吐き出すように、ゆっくりと、一つ一つ、言葉を紡いだ。

『私——あのホテルで、患者さんを看病していた——看護師だったの。だからあの時スニーカーを履いていた——。動きやすいから——。昔——その患者さんの、私は愛人だった——。その人の子供を産んだことがあるけど、取り上げられた——。私、悲しかったけど——でも、仕方がない——。その人は普通の人じゃなかったから——。その子は——今、どこでどうしているかも分からない——。それから何年も経ってから看護のために呼び出された。私だったら——秘密が外に漏れないから。誠さん——よく聞いて。私、あなたに迷惑をかけてばかり——』

俺の、美しい、優しい理穂は。

記憶の中の、この部屋で過ごした理穂との優しい時間だけが現実だと思った。携帯から彼女の遺言を聞いている現実《いま》は、きっと夢だ。だから俺は夢から覚めなきゃいけないんだ！

俺は理穂の言葉を聞きながら、目覚めるのをひたすら待ち続けた。苦しさに悶える、理穂の声を一手に背負って。

理穂はまるで命を絞り出すように言葉を発した。

『私——諸星先生と付き合いがあった。だから鍵を持っていた。いざという時、諸星先生の家に逃げ隠れられるように——』

聞きたくない。俺は心の中で呪文を唱えた。聞きたくない聞きたくない聞きたくない聞きたくない！

『誠さん——。私の——本当の名前——』

そんなものはいらない！　理穂は、理穂だ！　それでいい！

『私の——』

理穂の、

『本当の名前は——』

本当の名前は、

『新理《しんり》——』

——。

『司《つかさ》ぁ……』

そして理穂は沈黙した。

もう二度と電話機の向こうから声を発することはなかった。

頭の中では、耳鳴りのように、理穂の最後の言葉が反響してやむことはなった。まるで頭蓋骨の内部でその言葉が飛び交い、跳ね返って、永久に運動を続けているかのようだった。飛び交う度に言葉は残像を作り出し、俺の頭の中をいっぱいに満たしていく。理穂が恐らく息絶えたという非情な現実すら覆い隠してゆく。

そして全思考が理穂の最後の言葉で埋め尽くされた瞬間、俺は、

「ぐぎゃあああああああっっっっっっはあああああっっっっっっっあああああははははははははぁぁぁぁぁぁぁぁぁぁぁぁぁぁぁぁぁぁっっ！！！！！」

獣のように咆哮《ほうこう》した。

＊

『誠――よく聞いて。あなたには――ずっと――辛い思いをさせてばかり――』

俺は母の言葉を聞きながら、夢から覚めるのをひたすら待ち続けた。苦しさに悶える、母の声を一手に背負って。

俺は、再び、

母さん。

と震える言葉で呼びかけた。しかしその声はあまりにも小さかったので、電話の向こうにいる母に届いたかどうかは定かではなかった。

『あなたに――どうしても伝えておかなくちゃいけないことが――私は――あなたの本当のお母さんじゃないの――あなたの本当のお母さんの名前は――新理、司――』

＊

武田誠は空っぽの抜け殻になっていた。部屋を出て、彼はエレベーターで地上に降りた。理穂と一緒になるためなら下界で這いつくばっても生きていくと誓った。だがすでに下界どころか地獄に堕ちていたことに、彼は気付いていなかった。

雨はすでに止んでいた。自然と足は育ての親の武田理穂が殺された場所に向かっていた。そこに彼女が倒れていると信じて疑わず、雨に濡れた道をゆっくりと歩いた。母が殺された並木道。しばらく歩くと、誠が理穂という名前を与えた新理司が地べたに倒れて、事切れていた。不思議だとか、偶然だとか、そんな月並みな感情を彼は抱かなかった。母はここで殺され、息子に最後の伝言を残したのだ。その事実が、すべてだった。

新理司だけではなく、梶原も倒れていた。彼も喉を切り裂かれ息絶えている様子だった。誠は、しばらくの間、横たわっている新理司を見つめていた。何も思わなかった。彼女を殺した奴が憎いとも、彼女が死んで悲しいとすら思わなかった。

機械的にしゃがみ込んだ。そして倒れている新理司の死体を抱きかかえた。彼女は脇腹を刺されて殺されたようだった。藪木に対する憎しみが、嵐のように巻き起こった。あの女に振り回されて、母も梶原も死に、自分は畜生に落ちたのだ。

梶原の死体を見やり、心の中で呟いた。あんたの敵は俺が取ってやる。

梶原の仕事は俺が引き継ぐ。この一切合切を、すべて世間に公表してやる。藪木は人気の政治家だ。スキャンダルを欲しがるメディアはいくらでもあるだろう。武田誠の名前で、その記事を発表することはできない。命を狙われる危険性がある。だが、まったくの偽名で発表するのも、藪木に対する宣戦布告にはならないかもしれない。では、どうする——答えはすぐに出た。

母の名前だ。

司は男の名前としても通じる。今日から俺は新理司だ。自分を壊した母の名前を名乗り、あいつと戦う——彼はそう決意した。

新理司は母の胸に顔を埋めた。死んでいても毎晩抱いた彼女の柔らかさは何も損なわれていなかった。しばらくして、自分の顔がぬらぬらとした液体で濡れていることに気付き、顔を上げた。

それは母の、血、だった。

母の身体を雨に濡れた道に横たえた。そして思った。自分は彼女を愛したつもりだった。だが彼女の正体を知らなかった。それが、彼女の記憶が戻らないままであればいいと願った自分に対する罰だと知った。どんなに彼女を愛しても、彼女の心には指一本触れていなかったことを、知ったのだ。

呆然と母を見下ろしていると、木が植えられている土の地面に、小さな水たまりができていることに気付く。

新理司はゆっくりと跪いた。そして水たまりから泥を掬い、母の血で汚れた顔を静かに洗った。

解説

千街晶之

既に幻冬舎文庫から刊行されている浦賀和宏の作品群――例えば、著者のブレイク作となったロングセラー『彼女は存在しない』（二〇〇一年）や、ライターの桑原銀次郎が登場する『彼女の血が溶けてゆく』（二〇一三年）などの一連の作品から浦賀ワールドに入門した読者は、本書『ＨＥＬＬ　女王暗殺』（二〇一〇年一月、講談社ノベルスから書き下ろしで刊行。ノベルス版のタイトルは『女王暗殺』）を読んで、もしかすると驚き、戸惑うかも知れない。

基本的に『彼女は存在しない』や『ファントムの夜明け』（二〇〇二年）、そして桑原銀次郎シリーズは、一人の主人公の視点を追うかたちで物語が進行してゆく。ラストには切れ味の鋭いどんでん返しが待ち構えており、作品の構成としてはすっきりした印象を受ける。
だが、萩原重化学工業シリーズ（以下、萩原シリーズと表記）と呼ばれる『ＨＥＡＶＥＮ　萩原重化学工業連続殺人事件』（二〇〇九年のノベルス刊行時のタイトルは「萩原重化学工業連続殺人事件」）と本書は、それらの逆を行く。両作品とも、複数の登場人物の視点が入り乱れるし、ジャンル的にもミステリやＳＦなどさまざまな要素が結合した迷宮のような構成である。それでいて結末では、特殊ルールが設定された作品世界ならではの見事な着地を見せているのだ。『彼女は存在しない』や桑原銀次郎シリーズを先に知った読者は、それらとは違う著者のもうひとつの作風を、この二作で堪能していただきたい。

さて、本書については、読む上での二つの前提を説明しておきたい。

（前提その一）本書は、安藤直樹シリーズのシーズン２として位置づけられた作品である。ただし、安藤シリーズをすべて読んでいる必要はない。

安藤直樹シリーズとは、第五回メフィスト賞を受賞した著者のデビュー作『記憶の果て』（一九九八年）に始まる一連の作品を指す。第一作の語り手だった安藤直樹という若者が、その後の作品にも何らかのかたちで登場している。第七作『透明人間』（二〇〇三年）まで書き継がれたこのシリーズの内容については、『記憶の果て』講談社文庫新装版の解説に記しておいたので、そちらを参照していただきたい。

著者は『HEAVEN　萩原重化学工業連続殺人事件』を発表した際、萩原シリーズを安藤シリーズのシーズン2と表現した。ならば、安藤シリーズを先に読んでおく必要があるかどうかが気になる読者もいる筈だ。シリーズ中、第三作『頭蓋骨の中の楽園』（一九九九年）までは講談社文庫版で容易に読める状態にあるけれども、四作目以降は文庫化されておらず、今となっては入手も難しいと思われるので、『HEAVEN　萩原重化学工業連続殺人事件』と本書の前にそれらを読んでほしいとは言いづらい。むしろ、安藤シリーズとのリンクはあるものの、独立した新シリーズとして読んだほうがいいかも知れない。ただし萩原シリーズから遡って安藤シリーズを読んでゆくのは全く差し支えないし、特に『頭蓋骨の中の楽園』は、複数の登場人物の視点が入り乱れる構成といい、奇抜な動機に基づく連続変死事件といい、背後に拡がる巨大な陰謀といい、萩原シリーズの原点と言える要素が散見されるので、併せて読むと興味深い筈だ。

なお、『HEAVEN　萩原重化学工業連続殺人事件』に顔を見せた安藤シリーズの登場人物は萩原良二だけだった。しかし本書には、安藤シリーズの重要人物が二人登場する（一人は名前のみの言及だが）。本書を読んで「この人たちは誰？」と首を傾《かし》げた読者がいるかも知れないが、そこが安藤シリーズとリンクしている部分だと考えていただきたい。

（前提その二）ただし本書を読む前に、なるべく『ＨＥＡＶＥＮ　萩原重化学工業連続殺人事件』は読んでおいたほうがいい。

本書は萩原シリーズとしては第二作だが、内容は前作『ＨＥＡＶＥＮ　萩原重化学工業連続殺人事件』の前日譚にあたる。一応、どちらを先に読んでもいいと言えるものの、私としては本書を後に読むことをお勧めしたい。本書は、前作に登場したある人物が、いかにしてそのような行動に走るようになったかという裏事情の物語であり、本書を読むことによって、その人物の印象が変わるようになっているからだ。

登場する大勢のキャラクターのうち、取り敢えず主人公と呼べそうなのは、まず武田誠、それに次いで武田の元友人の久能正治だろう。武田は、名も知らぬ父からの多額の送金により、銀座のクラブで働く母と二人で何不自由ない生活を送っていた青年だ。しかし、母は何者かに殺害される。いまわの際に彼女が武田に伝えたのは、自分が本当の母ではないという事実と、「イチ、イチ、ゼロ、イチ」という謎の言葉だった。そして、武田をめぐる事件はそれだけでは終わらない。彼が心臓の人工弁置換手術を受けた後、以前同じ病室に入院していた人物が殺害され、心臓をえぐり取られたのだ。次に狙われるのは武田かも知れない……。

一方の久能は、学生のうちにデビューした作家だが、その後はどんな小説を書いても認められず、過干渉な母と二人暮らしの憂鬱な毎日を過ごしていた。そしてある日、ファンだと名乗る女性・渡辺カンナからマフラーをもらったことを嘲られたため逆上し、母を惨殺してしまう。我に返った彼がカンナに電話したところ、思いがけない提案をされ、窮地を救ってもらった。その代わりに、久能はカンナからある使命を託される。

この二人の青年に、医師、刑事、政治家、記憶喪失の女などが関わり、物語は謎を深めながら進展してゆくのだが、『HEAVEN 萩原重化学工業連続殺人事件』の有葉零の登場するパートがやはりそうであったように、著者は鬱屈した青年の心理や、生々しいリビドーを描かせると抜群の迫真性を発揮する。ただし、前作がTVアニメ『新世紀エヴァンゲリオン』（一九九五年）を連想させるような設定を秘めたSFミステリだったのに対し、本書はポリティカル・サスペンスのテイストがより濃くなっており、その中で登場人物たちは巨大な陰謀の駒として翻弄される。

安藤シリーズから萩原シリーズへ――という展開から私が思い浮かべたのは、映画『ソウ』（二〇〇四年）から始まる一連のシリーズだった。オーストラリア人のジェームズ・ワンとリー・ワネルが制作した『ソウ』は、奇抜な殺人トラップ、敵役の独特な造型、鮮やかなどんでん返しなどの魅力によって、低予算映画ながら世界的にヒットし、シリーズ化された。そして、続篇が増える過程で、新たな設定が追加されたり、前の作品で説明されなかった部分が後の作品で補完されるなどして、アメリカのカリフォルニア州にあるウィンチェスター・ミステリー・ハウスさながら、増改築を重ねた異形の邸宅のような作品群へと成長していったのである。

安藤・萩原の両シリーズもそれとよく似ていて、書き継がれるうちに設定が増殖し、登場人物の相関関係は複雑化し、以前の作品で説明されないままだった空白の部分が新たな側面から埋められてゆく。ただし安藤シリーズは、背後に巨大な世界が拡がっていることを示唆しつつも、基本的には安藤たち主人公の周囲の出来事を描いていたのに対し、萩原シリーズではマクロな世界そのものが姿を現しつつあるのだ。

とはいえ、作品を支配する世界観の酷薄さは相変わらずである。この世界は、果たして見えている通りなのか。巨大な世界のシステムの前で、個人はどこまでも無力でしかないのか……という深い絶望感。そして、せめて世界に一矢を報いようとする個人のあがきの哀しさ。恐らく、それこそが安藤・萩原両シリーズを貫く本質なのだ。

なお、今回の文庫化に際して、本書は前作同様に大幅な改稿が施されている（元のノベルス版は五百ページ近い大作であり、そのまま文庫化されていたら上下巻になっていただろう）。登場人物で言えば、最も扱いが異なるのは武田とともに命を狙われる梶原孝で、ノベルス版とは設定も性格も大きく改変されている（ノベルス版の梶原はもっと変人としての面が強調されている）。細かいところでは、警視庁の大下警部は木下警部に、神奈川県警の近藤警部補の名前は祐一から祐二に変更された。武田や久能の心理描写もかなり削られ、特に武田はそのため高慢な印象が緩和されている。改稿前は、著者のもうひとつの長期シリーズである松浦純菜・八木剛士シリーズに通じる、世界への呪詛に溢れた鬱屈感が濃厚だったがになったのではないか。作中で起きる出来事自体はノベルス版とほぼ一緒ながら、心理描写（特に久能パート）、その点は一変して風通しが良くなり、より広い読者層に受容されるようが短縮されたぶんストーリーの進行がスピーディーになっている。だがそれでも作品全体の迷宮的な印象と、世界観の不穏さは保たれており、著者の持ち味自体は薄まっていないということは保証したい。

ところで著者は、自身のTwitterアカウントで「安藤シリーズが次作で取り敢えず完結というのはここだけの秘密だ。7作＋萩原3作＝10作でキリがいいでしょ。」とツイートしている。あくまでも二〇一一年当時のツイートなので、現在もその予定が変わっていないのかどうかは不明だが、少なくとも何らかの構想があることは確かだろう。本書を最後に中断していることの壮大なサーガが、今回の文庫化を機に再開するのか、気になる読者は私だけではない筈である。

――文芸評論家

本書は二〇一〇年一月講談社ノベルスに所収された
『女王暗殺』を改題し加筆修正したものです。

HELL《ヘル》　女王暗殺《じょおうあんさつ》

浦賀和宏《うらがかずひろ》

平成30年6月10日　初版発行

発行人――石原正康
編集人――袖山満一子
発行所――株式会社幻冬舎
〒151-0051東京都渋谷区千駄ヶ谷4-9-7
電話　03(5411)6222(営業)
　　　03(5411)6211(編集)
　　　振替00120-8-767643
印刷・製本―図書印刷株式会社
装丁者――高橋雅之

幻冬舎文庫

ISBN978-4-344-42744-0　C0193　　う-5-11

幻冬舎ホームページアドレス　http://www.gentosha.co.jp/
この本に関するご意見・ご感想をメールでお寄せいただく場合は、
comment@gentosha.co.jpまで。